SÜNDHAFTE VERSUCHUNGEN

SERAPHIM AKADEMIE #2

ELIZABETH BRIGGS

Seraphim Akademie 2: Verflixte Flügel

Copyright © 2022 Elizabeth Briggs

Einbandgestaltung von Silvana G. Sánchez

Übersetzt von Sabrina Barde

www.elizabethbriggs.com

1

OLIVIA

An manchen Tagen vergesse ich, dass ich zur Hälfte Dämon bin und lebe vom Licht wie jeder andere Engel auch. An anderen Tagen wache ich mit einem unbändigen Hunger nach Sex auf und muss feststellen, dass ich meiner Sukkubus-Seite nicht entkommen kann.

Heute ist einer dieser Tage.

Ich habe mich so lange wie möglich zurückgehalten und dann überlegt, ob ich wieder in Bars gehen soll, um dort Fremde aufzugabeln, aber schließlich habe ich Bastien um Hilfe gebeten – wieder einmal. In den letzten Monaten habe ich mich regelmäßig von ihm ernährt und er hat meine plötzlichen Bitten nie in Frage gestellt oder kommentiert. Ich bin mir sicher, dass er es nur tut, weil er sich meinem Bruder gegenüber verpflichtet fühlt, aber ich werde mich nicht beklagen.

Während ich auf meine sanft gelben Schlafzimmerwände starre, sauge ich die ganze Lust und sein Verlangen aus ihm heraus. Ich kann mich meinen Gelüsten nicht hingeben, also schalte ich alle meine Gefühle aus, sogar die Wut, die ich ihm gegenüber empfinde. Es ist trotzdem eine gute Mahlzeit, denn

Bastien ist unglaublich stark und verdammt gut im Bett, aber nicht ohne Grund habe ich ihn angerufen und nicht Marcus. Mit Bastien ist Sex nichts weiter als ein schnelles und einfaches Geschäft zwischen zwei Menschen. Das wäre bei Marcus nicht der Fall – und Sex mit Gefühlen ist eine *ganz* andere Erfahrung.

Für eine Sekunde schleichen sich die Emotionen doch wieder ein und mein Herz schmerzt, wenn ich daran denke, wie schön es hätte sein können, wenn die Prinzen ehrlich zu mir gewesen wären, anstatt zu versuchen, mich vom Campus zu vertreiben. Verdammt, jetzt bin ich wieder wütend.

Bastien muss die Veränderung in mir spüren, denn er hört auf, sich von hinten in mich zu vergraben und dreht mich um. Er nimmt mein Kinn und dreht es auf die Seite, dann drückt er sein Gesicht fast zärtlich an meinen Hals. Er atmet meinen Duft tief ein, als könne er nicht widerstehen, doch dann dringt sein Schwanz heftig in mich ein und der Moment ist vorbei. Wir sind wieder ganz bei der Sache und es beruhigt mich, mich in dem Gefühl seiner Stöße zu verlieren.

Er lässt mich nie unbefriedigt, auch wenn das nicht zu unserer Abmachung gehört, so greift er auch jetzt wieder zwischen uns und erreicht mit seinen begabten Fingern meine Klitoris. Ich kann nicht anders, als aufzustöhnen, als er mich auf die genau richtige Weise streichelt, um mich wild zu machen. Inzwischen weiß er genau, was nötig ist, um mich zum Höhepunkt zu bringen und zögert nicht lange. Ich will eigentlich nichts fühlen, aber für ein paar Sekunden ist alles, was ich tun kann, fühlen, fühlen, fühlen, bis sich meine Beine um seine Hüften zusammenziehen, um ihn weiter in mich hineinzustoßen. Mein Höhepunkt durchzuckt mich, nur wenige Augenblicke, bevor er ebenfalls kommt und mich ein gewaltiger Schwall an Kraft trifft. Sein Gesicht ist direkt neben meinem und ich will gerade meinen Kopf drehen, um seine perfekten Lippen zu küssen, als ich mich daran erinnere, wer wir sind, was wir hier tun und warum ich Bastien auf keinen Fall küssen will.

Als ich seine gesamte Energie aufgesaugt habe, stoße ich ihn von mir und richte meine Kleidung, wobei ich seinen Blicken ausweiche. Bastien steht auf und zieht seine Hose hoch, die wir ihm in der Hektik nur bis zu den Knien heruntergezogen haben. Auf dem Weg zur Schlafzimmertür knöpft er sie zu und ich betrachte seinen knackigen Hintern, während er sich entfernt. Wenigstens ist die Aussicht schön.

„Ich weiß deine Hilfe zu schätzen," sage ich mit ernstem Tonfall. Schöne Aussichten machen nicht wett, was er mir angetan hat.

„Bist du ausreichend gesättigt?", fragt er mit fester Stimme.

„Ja, danke."

Er nickt und geht dann mit der Nase hoch in der Luft den Flur entlang. *Du denkst wohl, du tust mir einen großen Gefallen, du Arsch.* Ich spreche es aber nicht laut aus, denn im Grunde genommen tut er mir ja einen Gefallen. Natürlich darf er als Teil des Deals auch mit einem heißen Sukkubus schlafen, also denke ich, dass er auch ziemlich gut dabei wegkommt.

Ich öffne ihm die Haustür und lasse den wunderschönen Sonnenuntergang mit der noch frischen Luft herein. Es ist Anfang März, was bedeutet, dass die Schule in ein paar Wochen beginnt. Während der Ferien habe ich in den letzten Monaten im Haus meines Vaters in Angel Peak gelebt und obwohl es schön war, endlich ein Zuhause zu haben, freue ich mich darauf, wieder an die Seraphim Akademie zurückzukehren.

Bastien hält in der Tür inne, während die Sonne sein schwarzes Haar wie Rabenfedern glänzen lässt. „Wenn du dich das nächste Mal ernähren musst, werden wir wieder in der Akademie sein. Ich bin mir sicher, dass Marcus sich bereit erklären wird, dir diese Stärkung zu gewähren."

Ich verschränke meine Arme. „Das wird nicht passieren."

Marcus würde vor mir kriechen, sich entschuldigen und mir versichern wollen, wie sehr er sich um mich sorgt und dazu bin ich gerade überhaupt nicht in der Stimmung. Ich bin viel zu sauer, um ihm auch nur irgendetwas zuzugestehen und ich bezweifle, dass er damit einverstanden wäre, dass ich seinen Körper benutze und ihn dann einfach wegschicke, so wie ich es jetzt mit Bastien mache.

Bastien schaut finster drein. „Wir wissen beide, dass es nicht ausreicht, wenn du dich nur von einer Person ernährst."

„Gute Nacht", sage ich mit meiner eisigsten Stimme und schließe die Tür hinter ihm. Er hat natürlich recht, auch wenn ich es nur ungern zugebe. Ich muss mir bald eine andere Lösung einfallen lassen, sonst riskiere ich, Bastien auszulaugen.

Er presst seine Lippen fest aufeinander und geht nach draußen. *Endlich.* Ich beobachte, wie er die Verandastufen hinuntergeht, wo er seine dunklen, silbernen Flügel ausbreitet und sich in die Luft in Richtung Campus erhebt. Als er weg ist, atme ich tief durch und versuche, mich zu beruhigen. Meine Wut ist nur schwer zu bändigen, wenn die Prinzen in der Nähe sind. Auch wenn Callan der wahre Anstifter der Ereignisse im letzten Jahr war, waren Bastien und Marcus genauso mitschuldig. Ich werde sie nicht so einfach davonkommen lassen, wenn überhaupt.

Während der Ferien habe ich einen Racheplan geschmiedet. Für das kommende Studienjahr habe ich mehrere Pläne, um mich für das, was die Prinzen mir angetan haben, zu revanchieren. Alle drei müssen einen Dämpfer bekommen, und das nicht nur zu meinem Vergnügen, sondern weil sie merken müssen, dass sie die Akademie nicht mehr regieren. Und Vergebung? Das steht nicht in ihren Karten. Es sei denn, sie überzeugen mich, dass es ihnen wirklich leidtut. Der Einzige, dem das gelingen könnte, ist Marcus. Bastien ist immerhin noch für eine schnelle Mahlzeit gut. Aber Callan? Er ist ein hoffnungsloser Fall. Ich stelle mir vor, wie er auf den Knien um meine Vergebung bettelt. Keine Chance.

Sie verdienen, was ich für sie geplant habe.

Abgesehen von meinen Racheplänen habe ich die Winterpause damit verbracht, mir zu überlegen, wie ich Jonah retten kann. Er wird seit über einem Jahr vermisst und jedes Mal, wenn ich an ihn denke, schmerzt mein Herz, aber ich weigere mich zu glauben, dass er tot ist. Als ich den Geheimbund der Seraphim Akademie, den Orden des Goldenen Throns, infiltrierte, erfuhr ich, dass Jonah ins Feenreich ging, um den Stab der Ewigkeit zu suchen. Das ist der magische Gegenstand, den Michael und Luzifer benutzten, um den großen Krieg zu beenden, Himmel und Hölle zu verschließen und alle Engel und Dämonen für immer auf die Erde zu bringen. Der Orden will den Stab benutzen, um alle Dämonen zurück in die Hölle zu schicken und den Himmel wieder zu öffnen, damit sie versuchen können, ihn wiederaufzubauen. Ich habe keine Ahnung, warum mein Bruder sich freiwillig gemeldet hat, um den Stab zu beschaffen, aber ihm muss bei seiner Ankunft im Feenreich etwas Schlimmes zugestoßen sein, sonst wäre er schon längst zurückgekehrt. Ich vermute, die Feen haben ihn aufgespürt und halten ihn nun irgendwo gefangen – und ich werde nicht ruhen, bis ich ihn auf die Erde zurückgebracht habe.

Die Seraphim Akademie verfügt über eine großartige Bibliothek und in den Semesterferien habe ich dort viel Zeit damit verbracht, nach Informationen darüber zu suchen, wie man ins Feenreich reisen kann und was es mit dem Stab der Ewigkeit auf sich hat. Manchmal begegnete ich Kassiel dort, aber ich versuchte, ihm so gut wie möglich aus dem Weg zu gehen. Nach dem Kuss, den wir am Ende des letzten Semesters geteilt haben, ist die sexuelle Spannung zwischen uns nur noch stärker geworden. Die Anziehungskraft zwischen uns knisterte und brodelte, wann immer wir in der Nähe des anderen waren, aber wir waren uns beide einig, dass wir unserer Lust nicht mehr nachgeben durften, jedenfalls nicht, bis ich meinen Abschluss gemacht habe. Beziehungen zwischen Lehrern und Studenten sind an der Seraphim Akademie verboten und ich möchte nichts tun, was seinen Job gefährden könnte. Vor allem, weil er im Moment mein einziger wahrer Verbündeter ist und ich seine Hilfe brauchen werde, wenn ich Jonah finden und den Orden aufhalten will.

Ich habe ein umfangreiches Notizbuch voll mit Notizen, aber noch keinen konkreten Plan. Ich hoffe, dass ich in diesem Jahr mithilfe des Kurses in Feenkunde in der Lage sein werde, all meine Wissenslücken zu schließen. Es könnte einige Zeit dauern, aber ich werde nicht aufgeben, bevor ich meinen Bruder gefunden habe und ihn nach Hause gebracht habe. *Ich komme dich holen, Jonah. Bleib am Leben für mich. Ich bitte dich.*

Ich dusche schnell, um Bastien von mir abzuwaschen und verdränge alle Prinzen und Kassiel aus meinen Gedanken. Je weniger ich an sie denke, desto besser.

2

OLIVIA

Als ich morgens in die Küche gehe, um mir etwas zum Frühstück zu machen, stöhne ich auf, als ich den Kühlschrank öffne. Er ist fast leer. Ich muss noch ein letztes Mal einkaufen gehen, bevor es Zeit ist, zum Campus zurückzukehren. Wenigstens habe ich noch reichlich Geld von dem Taschengeld übrig, das Aerie Industries den Studenten der Seraphim Akademie zahlt. Letztes Jahr habe ich kaum etwas davon ausgegeben, daher ist das meiste davon hier in meinem Zimmer unter einer losen Bodendiele versteckt. Dort bewahre ich auch meine neue goldene Robe vom Orden auf.

Ich nehme mir ein etwas altbackenes Croissant von der Theke und mampfe es, als ich in mein Zimmer gehe, bevor ich mich zufrieden umschaue. Mein Zimmer war ziemlich karg, als ich einzog, aber ich habe es mit einem knappen Budget mit ein paar hübschen Kissen, fließenden Vorhängen und ein paar kleinen Schmuckstücken hier und da dekoriert. Jetzt fühlt sich das Zimmer wie meins an. Zum ersten Mal gehöre ich irgendwohin. Ich wünschte nur, Jonah wäre auch hier.

Ich krame meine Stiefel aus dem Schrank hervor, die dort unter dem Wäscheberg der letzten Tage vergraben sind. Seufzend hebe ich die Kleidung auf und werfe sie in den Wäschekorb. Es gibt keinen Grund, so schlampig zu sein, nur weil ich hier allein bin und niemand da ist, um mich kritisieren kann.

Gabriel kommt mich alle paar Wochen besuchen, aber es ist immer ein bisschen unangenehm zwischen uns. Wir haben Weihnachten zusammen verbracht, aber es war ein ziemlich trauriges Fest, weil Jonah fehlte und weil Gabriel und ich in den letzten zweiundzwanzig Jahren kaum etwas miteinander zu tun hatten. Er schenkte mir allerdings netterweise einen neuen Wintermantel und ich hatte das Gefühl, dass er sich zumindest Mühe gab. Er blieb eine Woche lang und am Ende war ich fast erleichtert, ihn gehen zu sehen. Ich weiß es zu schätzen, dass er zu mir hält und sich endlich einmal bemüht, ein echter Vater zu sein, aber wir werden einige Zeit brauchen, um herauszufinden, wie wir als Familie zusammenleben können.

Vor allem, weil Gabriel mir immer noch nicht glaubt, dass Jonah im Feenreich ist. Ich habe ihm alles über den Orden erzählt – von dem er natürlich wusste und sagte, dass er ihn seit Jahren beobachtet –, aber er behauptet, er hätte bereits mit dem Hochkönig des Feenreichs gesprochen, der ihm versicherte, dass Jonah nicht dort sei. Was bedeutet, dass der König entweder keine Ahnung hat oder dass er lügt.

Ganz ehrlich? Ich glaube, es fällt Gabriel leichter zu glauben, dass Jonah weggelaufen ist, als der Wahrheit ins Auge zu sehen, dass er eingesperrt sein könnte ... oder Schlimmeres.

Ich greife nach dem Mantel, den er mir geschenkt hat. Er ist leuchtend rot und hat einen weißen Kunstpelzbesatz um den Hals. Er ist groß und knallig und schreit förmlich: *Ich verstecke mich nicht mehr, komm damit klar.* Ich liebe ihn, vor allem, weil er zeigt, dass Vater mich kennt, zumindest ein bisschen.

Dass ich mich nicht mehr verstecken muss, ist eine willkommene Abwechslung, genauso wie der ganze Schnee im Winter. Ich war in keiner Weise auf das Leben in den Bergen Nordkaliforniens vorbereitet, aber ich liebte es trotzdem. Jedes Mal, wenn ich ausgehen wollte, habe ich so ziemlich meine gesamte Garderobe in Schichten angezogen, aber der Mantel hilft mir nun sehr.

Jetzt liegt allerdings kein Schnee mehr, dafür scheint die Sonne umso intensiver und erfüllt mich mit Licht, als ich in das Zentrum von Angel Peak fliege. Dies ist die kleine Stadt in der Nähe der Seraphim Akademie, die nur von Engeln besucht werden kann. Es war den ganzen Winter über ziemlich leer hier, da Engel die Kälte hassen und dazu neigen, wie Vögel in wärmere Gefilde zu ziehen. Aber da die Seraphim Akademie in wenigen Tagen wieder startet, kehren die Menschen langsam in die Stadt zurück und es herrscht wieder reger Betrieb in den malerischen kleinen Geschäften.

Ich lande auf dem Bürgersteig und fahre meine schwarzen Flügel in meinen Rücken ein. Die ganze Straße scheint auf einmal innezuhalten, um mich anzustarren, doch ich kann nicht sagen, ob die Blicke wütend oder ängstlich sind. Jetzt, wo jeder weiß, dass ich sowohl halb Dämon als auch die Tochter eines Erzengels bin, behandeln mich die Leute anders. Niemand ist direkt unhöflich, denn niemand wagt es, Gabriels Tochter zu beleidigen, aber einige weichen mir schnell aus, um mir aus dem Weg zu gehen, während andere mir hasserfüllte Blicke zuwerfen, als ob ich ihre Stadt durch meine Anwesenheit verunreinigen würde. Ich kann mich nicht entscheiden, was schlimmer ist.

Ich eile in das örtliche Café und vermutlich bilde ich mir das nur ein, aber ich glaube, ich höre einen kollektiven Seufzer der Erleichterung auf der Straße, als sich die Tür hinter mir schließt. Auch ich bin erleichtert, dass ich ihren verurteilenden Blicken entkommen bin, aber als ich zum Tresen gehe, um zu bestellen, entdecke ich jemanden, der mich wieder ganz nervös macht. Araceli.

Die Dinge zwischen uns haben im letzten Semester nicht gut geendet und ich bin immer noch von Schuldgefühlen geplagt, weil ich weiß, dass es allein meine Schuld war. Araceli war während meines ersten Jahres an der Seraphim Akademie meine Mitbewohnerin und meine beste Freundin – manchmal sogar meine einzige wirkliche Freundin –, aber als sie herausfand, dass ich sie die ganze Zeit über darüber angelogen hatte, wer und was ich bin, war sie ziemlich aufgebracht. Ich habe versucht, die Beziehung so gut wie möglich zu kitten, aber sie sagte, sie brauche Abstand, und das habe ich respektiert.

Ich überlege gerade, ob ich aus dem Laden stürmen soll, aber dann bemerkt sie mich und es ist zu spät. Jetzt muss ich mich ihr stellen. Sie trägt ihre limettengrünen Springerstiefel und hat diese lila Strähne in ihrem dunkelbraunen Haar und ich muss zugeben, dass es wirklich schön ist, sie zu sehen. Ich weiß nur nicht, ob sie das Gleiche empfindet, wenn sie mich ansieht.

Ich nähere mich ihr an der Theke und wir schauen uns einen Moment lang unbeholfen an, bevor ich schließlich frage: „Wie waren deine Ferien?"

Araceli überrascht mich und schlingt ihre Arme um mich. Ich habe sofort Tränen in den Augen, während ich ihre Umarmung erwidere. „Oh, Liv", sagt sie. „Ich habe dich vermisst."

„Ich habe dich auch vermisst." Meine Stimme bricht ein kleines bisschen. „Ist zwischen uns ... alles in Ordnung?"

Sie zieht sich zurück und lächelt mich an. „Es ist alles in Ordnung. Wie ich schon sagte, du bist immer noch meine beste Freundin. Ich brauchte nur etwas Freiraum." Sie stupst mir mit dem Finger auf die Brust. „Und wehe, du lügst mich jemals wieder an."

Ich atme tief durch, als die Anspannung meinen Körper verlässt. „Das werde ich nicht. Ich verspreche es."

„Gut. Ich besorge uns einen Tisch, damit wir uns auf den neuesten Stand bringen können."

Sie schnappt sich ihren Kaffee und geht zu einem runden Tisch in der Ecke, während ich an den Tresen trete. Die Barista sieht mir nicht in die Augen, obwohl ich schon seit Monaten einmal pro Woche hierherkomme. Aber sie kennt meine Bestellung schon auswendig und reicht sie mir sofort. Dann nimmt sie schnell meine Bezahlung entgegen, bevor sie sich aus dem Staub macht, um irgendwo anders zu sein. Ich schenke ihr ein breites Lächeln und werfe trotzdem ein paar Münzen in die Trinkgeldkasse.

Mit meiner riesigen Tasse voller flüssigen Himmels – ja, der Kaffee hier ist wirklich so gut – setze ich mich Araceli gegenüber. „Wie ist es dir ergangen?", frage ich, diesmal mit mehr Selbstvertrauen.

„Gut. Ich habe die Ferien bei meiner Mutter verbracht, und das war schön, aber ich bin etwas früher zurückgekommen, um mich schon mal wieder einzugewöhnen, bevor der Unterricht beginnt. Ich wohne jetzt bei meiner Tante. Sie hat einen fünfjährigen Sohn, der zwar süß, aber auch ein totales Monster ist, also bin ich hierhergekommen, um ihm zu entkommen." Sie nimmt einen Schluck von ihrem Kaffee. „Und wie ist es bei dir? Wie waren deine Ferien?"

Ich zucke mit den Schultern, während ich meine Hände an der Kaffeetasse wärme. „Es war okay. Ich habe viel Zeit damit verbracht, zu recherchieren und etwas über die Feen zu lernen. Ich habe nicht das Gefühl, dass ich bei der Suche nach meinem Bruder weitergekommen bin, aber ich sollte dieses Jahr zumindest in Feenkunde eine Eins bekommen."

Sie lacht. „Das solltest du auch, mit mir als Zimmergenossin. Ich habe den Kurs letztes Jahr belegt, um zu sehen, ob ich etwas Neues über mein Vermächtnis lernen kann."

„Und hast du?"

„Ein wenig, ja. Mein Vater hat mir natürlich ein paar Dinge erzählt, aber er hat viel ausgelassen. Es war auch gut, das Ganze aus einer anderen Perspektive zu hören."

Araceli erwähnt ihren Halb-Feen-Vater nur selten und ich schätze, ich war vorher zu sehr mit mir selbst beschäftigt, um das zu bemerken. Schlimmste. Freundin. Aller. Zeiten. Aber ich werde mich dieses Jahr auf jeden Fall bessern – das ist eines meiner Ziele, zusammen mit der Rache an den Prinzen und der Suche nach meinem Bruder. „Du redest nicht viel über ihn."

Sie starrt in ihre Kaffeetasse. „Meine Eltern haben sich vor ein paar Jahren getrennt und danach wurde unser Verhältnis seltsam. Zuerst kam er mich jedes Wochenende besuchen, aber dann wurde es eher jeden Monat und jetzt ist es etwa einmal im Jahr."

„Lebt er im Feenreich?", frage ich. „Warst du jemals dort?" Der Orden wollte Araceli benutzen, um ins Feenreich zu gelangen und Jonah zu finden. Ich würde sie niemals auf diese Weise ausnutzen, aber sie hat mir angeboten, mir zu helfen, wo immer sie kann.

„Nein. Papa war ein Bote zwischen den Feen und den Engeln und beide Seiten akzeptierten ihn zähneknirschend, weil er nützlich war. Dann lernte er meine Mutter kennen, sie verliebten sich und ich wurde geboren. Die Feen haben ihn danach verstoßen. Ich schätze, ein Kind mit einem anderen Engel zu haben, war der letzte Tropfen für sie. Er kann nicht ins Feenreich zurückkehren, ohne getötet zu werden und ich bin dort auch nicht willkommen."

„Das tut mir leid. Ich hatte ja keine Ahnung."

Sie verzieht unbehaglich das Gesicht und zuckt mit den Schultern. „Ich spreche nicht gerne darüber. Ich bin sowieso nur zu einem Viertel eine Fee, also konzentriere ich mich einfach auf meine Engelsseite und beschäftige mich nicht mit dem Rest."

Ich nehme einen Bissen von meinem Burrito und nicke, obwohl ich glaube, dass sie einen Fehler machen könnte. So sehr sie auch versuchen mag, ihr Feenerbe zu verleugnen, Araceli wird immer etwas davon im Blut haben. Es gibt kein Entrinnen. Das weiß ich besser als jeder andere.

„Wie auch immer, mein Vater lebt jetzt in Florida, und wir reden nicht viel miteinander. Wenn ich ihn sehe, ist es ziemlich unangenehm."

Ich schnaube. „Ich weiß alles über unangenehme Begegnungen mit Vätern. Weihnachten mit meinem Vater war definitiv recht unangenehm."

„Darauf wette ich. Aber hey, wenigstens bemüht er sich."

Ich nicke und nehme einen Schluck von meinem Kaffee. „Das tut er, und ich weiß das zu schätzen. Wenn Jonah zurück ist, wird es vielleicht nicht mehr so unangenehm sein."

Sie wirft mir einen mitleidigen Blick zu. Wie alle anderen glaubt sie wahrscheinlich auch, dass Jonah tot ist. „Ich werde alles tun, was ich kann, um dir zu helfen, ihn zu finden."

„Danke. Das weiß ich zu schätzen."

Sie nippt noch einmal an ihrer Tasse, bevor sie die Augenbrauen hochzieht. „Wie läuft es mit dem, äh, Ernähren?"

Ich senke meine Stimme, obwohl niemand in unserer Nähe sitzt. „Ich habe Bastien für eine schnelle Stärkung benutzt. Das funktioniert im Moment, aber ich muss mir bald etwas anderes einfallen lassen."

„Was ist mit Marcus?"

„Ich bin mir nicht sicher, ob ich damit wieder anfangen will." Ich seufze und nippe an meinem Kaffee. „Marcus würde sich bei mir einschleimen und versuchen, mich zurückzugewinnen und mir erklären, wie viel ich ihm bedeute und daran bin ich nicht interessiert. Bastien ist ein gefühlloser Bastard, und das ist genau das, was ich im Moment brauche."

„Und Callan?"

Meine Augen verengen sich. „Callan verdient, was ihn erwartet."

„Was meinst du?"

„Ich habe darüber nachgedacht, wie ich sie zu Fall bringen kann, und ich habe einen Plan."

Araceli grinst und lehnt sich vor. „Ich bin dabei. Was auch immer es ist, ich bin dabei."

3

KASSIEL

Ich lande vor Gabriels Haus in Angel Peak, ziehe leise meine schwarz-silbernen Flügel ein und richte meine Krawatte. Ich trage einen dicken Mantel, obwohl mir die Kälte überhaupt nichts ausmacht, aber ich muss den Anschein wahren, ein Engel zu sein. Nur zwei Menschen an der Seraphim Akademie wissen, was ich wirklich bin – Uriel und Olivia. Vielleicht hat mich der Erzengel deshalb geschickt, um Olivia zu holen. Wenn er mich bittet, etwas zu tun, habe ich keine andere Wahl, als zu gehorchen. Als Gefallener muss ich mich seiner Autorität nicht beugen, aber als Professor an der Seraphim Akademie muss ich den Direktor respektieren. Ich darf nur aufgrund seines guten Willens an der Akademie unterrichten und ich weiß es zu schätzen, dass er mein Geheimnis für mich bewahrt. Wenn die Engel herausfinden würden, dass ein Dämon ihre Studenten unterrichtet, würden sie dafür sorgen, dass ich gefeuert werde ... oder Schlimmeres.

Und wenn jemand über mich und Olivia Bescheid wüsste? Das wäre genauso schlimm.

Nicht, dass im Moment irgendetwas zwischen uns passiert

wäre. Wir haben miteinander geschlafen, bevor ich ihr Professor wurde, und daran können wir nichts ändern. Der Kuss am Ende des letzten Semesters ist eine andere Geschichte, aber so etwas wird nicht wieder passieren, nicht solange sie noch studiert. Wir haben uns beide darauf geeinigt, die Dinge zwischen uns streng professionell zu halten, während wir zusammenarbeiten, um den Orden des Goldenen Throns zu Fall zu bringen.

Das ist der wahre Grund, warum ich an der Seraphim Akademie bin, und ich habe die Semesterferien damit verbracht, mich über sie und den Stab der Ewigkeit zu informieren. Das hat mich Olivia natürlich nur nähergebracht, denn sie forschte auch nach denselben Dingen. So trafen wir uns in diesem Winter mehrmals in der Bibliothek. Und jedes Mal, wenn ich sie sah, fiel es mir schwerer, meine Gefühle für sie zu verleugnen.

Ich bin jedoch fest entschlossen, nicht zuzulassen, dass mein Verlangen nach Olivia die Art und Weise beeinflusst, wie ich sie behandle. Sie ist meine Studentin und ich möchte, dass sie während ihrer Zeit an der Seraphim Akademie den größtmöglichen Nutzen aus dem zieht, was ich ihr beibringen kann. Auch wenn ich einen Hintergedanken hege, nehme ich meine Lehrtätigkeit sehr ernst und bemühe mich, im Unterricht über Engelsgeschichte die Vergangenheit so neutral wie möglich darzustellen. Engel und Dämonen haben jahrhundertelang gegeneinander gekämpft, aber nun, da der Krieg vorbei ist, hoffe ich, dass die neuen Generationen in Frieden aufwachsen können, frei von alten Stereotypen und Hass. Ich habe diesen Job als Sonderauftrag von Luzifer selbst angenommen, aber er macht mir Spaß und meine Studenten liegen mir am Herzen. Eine ganz besonders.

Aber ich werde sie nicht ausnutzen, sie nicht bevorzugen und auch sonst nichts tun, wozu Männer in Machtpositionen neigen. Vor allem menschliche Männer. Meine Hand erstarrt, bevor ich die Tür berühre. Zu Olivias Haus zu kommen, fühlt sich wie ein großer Verstoß und eine noch größere Versuchung an. Ich erinnere mich daran, dass ich diesen Auftrag von Uriel für jeden beliebigen Studenten erledigen würde. Ich hebe meine Faust und klopfe an ihre Tür.

Olivia öffnet die Tür in einem engen Tanktop, das verzweifelt versucht, ihre großen Brüste platt zu drücken, dabei jedoch scheitert, und in einer passenden Yoga-Hose. Ihr Haar ist nach hinten gebunden und sie hat einen Schweißfilm im Gesicht, der mich vermuten lässt, dass sie gerade trainiert hat. Ich muss sofort daran denken, wie ich diesen Körper an die Wand gepresst habe, während ich in sie stieß, sie hatte denselben Schweißglanz, als sie sich um meinen Schwanz krallte.

„Kassiel?", fragt sie und lehnt sich gegen den Türrahmen. „Was machst du denn hier?"

Ich zwinge meinen Blick nach oben, weg von der Verlockung ihrer Oberschenkel. Es dauert einen Moment, bis ich mich daran erinnere, warum ich hier bin. „Uriel hat mich geschickt, um dich zu holen. Er möchte sofort mit dir sprechen."

Besorgnis durchzieht ihre Züge. „Warum?"

„Ich weiß es nicht, aber er sagte, es sei dringend."

„Komm bitte herein."

Mein Blick wandert wieder an ihrem Körper entlang. „Das möchte ich lieber nicht."

Sie verdreht die Augen. „Ich werde dich nicht anspringen, versprochen. Ich brauche nur ein paar Minuten, um mir etwas anderes anzuziehen."

„Wahrscheinlich eine gute Idee." Ich betrete das Haus. Das Haus von Erzengel Gabriel. Wenn er wüsste, dass ein Gefallener in seinem Wohnzimmer steht, würde er sich wahrscheinlich sofort hierher teleportieren, um mich von seinem Grundstück zu vertreiben. Und wenn er erst wüsste, dass ich einmal mit seiner Tochter geschlafen habe, würde er wahrscheinlich meinen Kopf fordern.

. . .

Olivia verschwindet und ich bleibe unbeholfen im Wohnzimmer stehen, während ich warte. Die großen Fenster bieten eine herrliche Aussicht, aber ich interessiere mich mehr für die Bücherregale, die voll mit Menschenromanen sind. Alte Klassiker, die geschrieben wurden, bevor ich geboren wurde, aber auch neue Bestseller. Die Buchrücken der meisten sehen abgenutzt aus, als wären sie schon oft gelesen worden.

„Mein Vater liebt es, Menschenbücher zu lesen", sagt Olivia. „Alles, vom kitschigsten Liebesroman bis zu den trockensten Klassikern."

Ich drehe mich um, als würde es mich kaum interessieren, und sehe, dass sie eine Jeans angezogen hat, die ihre Kurven umschmeichelt und einen schwarzen Pullover dazu trägt, der einen tiefen V-förmigen Ausschnitt hat, der ihre Brüste betont. Ich bin mir nicht sicher, ob irgendetwas an ihr nicht schmeichelhaft aussehen könnte. Alle Sukkubi sind unglaublich sexy, aber Olivia ist die verführerischste, der ich je begegnet bin.

Sie öffnet einen Schrank und holt einen knallroten Mantel mit weißem Pelzkragen heraus. „Lass uns gehen."

Ich kann mir ein Kichern nicht verkneifen. „So kalt kann dir nicht sein, nicht mit Dämonenblut in deinen Adern."

„Ich bin weder übermäßig empfindlich gegenüber Kälte, wie ein Engel, noch gegenüber Hitze, wie ein Dämon. In dieser Hinsicht bin ich eher wie ein Mensch. Aber ich bin in L.A. aufgewachsen, also bin ich immer noch ein ziemliches Weichei, was die Kälte angeht." Sie geht nach draußen und schließt die Tür hinter uns ab. „Fertig?"

„Bist du nervös?"

„Ein wenig." Sie sieht mich mit ihren geheimnisvollen Augen an. „Ohne dich an meiner Seite wäre ich noch nervöser."

Meine Brust zieht sich zusammen und ich muss den Blick von ihr abwenden, bevor ich sie in den Arm nehme, sie küsse und ihr sage, dass alles gut werden wird, weil ich dafür sorgen werde. Das darf ich natürlich nicht tun, aber ich werde so gut ich kann für sie da sein. Sie ist immer noch meine Studentin, erinnere ich mich. Die attraktivste Studentin, die ich je in meinem Leben gesehen habe, aber trotzdem. Nur eine Studentin, jedenfalls für die nächsten zwei Jahre.

Ich habe das Gefühl, dass es die längsten zwei Jahre meines Lebens sein werden.

4

OLIVIA

Neben Kassiel zu fliegen ist eine wundervolle Art von Qual. Er ist die einzige andere Person, die ich kenne, die schwarze Flügel hat, was unter Engeln zwar selten, aber nicht ungewöhnlich – unter den Gefallenen jedoch weit verbreitet – ist. Die meisten Engel im Flugunterricht des letzten Jahres hatten weiße, graue oder braune Flügel, doch Araceli hat die schönsten Flügel von allen. Sie sind weiß mit dem gleichen Lila der Strähne in ihrem Haar. Zusammen mit ihren spitzen Ohren sind sie das Einzige, was ihr Feenerbe offenbart.

Während wir fliegen, fällt es mir schwer, Kassiel in seinem sexy schwarzen Anzug mit den silber-schwarzen Flügeln auf dem Rücken nicht anzustarren, vor allem, weil ich immer noch sein Verlangen nach mir spüren kann. Seine Reaktion, als er mich in meiner Yogakleidung gesehen hat, hat mich umgehauen, bevor einer von uns beiden ein Wort sagen konnte. Seine Begierde hat mir nette Snacks zwischen den Mahlzeiten von Bastien beschert. In der ganzen Zeit, die wir in den Ferien zusammen verbracht haben, habe ich nie gespürt, dass er sich nach einer anderen Frau in der Bibliothek gesehnt hat, obwohl es mehrere sehr attraktive

Engel gab, die ihm offensichtliche Blicke zuwarfen. Er hat es nicht einmal bemerkt.

Aber er gehört mir nicht. Er kann mir nicht gehören, nicht, bis ich in zwei Jahren meinen Abschluss an der Seraphim Akademie gemacht habe. Nicht, wenn wir seinen Job und alles, was wir vorhaben, nicht aufs Spiel setzen wollen.

Ich bin mir nur nicht sicher, wie wir einander so lange widerstehen sollen.

Jetzt fliege ich auf den Campus zu, mit ihm direkt neben mir und seine Lust schwebt zwischen uns. Ich fange an zu glauben, dass es einfacher sein wird, Uriel gegenüberzutreten, als in Kassiels Nähe zu sein, ohne unsere Gefühle füreinander auszuleben. Denn es ist nicht nur die Lust, die wir teilen, sondern noch etwas anderes. Etwas, an das ich im Moment definitiv nicht denken kann.

Der Wald unter uns lichtet sich und die strahlend weißen Gebäude des Campus und der glitzernde See begrüßen uns. Der Frühling liegt in der Luft, das Gelände ist grün und die Blumen auf den Gehwegen beginnen zu blühen. Ich atme tief ein. Ich bin unter falschem Vorwand in die Seraphim Akademie gekommen, um meinen Bruder zu finden, aber zu meiner Überraschung hat es mir hier im letzten Jahr sehr gut gefallen. Als die Prinzen versuchten, mich von der Akademie verweisen zu lassen, habe ich mich dafür eingesetzt, dass ich bleiben durfte, und das nicht nur wegen meiner Suche nach Jonah. Ich wollte auch für mich hierbleiben.

Als wir uns dem Haus des Direktors nähern, dreht sich mir der Magen um. Warum will Uriel mich zwei Tage vor Unterrichtsbeginn sehen? Will er mir sagen, dass er seine Meinung geändert hat und ich in der Akademie doch nicht mehr willkommen bin? Was könnte es sonst sein?

Wir landen vor Uriels viktorianischem Haus, das zu malerisch aussieht, um Teil des Campus zu sein. Ich war schon ein paar Mal in seinem Büro, aber es war nie eine angenehme Erfahrung. Ich zögere und wende mich an Kassiel. „Kommst du mit?"

„Ja", sagt er und führt mich hinein.

Das ist eine Erleichterung. Mein ganzes Leben lang war ich auf mich allein gestellt und es tut gut, endlich einmal jemanden auf meiner Seite zu haben. Jemand anderen als Jonah zumindest. Mein Bruder ist der Einzige, der mir immer den Rücken gestärkt hat – und jetzt bin ich an der Reihe, mich zu revanchieren, indem ich ihn rette.

Kassiel öffnet die Bürotür und tritt zur Seite, damit ich eintreten kann. Sobald ich einen Blick in den Raum geworfen habe, gefriert mir das Blut in den Adern. Uriel ist nicht allein. Ihm gegenüber, in einem der ledernen Ohrensessel, sitzt ein Mann, der so kalt und gut aussehend ist, dass es mir den Atem raubt. Mit seinem langen schwarzen Haar, das ihm lässig um die breiten Schultern fällt, den stechend blauen Augen und den markanten Wangenknochen sieht er aus wie ein Mann, der dich über die Schulter werfen und in seine teuflische Höhle entführen würde.

„Bitte kommen Sie herein", sagt Uriel und deutet auf den Stuhl neben dem anderen Mann. „Das ist Baal, der Direktor der Hellspawn Akademie."

Meine Augen weiten sich. Baal ist der Erzdämon der Vampire. Was auch immer das hier ist, es kann nichts Gutes bedeuten.

„Ich freue mich, Sie kennenzulernen, Olivia." Der Vampir steht auf und streckt seine Hand aus. Wie Kassiel hat er einen englischen Akzent, nur klingt er förmlicher. Älter. Uralt.

Ich strecke die Hand aus und schüttle sie. Ich erwarte, dass sie kalt und klamm ist, wie die eines Toten, aber dann erinnere ich mich daran, dass so ziemlich alles was man in Filmen und Fernsehsendungen über Vampire lernt, falsch ist. Sie sind nicht tot, sie können ins Sonnenlicht treten und Knoblauch kann ihnen auch nichts anhaben, außer dass sie einen schlechten Atem bekommen. Nur seine Augen sind kalt wie der Tod, auch wenn er mir ein charmantes Lächeln schenkt.

„Bitte, setzen Sie sich. Ich beiße nicht." Er zwinkert mir mit diesen eisblauen Augen zu.

Oh, doch, das tun Sie. Ich bin mir allerdings ziemlich sicher, dass er das vor Uriel nicht tun wird, also setze ich mich auf die Kante des Ledersessels. Kassiel stellt sich direkt hinter mich.

Baal hebt seinen Blick über meinen Kopf und kneift die Augen zusammen. „Kassiel."

„Baal." Kassiels Stimme ist leise und als ich mich umdrehe, sehe ich, wie er die Arme verschränkt und den Erzdämon anschaut. Ich frage mich, woher sie sich kennen und ob es für Kassiel sicher ist, hier bei mir zu sein. Ich weiß seine Unterstützung zu schätzen, aber ich möchte nicht, dass er meinetwegen in Schwierigkeiten gerät.

Baals Blick kehrt zu meinem Gesicht zurück. „Olivia, ich bin hier, um Ihre Einschreibung an die Hellspawn Akademie sicherzustellen."

Ich falle fast von meinem Stuhl. „Meine Einschreibung?"

„Als erster Engel-Dämonen-Hybrid ist es nur angemessen, dass Sie die Hälfte Ihrer Zeit an der Hellspawn Akademie verbringen." Er lächelt mich an, aber es ist das Lächeln eines Fürsten, der auf einen seiner Lakaien herabblickt und erwartet, dass dieser sich verbeugt.

„Ich weiß das Angebot zu schätzen ..." Ich schlucke. Wie kann ich das taktvoll formulieren? „Aber ich würde es vorziehen, hier zu bleiben."

„Ich bin mir nicht sicher, ob Sie eine Wahl haben." Baal ist immer noch immer der Inbegriff von Höflichkeit, aber er hat auch einen starken Unterton von Dunkelheit und es ist offensichtlich, dass er erwartet, seinen Willen zu bekommen.

Ich drehe mich nicht um, um zu sehen, wie Kassiel reagiert,

aber er bewegt sich und seine Hand streift meinen Rücken. Ich vermute, dass er sich an der Stuhlkante festhält.

Uriel verschränkt die Hände vor sich auf seinem großen Mahagonischreibtisch. „Wenn Olivia hierbleiben möchte, dann sollte sie das tun. Wir können hier für ihre Sicherheit sorgen."

Vielen Dank, Uriel.

Baal beugt sich vor. „Sie wird auch in der Hellspawn Akademie absolut sicher sein. Das kann ich Ihnen versprechen. Es ist wichtig, dass sie sowohl ihre Dämonenseite als auch ihre Engelsseite kennenlernt. Nicht nur, damit sie unsere Geschichte aus unserer Sicht kennenlernt, sondern auch, damit sie lernen kann, ihre Kräfte zu kontrollieren und keine Bedrohung für andere darzustellen."

„Ich bin ausgebildet worden", werfe ich ein. „Meine Mutter hat viel Zeit mit mir verbracht, als ich volljährig wurde, damit ich lernen konnte, meine Sukkubus-Kräfte sicher einzusetzen."

Baal zieht eine Augenbraue hoch. „Und Ihre Mutter ist ...?"

Ich zucke lässig mit den Schultern und hoffe, dass meine Halskette mich auch bei Lügen gegenüber Erzdämonen schützt. „Ein Sukkubus namens Laylah. Ich weiß nicht viel über sie."

„Hmm." Baals Miene wird nachdenklich. „Aber es gibt viele Dinge, die wir Ihnen beibringen können, die die Engel nicht beherrschen."

Ich bin neugierig, das gebe ich zu. Ich möchte mehr über meine dämonische Seite erfahren. Aber ich muss hierbleiben, um Jonah zu finden und den Orden zu Fall zu bringen. Das kann ich nicht von der Hellspawn Akademie aus tun. „Tut mir leid, aber mein Platz ist hier."

„Wäre es ein akzeptabler Kompromiss, wenn ein Dämon sie hier auf dem Campus über Ihre Art unterrichtet?", fragt Uriel. „Ich habe bereits einen der Gefallenen, der das tun kann."

Kassiel fügt hinzu: „Es wäre mir eine Ehre, sie über unsere Art zu unterrichten."

Baal sieht nicht glücklich darüber aus, aber er lehnt es auch nicht ab. Er rutscht in seinem Sitz hin und her und kreuzt seine langen, muskulösen Beine. Er ist wirklich heiß, aber sein Alter strahlt von ihm ab wie eine Hitzewelle. Er ist Tausende von Jahren alt, so alt wie meine Eltern. Nichts für mich, danke.

„Gut", zischt er. „Kassiel kann sie über unsere Geschichte und unsere Gesetze unterrichten, aber ich möchte, dass ein Sukkubus sie testet, um sicherzustellen, dass sie auch in diesem Bereich gut ausgebildet ist." Ich will protestieren, aber Baal wirft mir einen strengen Blick zu, der mich sofort zum Schweigen bringt. „Auch wenn Sie sagen, dass Sie ausgebildet wurden, sollten wir das selbst beurteilen dürfen. Wir können nicht zulassen, dass ein untrainierter Sukkubus in ganz Kalifornien Menschen aussaugt. Sie werden sich mit einem Sukkubus meiner Wahl treffen, oder Sie werden die Hellspawn Akademie besuchen. Sie haben die Wahl."

Ich möchte einwenden, dass das in den letzten vier Jahren kein Problem darstellte, aber ich schätze, ich verstehe sein Bedürfnis, vorsichtig zu sein. Ich freue mich auch nicht gerade über mehr Unterricht mit Kassiel. Es wird für uns beide eine Lektion in Zurückhaltung sein, soviel steht fest.

„In Ordnung", stimme ich widerwillig zu. „Sonst noch etwas?"

„Das wäre dann alles." Baal richtet sich zu seiner vollen Größe auf und schenkt mir ein bedrohliches Lächeln. „Es war mir ein absolutes Vergnügen, Ms. Monroe. Erzengel Uriel." Er schürzt seine Lippen. „Kassiel."

„Es war mir eine Ehre, Sie wiederzusehen, Erzdämon Baal", sagt Uriel.

Der Vampir nickt Uriel zu und verlässt dann den Raum. Sobald er weg ist, entspanne ich mich in dem Ledersessel und lasse meinen Blick durch Uriels Büro schweifen. Ich entdecke die schattenhafte schwarze Feder, die in einer Vitrine schwebt und frage mich wieder, in wessen Flügeln sie fehlt. Ich betrachte auch sein privates Bücherregal und das verbotene Buch, das ich letztes Jahr daraus gestohlen habe. Ich fühle mich ein wenig schuldig, aber ich musste es tun, um in den Orden aufgenommen zu werden. Wenigstens wurde es irgendwann zurückgegeben.

Uriel verschränkt seine Finger und schaut mir in die Augen. „Olivia, wie Sie sicher schon vermutet haben, ist Kassiel ein Gefallener und kein Engel. Er arbeitet hier im Rahmen einer Initiative zur Verbesserung der Beziehungen zwischen den Engeln und Dämonen, aber wir sind noch nicht bereit, der gesamten Akademie mitzuteilen, was er ist. Ich vertraue darauf, dass Sie dieses Geheimnis als Teil der Bedingung für Ihren Verbleib an der Seraphim Akademie bewahren."

Ich nicke und tue so, als wäre das eine Neuigkeit für mich. „Ich verstehe. Ich werde es niemandem sagen."

„Gut. Ich werde wöchentliche Trainingseinheiten mit Kassiel in Ihren Stundenplan aufnehmen. Ich weiß nicht, wann der Sukkubus eintreffen wird, aber Sie werden auch für ihren Unterricht Zeit finden müssen. Haben Sie sonst noch Fragen oder Anliegen an mich?"

„Nein", antworte ich. „Aber ich weiß Ihre Unterstützung zu schätzen. Danke, dass ich hierbleiben darf."

„Natürlich", sagt Uriel. „Sie gehören genauso hierher wie jeder andere auch. Ich sehe Sie dann morgen bei der Orientierungsveranstaltung."

Das klingt wie eine Verabschiedung, also nicke ich und verlasse den Raum, mit Kassiel direkt hinter mir. Als wir draußen sind, lächle ich ihn an. „Danke, dass du bei mir geblieben bist."

„Gern geschehen." Kassiel runzelt die Stirn und starrt auf die Straße, die vom Haus wegführt, bevor er mich mit einem mahnenden Blick wieder anschaut. „Dieser Deal mit Baal ist das Beste, was wir uns erhoffen konnten, auch wenn der Sukkubus die Akademie natürlich für die Erzdämonen ausspionieren wird."

„Das muss Uriel klar sein", sage ich. „Sonst hätte er nicht zugestimmt."

„Ich bin sicher, dass er das weiß und wahrscheinlich hat er selbst einen Spion in der Hellspawn Akademie. Sei einfach vorsichtig, Olivia."

„Ich bin immer vorsichtig. Nur so habe ich es geschafft, allein so lange zu überleben."

„Ich weiß, aber die Dinge haben sich geändert. Jeder weiß, wer – und was – du bist und sowohl die Engel als auch die Dämonen werden dich ausnutzen wollen." Sein Mund verzieht sich. „Wenn sie dich nicht sogar tot sehen wollen."

5

OLIVIA

Es ist der erste Unterrichtstag ... und Zeit, sich den Prinzen zu stellen.

Araceli und ich sind gestern wieder in unser Wohnheimapartment eingezogen und gingen dann zu Uriels Einführungsveranstaltung, bei der er die Regeln durchging und uns die neuen Lehrer vorstellte. Ich war erleichtert, dass ich dieses Mal mit keinem von ihnen schon geschlafen hatte.

Als ich nach draußen in den Sonnenschein trete und die frische Luft einatme, werfe ich einen Blick auf den Glockenturm. Es ist zur Gewohnheit geworden, nach den metallisch glänzenden Flügeln der Prinzen Ausschau zu halten, auch wenn ich die Vorstellung, sie zu sehen, fürchte. Glücklicherweise scheint der Glockenturm leer zu sein.

Leider ist meine erste Unterrichtsstunde des Tages das Kampftraining, was bedeutet, dass ich Callan gegenübertreten muss. Der einzige Lichtblick ist, dass Araceli diesen Kurs ebenfalls besucht, so dass ich mich nicht allein in die Gefahrenzone begeben muss.

Ich halte den Kopf hoch erhoben und straffe die Schultern,

als ich die Turnhalle mit meiner Freundin an meiner Seite betrete. Zuerst erblicke ich Tanwen, die mit ihrem strohfarbenen Pferdeschwanz spielt, und sie nickt mir kurz zu. Das ist unerwartet und ich weiß gar nicht, was ich erwidern soll. Dann fällt mein Blick auf Callan.

Irgendwie habe ich in den letzten Monaten vergessen, wie unglaublich gut er aussieht und ich komme fast ins Straucheln, als es mir wieder auffällt. Kurzes goldenes Haar. Strahlend blaue Augen. Jede Menge Muskeln. Er ist köstlich. Und ich sollte es wissen – ich habe ihn jetzt zweimal geküsst.

Meine Augen verengen sich, als ich mich daran erinnere, wie er das Video von unserem zweiten Kuss der ganzen Akademie vorspielte, um zu beweisen, dass ich ein Sukkubus bin. Der Bastard hat mein Vertrauen missbraucht und mein größtes Geheimnis verraten, um mich von der Akademie verweisen zu lassen. Er sagte, es sei zu meinem Besten, er habe es getan, weil mein Bruder ihm gesagt habe, er solle mich von der Akademie fernhalten, aber das glaube ich nicht. Er hat es getan, weil er mich wollte und nicht damit klarkam, eine Dämonin zu begehren.

Nicht einmal einen, der halb Engel ist.

Er starrt mich mit einem strengen Blick an und verschränkt die Arme. Es fühlt sich wie eine Herausforderung an, aber er sollte inzwischen wissen, dass ich nicht nachgeben werde. Ich stelle mich an die Wand, um ihm in die Augen sehen zu können und wende meinen Blick erst ab, als Professor Hildas Stimme den Beginn des Unterrichts ankündigt.

„Willkommen zurück im zweiten Jahr", sagt Hilda mit einem grimmigen Lächeln. Sie ist eine Walküre und sieht aus, als könnte sie einen Mann mit bloßen Händen in Stücke reißen. Ich habe Mitleid mit jedem, der versucht, sich mit ihr anzulegen. „Dieses Semester werden wir den Umgang mit Waffen lernen."

Sie deutet auf die hintere Wand, wo auf mehreren Tischen

eine Vielzahl verschiedener Waffenarten ausgestellt sind. „Callan wird mir in den nächsten Stunden helfen, den richtigen Umgang mit jeder dieser Waffen zu demonstrieren und dann werdet Sie sie selbst ausprobieren. Mit der Zeit werden Sie eine Vorliebe für eine davon entwickeln. Am Ende des Jahres erwarte ich, dass Sie in der Lage sind, jede dieser Waffen in die Hand zu nehmen und sie zu benutzen, ohne sich dabei zu verletzen, und dass Sie in der Waffe Ihrer Wahl bestens geschult sind."

Callan geht zu einem der Tische und nimmt die erste Waffe in die Hand: Ein großes Zweihandschwert. Mir läuft das Wasser im Mund zusammen, als er die schwere Klinge mit Leichtigkeit hochhebt. Es wäre viel einfacher, ihn zu hassen, wenn er nicht so ein perfektes Exemplar purer Männlichkeit wäre.

„Setzen Sie sich", sagt Hilda. „Machen Sie es sich bequem."

Die Ringermatten liegen auf dem Boden und Araceli und ich lassen uns hinter den Walküren nieder. Tanwen wirft mir einen bösen Blick zu, als ich an ihr vorbeigehe und ich frage mich, was sie dieses Jahr vorhat. Bereitet sie ihre nächste Verbalattacke vor, jetzt wo sie weiß, dass ich zum Teil ein Dämon bin? Mir ist klar, dass sie nicht hinter den Nachrichten und dem Vandalismus im letzten Jahr steckte, wie ich anfangs vermutet hatte, aber es ist auch nicht so, dass sie jemals nett zu mir gewesen wäre – und das war damals, als sie noch dachte, ich sei halb menschlich. Wie viel schlimmer wird es dieses Jahr erst werden?

Hilda spricht über den richtigen Umgang mit dem Schwert, einschließlich Haltung, Griff und Beinarbeit. Ich versuche, ihr aufmerksam zuzuhören, aber es fällt mir schwer, meine Augen von Callan abzuwenden. Jedes Mal, wenn dieses Arschloch sein Schwert schwingt, schaut er mich dabei direkt an. Als ob er sich vorstellt, die Klinge mit jedem Hieb in mich zu stoßen.

Oder vielleicht denkt er auch daran, etwas anderes in mich zu stoßen.

Bei diesem Gedanken rutsche ich mich ein wenig auf der

Matte hin und her und versuche, die wachsende Hitze zwischen meinen Schenkeln zu ignorieren. Aber es ist schwer, solange Callan das Schwert wie eine Art sexy Barbarenkrieger schwingt. Ich bin eine moderne Frau, die keinen Mann braucht, der sie rettet, aber manchmal ist es dennoch ziemlich heiß zu wissen, dass ein Mann einen retten *könnte*, wenn man in Gefahr wäre. Auch wenn ich ihn hasse.

Er starrt mich an, als wüsste er, woran ich denke, und ich zwinkere ihm verführerisch zu, weil ich weiß, dass es ihn ärgern wird. Er schäumt förmlich vor Wut und mein Lächeln wird nur noch breiter. Ich kann es kaum erwarten, bis er sieht, was ich für ihn geplant habe.

Als der Unterricht vorbei ist, kann ich eine kalte Dusche gebrauchen. Die gute Nachricht ist, dass ich mir ziemlich sicher bin, auf welche Waffe ich mich dieses Jahr konzentrieren werde – den Dolch. Es ist eine Waffe der List und Geschicklichkeit, die perfekt zu mir passt, während Callan eher auf Waffen eingestellt ist, die rohe Kraft erfordern. Vielleicht wird Hilda diejenige sein, die mich ausbildet – und nicht er.

Als die Klasse die Turnhalle in einer großen Gruppe verlässt, geht jemand an mir vorbei und stößt mich hart an die Schulter.

„Tut mir leid", murmle ich, wobei mir die Entschuldigung ganz automatisch über die Lippen kommt.

„Warum passt du nicht auf, wo du hingehst?" Der Typ, der mich angerempelt hat, zuckt zusammen und starrt mich an, als hätte ich ihn gerade angekotzt. „Fass mich ja nie wieder an, Dämonendreck."

Ich schaue dem Kerl hinterher, während er davonrennt und brauche eine Sekunde, um mich an seinen Namen zu erinnern. Jeremy. Er war letztes Jahr in meinem Flugunterrichtskurs und ich habe ihm nie wirklich Aufmerksamkeit geschenkt. Er schien nicht daran interessiert zu sein, mein Freund zu sein, aber er war auch nicht besonders unhöflich oder so. Er gab mir nie einen Grund, schlecht über ihn zu denken, bis jetzt.

„Wow", sagt Araceli. „Was sollte das denn? So hat er sich noch nie aufgeführt."

„Er hat offensichtlich eine starke Meinung über Dämonen und ich bin sicher, dass er da nicht der Einzige ist." Ich stoße die Tür auf, um zum See hinauszugehen und tue so, als hätte mich die Begegnung nicht verletzt. Ich bin immer noch dieselbe Person wie letztes Jahr, aber das wird nicht jeder so sehen. Sie waren schon abweisend, als sie dachten, ich sei halb menschlich und ich vermute, dass es jetzt nur noch schlimmer wird.

„Mach dir nichts draus", sagt Araceli. „Nicht jeder wird so ein Arschloch sein, das verspreche ich."

Wahrscheinlich nicht. Aber wenn ich erwartet habe, dass mein zweites Jahr an der Seraphim Akademie einfacher sein würde als mein erstes, wurde ich bereits eines Besseren belehrt.

6

―――

OLIVIA

Ich bin erleichtert, dass Raziel dieses Jahr Feenkunde unterrichtet und noch glücklicher, dass er mir ein herzliches Lächeln schenkt, als ich sein Klassenzimmer betrete. Er sieht genauso aus wie im letzten Jahr, mit seinem freundlichen Gesicht, den graumelierten Haaren und den schrulligen Fliegen. Die heutige ist weiß mit schwarzen Scottie-Hunden darauf.

Letztes Jahr habe ich in Dämonenkunde natürlich eine Eins bekommen und ich hoffe, dass ich in diesem Kurs genauso gut abschneide. Dank meiner Nachforschungen während des Sommers weiß ich mehr als der durchschnittliche Engel oder Dämon über die Feen. Ich hoffe, dass dieser Kurs dieses Wissen entweder noch weiter vertieft oder mir etwas beibringt, was ich noch nicht weiß. Ich vertraue darauf, dass Raziel die Dinge ziemlich unvoreingenommen behandeln wird, so wie er es in der Dämonenkunde getan hat, auch wenn die Dinge, die ich am dringendsten wissen möchte, wahrscheinlich nicht in diesem Kurs behandelt werden. Zum Beispiel, was die Feen mit ihren Gefangenen machen und wie man sie befreit.

Ich setze mich vorne ins Klassenzimmer und hole mein Notizbuch heraus, dann stöhne ich laut auf, als Bastien reinkommt. Ich hätte wissen müssen, dass ich diesen Kurs mit mindestens einem der Prinzen gemeinsam besuchen würde.

Er würdigt mich nicht einmal eines Blickes. Wir könnten genauso gut Fremde sein, abgesehen davon, dass er sich an den Tisch neben mich setzt, obwohl der Großteil des Klassenzimmers noch leer ist. Ich ziehe eine Augenbraue hoch, aber er ignoriert mich, während er ein schwarzes Moleskin-Notizbuch und einen Stift herauszieht. Als er langsam zu einer leeren Seite blättert, kann ich einen Blick auf eine Seite mit sehr präziser Handschrift in schwarzer Tinte erhaschen, ohne Kritzeleien oder irgendetwas Ähnlichem. Das ist so typisch für Bastien.

„Willkommen zur Feenkunde", sagt Raziel mit seiner fröhlichen Stimme, sobald der Unterricht beginnt. „Ich freue mich sehr, einige bekannte Gesichter hier zu sehen. Dieses Jahr werden wir alles über die zurückgezogen lebenden Feen lernen, zusammen mit der Welt, in der sie leben, dem Feenreich. Obwohl die meisten von euch wahrscheinlich nur bei den Sportspielen der Schule mit den Feen zu tun haben werden, ist es trotzdem wichtig, etwas über sie zu lernen, denn man weiß nie, wann sich die Dinge ändern."

Ich beuge mich vor, den Stift in der Hand, begierig auf alles Wissen, das Raziel mir vermitteln kann – und das nicht nur, weil ich hoffe, dass es mir helfen wird, Jonah zu finden. Überraschenderweise bin ich tatsächlich sehr neugierig auf die Feen. Die Olivia von vor einem Jahr hätte über die Person, die ich geworden bin, nur gelacht. Bevor ich an die Seraphim Akademie kam, hat mich die Uni nie sonderlich interessiert.

„So wie es verschiedene Arten von Engeln und Dämonen gibt, gibt es auch verschiedene Arten von Feen", fährt Raziel fort. „Sie sind in vier Höfe eingeteilt, die sich an den Jahreszeiten orientieren. Jeder Hof hat seinen eigenen König oder seine eigene Königin, aber sie werden alle vom Hochkönig der Feen regiert, der die Höfe nach den Feenkriegen vereinigt hat. Wir werden in den nächsten Wochen mehr über diese Kriege sprechen, aber zuerst wollen wir ein paar Grundlagen durchgehen. Was wissen Sie bereits über die Feen?"

Jeremy hebt seine Hand. Uff, er ist auch in dieser Klasse? „Sie haben spitze Ohren."

Raziel nickt. „Ja, das haben sie und einige von ihnen haben sogar Flügel, aber das ist ziemlich selten und kommt nur bei den königlichen Familien vor. Was noch?"

„Sie reagieren empfindlich auf Eisen", ruft ein anderer Student.

„Sie können nicht lügen", fügt jemand anderes hinzu.

„Das stimmt alles", sagt Raziel. „Allerdings sind sie sehr gut darin, andere in die Irre zu führen und ihre Worte so zu verdrehen, dass sie zwar die Wahrheit sagen, aber im Grunde nicht ehrlich sind. Ihr müsst sehr vorsichtig sein und dürft niemals mit ihnen verhandeln, zumal sie dafür bekannt sind, Betrüger zu sein. Sie sind auch berüchtigt dafür, grausam und unmenschlich zu sein, vor allem, weil sie sich für etwas Besseres halten als alle anderen Rassen, was sie etwas gefühllos macht."

Das Gleiche könnte ich über einige der Engel sagen, denen ich bisher begegnet bin, zum Beispiel über die des Ordens. Es würde mich nicht wundern, wenn es auch solche Dämonen gäbe. Andererseits gibt es auch unter den Menschen einige, die Überlegenheitskomplexe haben und andersartige Menschen hassen. Diskriminierung und Vorurteile scheinen leider universelle Eigenschaften zu sein.

Raziel fährt damit fort, eine grundlegende Einführung und einen Überblick über die Feen zu geben, bis unsere Zeit um ist und die Studenten anfangen, sich zu verabschieden. Ich denke schon, dass Bastien und ich uns für immer ignorieren könnten, aber als wir den Raum verlassen, nickt er mir kurz zu. „Wir sehen uns morgen im Unterricht."

Bevor ich etwas erwidern kann, macht er auf dem Absatz kehrt und schlendert davon. Ich schaue ihm noch einmal auf den Hintern, denn hey, warum nicht. Ein Sukkubus wird jawohl noch gucken dürfen, oder?

Mein nächster Kurs ist Ishim-Training, unterrichtet von Nariel. Ich habe ihn letztes Jahr kurz kennengelernt und vor etwa einer Woche hat er meine Ishim-Fähigkeiten getestet. Ich habe überlegt, ob ich weiterhin die Unerfahrene spielen soll, habe mich dann aber entschieden, dass ich nicht mit den Neulingen in die Klasse des ersten Jahres gehen will. Dank der Ausbildung meines Vaters hätte ich vermutlich mit den Studenten im dritten Jahr mithalten können, aber ich bin froh, im Kurs des zweiten Jahres zu sein.

Als ich den Raum betrete, bin ich überrascht, Grace dort zu sehen, da sie ein Jahr weiter ist als ich. Ihre sonst so blasse Haut ist schön gebräunt und ihr rotblondes Haar scheint besonders hell zu sein, als ob die Sonne Floridas sie in den Ferien noch schöner gemacht hätte.

Sie schenkt mir ein freundliches Lächeln und eine leichte Umarmung. „Wie ist es dir ergangen?"

„Gut. Wie war dein Trip nach Disney World?"

„Wir hatten so viel Spaß", sagt sie. „Mein kleiner Bruder fand es großartig und es war eine schöne Ablenkung von allem, was letztes Jahr passiert ist."

Grace war die Freundin meines Bruders und sie schien sich wirklich um ihn zu sorgen und sich über sein Verschwinden Gedanken zu machen. Aber sie ist auch ein Mitglied des Ordens des Goldenen Throns, also kann ich ihr nicht vollständig vertrauen, auch wenn ich es gerne täte. Sie wusste, dass er ins Feenreich gegangen ist und dass ich seine Halbschwester bin, aber sie hat mir nichts davon erzählt, bis ich es selbst herausgefunden habe. Das kann ich nicht vergessen, auch wenn sie ihre Gründe gehabt haben mag.

„Was machst du denn in diesem Kurs?", frage ich.

„Nariel hat mir erlaubt, den Kurs des dritten Jahres zu überspringen, daher assistiere ich ihm jetzt, in der Hoffnung, eines Tages selbst Professorin zu werden. So wie die Akademie von Jahr zu Jahr wächst, werden sie bald viele weitere Lehrkräfte brauchen."

„Das ist großartig. Es wird schön sein, zumindest ein freundliches Gesicht hier im Kurs zu sehen." Der einzige andere Student, von dem ich gehört habe, dass er einen Kurs übersprungen hat, ist Callan beim Kampftraining. Ich wette, es hilft, dass Nariel Graces Onkel ist. Ich kann allerdings keine Ähnlichkeit zwischen den beiden erkennen. Nariel sieht fast wie ein Albino aus, mit sehr hellem Haar und sehr blasser Haut. Er muss sich in Florida mit Sonnencreme überzogen haben, denn er ist nicht einmal ansatzweise braun geworden, als sie dort waren.

Der Ishim-Unterricht geht schnell vorbei und nach einem leichten Mittagessen in meinem Zimmer mache ich mich auf den Weg zu meinem vierten Kurs des Tages – Engelsgeschichte. Als ich reinkomme nickt Kassiel mir knapp zu und ich ziehe die Augenbrauen hoch. Letztes Jahr hat er nur den Kurs 101 unterrichtet, aber jetzt unterrichtet er wohl stattdessen diesen. Hat er zu 102 gewechselt, weil ich da drin bin? Es erscheint mir arrogant, so zu denken, aber es fühlt sich auch richtig an. Ich bin mir ziemlich sicher, dass er es getan hat, um mir nahe zu sein, auch wenn es für uns viel einfacher wäre, wenn er nicht mehr mein Lehrer wäre – keine sexuelle Spannung mehr, die mich vom Unterricht ablenkt. Gleichzeitig bin ich aber auch erleichtert, ihn an der Tafel stehen zu sehen. Er ist ein guter Lehrer und ich bin gern in seiner Nähe, auch wenn es eine Qual der besten Art ist – sein Unterricht ist immer eine Mischung aus kaum zu bändigendem Verlangen und interessanten Geschichten.

Ich sitze in der ersten Reihe und schlage meine Beine übereinander, woraufhin seine grünen Augen auf ihnen landen. Er schluckt schwer und schaut kurz weg, aber dann schaut er zurück, als könne er nicht anders.

Oh ja, er mag die Folter genauso sehr wie ich.

Der letzte Kurs des Tages ist Lichtbeherrschung und er findet draußen am See statt, wahrscheinlich, damit wir das Sonnenlicht genießen können. Sie haben diesen Berg in Nordkalifornien für die Seraphim Akademie ausgewählt, weil er einer der sonnigsten Orte in Amerika ist, und der heutige Tag ist keine Ausnahme. Meine Engelsseite möchte ihre Flügel ausbreiten und über den See schweben, aber ich ziehe stattdessen einfach meinen Pullover aus und lasse das Licht auf meine Haut einwirken.

Die Professorin, Eileen, ist ein rothaariger Engel mit Sommersprossen auf der Nase, deren Augen sich mit einem Hauch von Angst weiten, als sie mich sieht. Großartig, jetzt hat sogar eine Professorin Angst vor mir.

„Engel und Dämonen nutzen beide Lebensenergien, um ihre Kräfte zu stärken, doch sie müssen diese auf unterschiedliche Weise wieder aufladen", erklärt sie. „Engel nutzen das Licht, Dämonen haben je nach Typus unterschiedliche Möglichkeiten, dies zu tun. Die Gefallenen nutzen die Dunkelheit, Vampire das Blut ..."

„Und Sukkubi nutzen Sex", sagt eine Walküre, die ich nicht kenne und grinst.

Eileens Gesicht wird knallrot und sie sieht mich kurz an, bevor sie den Blick abwendet. „Ähm, nun, ja. Wie ich schon sagte, lernt ihr in diesem Kurs, wie ihr euch am besten regeneriert und wie ihr eure Lichtmagie auf eine Art und Weise einsetzen könnt, an die ihr vorher vielleicht noch nicht gedacht habt."

Wie in meinen anderen Kursen bekommen wir auch hier einen Überblick darüber, was uns im Laufe des Jahres erwartet und meine Aufmerksamkeit schweift ab. Ich lasse meinen Blick über den See gleiten, beobachte, wie die Brise kleine Wellen auf dem Wasser aufbäumt und dann entdecke ich Marcus, der auf der anderen Seite steht. Er sieht mich direkt an.

Ich werde ihm bald gegenübertreten müssen, aber dazu bin ich noch nicht bereit.

7

MARCUS

Ich komme zu spät zu meinem Kurs in Menschenkunde, aber ich kann mich nicht davon abhalten, Liv in ihrem Lichtbeherrschungskurs zu beobachten. Er findet draußen am See statt und ihr dunkelbraunes Haar glänzt in der Sonne, während sie dort steht und den Ausführungen der Professorin lauscht. Sie ist so schön, dass es mir die Brust zuschnürt, und ich sehne mich danach, zu ihr zu gehen und sie anzuflehen, mich zurückzunehmen.

Ich habe es geschafft, mich den Winter über von ihr fernzuhalten, auch wenn es schwer war. Vor allem, als ich herausgefunden habe, dass sie weiterhin mit Bastien schläft, obwohl sie immer noch sauer auf ihn ist. Ich verstehe, warum sie es getan hat, aber wir beide wissen, dass sie sich von mehr als einer Person ernähren muss, und verdammt noch mal, ich sollte derjenige sein, der ihr hilft, und nicht irgendjemand anders.

Der Gedanke daran erfüllt mich mit Schuldgefühlen. Jetzt, da ich weiß, dass sie Jonahs Schwester ist, kann ich sie nicht mehr auf dieselbe Weise ansehen, ohne das Gefühl zu haben, dass ich meinen besten Freund irgendwie verraten habe. Jonah würde mich umbringen, wenn er wüsste, was letztes Jahr passiert ist, obwohl er vielleicht nachsichtig mit mir wäre, wenn er wüsste, dass ich mit ihr geschlafen habe, um sie zu beschützen und gesund zu halten. Ist es deshalb in Ordnung, mit der Schwester deines besten Freundes zu schlafen? Könnte er mir jemals verzeihen?

Natürlich ist das nicht das Einzige, wofür ich mich verantworten muss, wenn wir Jonah jemals finden. In einem Moment der Schwäche, als klar war, dass Jonah nicht zurückkommen würde, habe ich mit seiner Freundin Grace geschlafen. Es war ein Riesenfehler, wir haben es beide sofort bereut und uns geschworen, es nie wieder zu erwähnen. Seitdem habe ich Grace gemieden, aber ich werde mich Jonah gegenüber dazu bekennen und ihm sagen müssen, wie leid es mir tut.

Ich gehe zu meinem Kurs in Menschenkunde, aber es fällt mir schwer, mich auf das zu konzentrieren, was der Professor sagt. Callan ist auch in diesem Kurs, aber ich werfe ihm nur einen kühlen Blick zu und setze mich auf die andere Seite des Raums. Ich habe weder mit ihm noch mit Bastien gesprochen, nachdem sie Liv verraten haben und auch wenn ich sie vermisse, bin ich immer noch wütend auf sie.

Danach gehe ich zurück ins Wohnheim, um mich für das Fußballtraining fertig zu machen. Es wird anstrengend werden, weil die Feen Seraphim in diesem Sport immer in den Hintern treten, aber ich überlege, ob ich es trotzdem schwänze, weil es mir einfach egal ist. Seit dem Ende des letzten Semesters fühle ich mich ... verloren.

Ich betrete den Aufzug zu meiner Wohnheimeinheit, die ich immer noch mit Jonah teile, obwohl er schon seit über einem Jahr verschwunden ist. Ich hasse es, dorthin zurückzukehren. Es ist zu leer und jedes Mal, wenn mein Blick auf seine Tür fällt, werde ich daran erinnert, dass er weg ist und wahrscheinlich nie wieder zurückkommen wird.

Olivia betritt den Aufzug, kurz bevor sich die Tür schließt, doch sie erstarrt, als sie mich sieht. Wir sind ein paar Sekunden lang allein und ich muss etwas sagen. Ich muss es versuchen.

„Liv", sage ich. „Ich habe dich vermisst."

Sie antwortet nicht, sondern starrt nur auf die Aufzugstür. Sie wird jeden Moment aufgehen und Olivia wird verschwinden. Bevor ich weiß, was ich tue, drücke ich auf den STOP-Knopf und der Aufzug kommt ruckartig zum Stehen.

„Es tut mir leid", fahre ich fort. „Ich wollte dich nie verletzen und alles, was ich letztes Jahr getan habe, war nur, um dich zu beschützen."

Ihre ungewöhnlich grünen Augen blicken mich eindringlich an. „Mein Zimmer zu verwüsten war zu meinem Schutz?"

Ich zucke zusammen, aber wenigstens redet sie jetzt mit mir. „Ja, auf unsere eigene Art, zumindest dachten wir das damals. Aber es war dumm und ich hätte Callan und Bastien aufhalten sollen. Wir hätten von Anfang an ehrlich zu dir sein sollen."

„Ja, das hättet ihr."

„Aber du warst auch nicht ehrlich zu uns. Du hättest uns sagen können, dass Jonah dein Bruder ist."

Sie stemmt die Hände in die Hüften. „Ich hatte keinen Grund, euch zu vertrauen. Und dann habe ich es dennoch getan und Callan hat mich verraten."

„Callan ist ein Arschloch und ich habe seit Monaten nicht mehr mit ihm gesprochen. Ich bin auch wütend auf ihn, aber ich hatte nichts mit seinem Verrat an dir zu tun. Du musst wissen, dass ich nie etwas tun würde, um dich zu verletzen." Ich atme tief ein. „Aber was ich getan habe, tut mir leid. Wenn es sein muss, werde es hundertmal sagen, bis du mir glaubst. Tausend Mal. Eine Million."

Sie wendet den Blick ab und lässt die Schultern sinken. Vielleicht dringe ich endlich zu ihr durch. Aber dann drückt sie wieder auf den STOP-Knopf und der Aufzug fährt in den zweiten Stock.

„Ich glaube dir, dass es dir leidtut", sagt sie, als sie hinausgeht. „Aber es ist mir egal."

Danach schließt sich die Tür mit einem dumpfen Schlag und die Leere in mir fühlt sich an wie ein schwarzes Loch, aus dem es kein Entkommen gibt. So habe ich noch nie für eine Frau empfunden. Vor Olivia habe ich jeden Monat mit einem neuen Engel geschlafen und sie wussten alle, dass es nur ein bisschen Spaß war und nichts Ernstes. Dann kam Liv in mein Leben und nichts war mehr so wie zuvor.

Alles, was ich tun kann, ist zu versuchen, sie zurückzugewinnen. Ich habe es letztes Jahr vermasselt, aber ich werde es irgendwie wieder gutmachen. Und ich glaube, ich habe auch schon eine Idee, wie.

8

OLIVIA

Meine erste Unterrichtswoche verläuft recht ereignislos, abgesehen von den ständigen Blicken der anderen Studenten. Die meisten von ihnen gehen mir aus dem Weg, was mir recht ist. Wenigstens behandelt mich Araceli immer noch so wie früher. Es ist schön, wieder mit ihr zusammenzuleben, auch wenn sie darauf besteht, in aller Herrgottsfrühe aufzuwachen, woran ich mich wohl nie gewöhnen werde.

Am Freitag habe ich meine erste Lektion in Dämonenkunde mit Kassiel. Sie findet in seinem Büro im Professorengebäude statt, in dessen oberen Stockwerken sie wohnen. Ich frage mich, wie es in seiner Wohnung aussieht. Ist sie so aufgeräumt und kultiviert wie sein Unterricht? Oder ist sie superchaotisch, eine Art, sich in seinen eigenen vier Wänden gehen zu lassen? Ich sehne mich danach, es herauszufinden.

Als ich sein Büro betrete, zieht er gerade seine Anzugsjacke aus und lockert seine Krawatte. Ich bleibe in der Tür stehen und bewundere ihn, während er sich ein wenig entspannt. Als er die Ärmel hochkrempelt, fällt es mir schwer, mich zurückzuhalten und nicht einen perlweißen Knopf nach dem anderen aufzuknöpfen. Ich habe das Gefühl, dass diese Stunden eine noch größere Tortur werden als seine Kurse.

Kassiel ist tabu, erinnere ich mich.

„Hallo, Olivia. Wie war deine erste Woche an der Akademie?" Seine Stimme ist so förmlich. Ich könnte genauso gut irgendeine andere Studentin sein, und keine, die ihn schon einmal vernascht hat.

„Gut", sage ich und versuche, meinen Tonfall neutral zu halten. Ich setze mich auf den Stuhl vor seinem Schreibtisch.

Er setzt sich mir gegenüber. „Nach dem, was in der letzten Woche passiert ist, dachte ich, ich beginne unseren Unterricht mit etwas über die Erzdämonen, angefangen mit Baal."

„Wahrscheinlich eine gute Idee. Ich habe in Dämonenkunde schon ein wenig gelernt, aber ich würde gerne deine Sicht der Dinge hören." Mutter hat mir auch von ihnen erzählt, aber sie hat nicht viel Zeit damit verbracht, über die Geschichte der Dämonen zu sprechen. Sie konzentrierte sich mehr darauf, wie man als Sukkubus lebt. Wie ich überleben kann, ohne erwischt zu werden und ohne jemanden zu töten.

„Wie du wahrscheinlich weißt, ist Baal der Herrscher der Vampire und der Direktor der Hellspawn Akademie. Was du wahrscheinlich nicht weißt, ist, wie hoch sein Ansehen unter den Dämonen ist."

„Ich denke, das ergibt Sinn, wenn sie ihm vertrauen, ihre Kinder zu unterrichten. Genauso wie Uriel bei den Engeln sehr angesehen ist."

„Ganz genau. Außerdem sind Vampire im schlimmsten Fall eine charmante Bande, und Baal ist der mächtigste Vampir, den es gibt. Er hat die Macht, ganze Gruppen zu beherrschen und sie seinem Willen zu unterwerfen und er ist rücksichtslos und entschlossen. Ich bin mir nicht sicher, ob er nicht sogar Luzifer als Anführer der Dämonen verdrängen will, aber wenn dem so ist, dann ist er auf dem Irrweg."

„Da ist er aber auf dem Holzweg"", murmele ich abwesend, als ich mich an die Dunkelheit in Baals Augen erinnere.

Kassiel öffnet den Mund, um weiterzusprechen, schließt ihn dann aber wieder und starrt mich an. „Nein, es heißt ‚auf dem *Irrweg*'."

Ich verdrehe die Augen. „Darüber gibt es sogar ein ganzes Lied. Es heißt ‚Holzweg'."

„Ich lebe seit mehr als einem Jahrhundert und du willst mich anzweifeln?", fragt er mit einem Hauch von Scherz in der Stimme.

Ich necke ihn ebenfalls, unfähig, mich zurückzuhalten. „Das hat nichts mit dem Alter zu tun. Ich habe mein ganzes Leben unter Menschen gelebt. Ich weiß, wovon ich spreche."

„Finden wir es heraus." Er klappt seinen Laptop auf, vermutlich, um im Internet nach der Antwort zu suchen. Es dauert nicht lange, bis er sie findet. „Ha! Ich hatte recht."

Er dreht den Bildschirm zu mir und ich lese über den Satz, der plötzlich zur wichtigsten Sache der Welt geworden ist.

Ursprünglich lautete der Ausdruck ‚Irrweg', aber ... „Nein." Ich schüttele den Kopf. „Ich habe recht. Die moderne Umgangssprache hat den Ausdruck in ‚Holzweg' geändert. Na also." Ich schließe seinen Laptop mit einem Klicken und verschränke die Arme.

„Vielleicht haben wir beide recht, aber ich hatte zuerst recht, denn ursprünglich *hieß* es ‚Irrweg'." Er lehnt sich in seinem Schreibtischstuhl zurück und grinst, als hätte er gerade einen großen Kanarienvogel verschluckt.

Ich lehne mich vor und grinse noch breiter. „Und ich habe *jetzt* recht, weil wir in diesem Jahrhundert leben und nicht im vorigen."

Während wir uns anstarren, verändert sich etwas zwischen

uns und unser lustiger Streit wirkt eher wie ein verbales Vorspiel. Sein Blick fällt auf mein Dekolleté, das zum Vorschein kommt, während ich mich auf seinem Schreibtisch nach vorne lehne. Ich setze mich schnell auf, meine Wangen sind vor Hitze gerötet.

Er zupft am Kragen seines Hemdes und schaut abweisend. „Das ist gefährlich."

„Das muss es nicht sein." Ich falte die Hände im Schoß wie eine ordentliche Studentin, die nicht daran denkt, ihren Professor gleich hier auf seinem Schreibtisch zu vögeln, nein, ganz bestimmt nicht. „Wir wurden durch den Streit abgelenkt. Erzähl mir mehr über die Erzdämonen. Was ist mit den Gefallenen?"

Kassiel räuspert sich, als er wieder in den Professorenmodus wechselt. „Die Gefallenen werden eigentlich von Luzifer ange-führt, aber da er der Anführer aller Dämonen ist, fungiert Samael als sein Stellvertreter und kümmert sich um die meisten Probleme der Gefallenen."

„Wie ist Luzifer so?", frage ich. „Du musst ihn ja schon mal getroffen haben, da du hier in seinem Auftrag unterwegs bist."

„Er ist ... intensiv. Es ist schwer, nein zu ihm zu sagen." Er starrt ins Leere, dann schüttelt er sich und kommt in die Realität zurück. „Haben sie in Dämonenkunde erwähnt, dass Las Vegas eine Brutstätte für Dämonen ist?"

„Ja, und sie sagten, dass Luzifer die meisten Kasinos dort kontrolliert."

„Das tut er. In Vegas können sich die Dämonen ernähren, ohne zu viel Aufmerksamkeit auf sich zu ziehen. Was sie dir nicht erzählt haben, ist, dass Luzifer alles in die Wege geleitet hat, um die Kasinos fast unmittelbar nach der Unterzeichnung des Erden-Abkommens zu übernehmen. Er hatte es schon eine Weile geplant."

„Das steht bestimmt nicht in den Lehrbüchern."

„Das wundert mich nicht. Nur wenige wissen, dass Luzifer

und Michael lange darüber debattierten, wie man die Kriege am besten beenden könnte. Das Erden-Abkommen war viele Jahre in der Entwicklung, bevor es tatsächlich zustande kam."

„Wirklich?" Ich ziehe meine Augenbrauen hoch. „Glaubst du, Luzifer hat Michael getötet?"

Kassiels Augen verengen sich. „Nein. Ich weiß, dass er es nicht getan hat. Und warum sollte er auch? Luzifer und Michael waren Freunde, oder so eng befreundet, wie sie es unter den gegebenen Umständen sein konnten. Welchen Grund sollte er haben, Michael zu töten, jetzt wo der Krieg vorbei ist?"

„Ich weiß es nicht." Im Gegensatz zu den Engeln in der Akademie habe ich keine Meinung zu diesem Thema. Es erscheint mir zwar seltsam, dass Luzifer Michael töten würde, jetzt, wo Engel und Dämonen in Frieden leben, aber vielleicht kenne ich auch nicht alle Fakten.

Kassiels Gesicht verfinstert sich. „Die Engel wollen glauben, dass er es getan hat, aber sie denken selten rational, wenn es um Dämonen geht. Es ist leicht für sie, Luzifer die Schuld für alles Schlechte zu geben, das passiert. Das tun sie schließlich schon seit Jahrhunderten. Warum jetzt aufhören?"

Da hat er recht. Wie viele Sprüche gibt es über Luzifer? *Der Teufel hat mich dazu getrieben.* Eine bequeme Ausrede, ganz sicher.

Kassiel scheint dieses Thema allerdings ziemlich aufzuregen, also ist es vielleicht an der Zeit, das Thema zu wechseln. „Was ist mit Fenrir?", frage ich. „Der Gestaltenwandler-Erzdämon?"

„Er ist wütend, wie die meisten Gestaltenwandler es sind, aber er kann es gut kontrollieren. Er ist auch einer der wenigen Erzdämonen, die nicht in Vegas leben. Er zieht es vor, sich im Hintergrund zu halten, für gewöhnlich in der Wildnis, um nicht gesehen zu werden und seine Art aus den Schatten heraus zu kontrollieren. Lilith ist auch so. Eine wahre Nomadin."

Bei der Erwähnung der Erzdämonin der Lilim setze ich mich ein wenig auf. „Was kannst du mir über Lilith erzählen?"

Kassiel hält inne, als würde er überlegen, was genau er mir mitteilen soll. „Sie ist sehr alt und sehr mächtig. Außerdem ist sie sehr schlau. Wahrscheinlich eine der intelligentesten Kreaturen, die ich je getroffen habe."

„Oh, wirklich?" Ich habe noch nie gehört, dass jemand über sie gesprochen hat, ohne eine negative Konnotation zu haben. Ihr Ruf ist fast so schlecht wie der von Luzifer, aber vielleicht ist das eher Engelspropaganda.

„Sie ist auch sehr geheimnisvoll und immer auf dem Sprung. Man sagt, es sei unmöglich, sie aufzuspüren, es sei denn, sie will gefunden werden. Obwohl sie eigentlich der Erzdämon der Lilim ist, lässt sie Asmodeus die meisten Dinge für sie erledigen."

„Asmodeus?"

„Ihr Sohn."

Mir bleibt der Mund offenstehen, doch ich schließe ihn schnell wieder. „Sie hat einen Sohn?"

„Ja. Ich glaube, sie hat im Laufe der Jahre ein paar Kinder bekommen. Ich bin mir aber nicht sicher, wie viele noch am Leben sind."

„Das ist ungewöhnlich, nicht wahr?", frage ich. „Dass eine von uns so viele Kinder hat?"

„Ja, obwohl sie sehr viel herumkommt, wenn du verstehst, was ich meine."

Das tue ich. Ich verstehe es sehr gut. „Warum zieht sie so viel umher?"

Er zuckt mit den Schultern. „Die meisten Lilim sind Nomaden. Sie können sich keinen menschlichen Liebhaber für mehr als eine Nacht nehmen und sie bräuchten mehrere dämonische Liebhaber, um zu überleben, also machen sich die meisten nicht die Mühe, das zu versuchen. Das Reisen ermöglicht es ihnen, sich zu ernähren, ohne dass es zu Konsequenzen kommt." Er hält inne und legt die Stirn in Falten. „Wo wir gerade dabei sind, bist du ...? Nein, vergiss es, unangebrachte Frage."

Ich bin sehr versucht zu fragen, ob er mir einen Snack anbieten will. Die Wahrheit ist, dass ich hungrig bin und mich schon bald wieder ernähren muss, und zwar nicht von Bastien, aber das kann ich Kassiel nicht erzählen. Also sage ich nur: „Ich komme so über die Runden."

Er nickt langsam. „Gut." Einen Moment lang herrscht Unbehagen zwischen uns, bevor er sagt: „Ich glaube, unsere Zeit ist um."

Ich springe förmlich auf, denn jetzt, wo ich darüber nachdenke, mich von Kassiel zu ernähren, ist es schwer, mich davon abzulenken. „Danke für diese Lehrstunde. Ich war mir nicht sicher, ob ich bei diesen Treffen etwas lernen würde, aber das habe ich."

„Das freut mich", sagt Kassiel, während er mich zur Tür begleitet. Mein Arm streift seinen und ein Schauer der Lust schießt durch mich hindurch. Ich bin mir nicht sicher, ob sie von mir oder von ihm ausgeht. „Wir treffen uns nächste Woche zur gleichen Zeit."

Sobald ich das Zimmer verlassen habe, atme ich erleichtert auf – und bereue es.

Ich fange an zu glauben, dass es einfacher gewesen wäre, auf die Hellspawn Akademie zu gehen als das hier durchzustehen.

9

OLIVIA

Es wird immer deutlicher, dass die Leute Angst vor mir haben. Grace sitzt beim Abendessen normalerweise an einem vollen Tisch, aber sobald ich mich setze, verwandelt sich der Ort in eine Geisterstadt. Die Studenten, die gekommen wären, um mit Grace zu essen, laufen in eine andere Richtung davon. Aber Grace scheint das nicht zu stören und ich bin es gewohnt, dass mich die Leute wie Dreck behandeln. Wenigstens versuchen sie nicht, mich aktiv umzubringen. Noch nicht.

Als ich ins Wohnheim zurückkehre, liegt eine Einladung zum nächsten Treffen des Ordens des Goldenen Throns auf meinem Bett. Mein erstes Treffen als vollwertiges Mitglied.

Ich kann immer noch nicht glauben, dass sie mich aufgenommen haben, aber ich vermute, sie verfolgen irgendwelche Hintergedanken. Ihr Hauptziel ist es ja, die Welt von Dämonen zu befreien. Wie können sie das tun und einen Halbdämon in ihrer Mitte dulden?

Kassiels Worte kommen mir wieder in den Sinn. *„Sei vorsichtig. Jeder weiß, wer – und was – du bist und sowohl die Engel als* *auch die Dämonen werden dich ausnutzen wollen ..., wenn sie dich nicht sogar tot sehen wollen.“*

Gut, dass ich immer vorsichtig bin.

Am nächsten Abend ziehe ich meine neue goldene Robe aus dem Versteck hinter meinem Schreibtisch, zusammen mit meiner Maske. Letztes Jahr war ich nur eine Anwärterin des Ordens des Goldenen Throns und trug eine weiße Robe zu diesen Treffen. Als ich mir den schimmernden Stoff über den Kopf ziehe, wird mir bewusst, wie weit ich es seither gebracht habe. Ich habe all ihre Prüfungen bestanden und mich ihnen gegenüber bewährt, sogar mit meinem Dämonenblut. Ich bin weder mit den Überzeugungen noch mit den Methoden des Ordens einverstanden, aber ich habe mich in ihre Reihen eingeschleust, um meinen Bruder zu finden, und nun hoffe ich, mehr über ihre Pläne zu erfahren und die Identität ihrer Mitglieder aufzudecken. Ich weiß, dass Kassiel ein Mitglied ist – er wurde von Luzifer selbst geschickt, um den Orden zu infiltrieren und herauszufinden, ob er eine Bedrohung darstellt. Wir haben bereits beschlossen, zusammenzuarbeiten, um ihren ehrgeizigen Plan zu durchkreuzen – den Stab der Ewigkeit zu finden, um alle Dämonen zurück in die Hölle zu schicken.

Ich muss vor allem herausfinden, wer ihr Anführer ist. Er oder sie ist derjenige, der den Mord an Aracelis Freund Darel angeordnet hat. Sie ließen es so aussehen, als ob ein Dämon ihn ermordet hätte, um sie dazu zu bringen, dem Orden beizutreten, aber ich konnte sie überzeugen, sich von ihnen fernzuhalten. Sie wollen ihr Feenblut benutzen, um ins Feenreich zu gelangen, obwohl keiner von uns genau weiß, wie – noch etwas, das ich hoffentlich durch den Orden in Erfahrung bringen werde.

Das Treffen heute Abend ist früher als die Treffen im letzten Jahr und findet in ihrem geheimen Versteck unter dem See statt. Ich mache mich mit meinen Ishim-Kräften unsichtbar und fliege zu dem großen Felsbrocken im Wald. Als ich tiefer fliege, sehe ich ein weiteres Mitglied in goldenem Gewand aus der Nacht auftauchen, als wäre es aus dem Schatten entsprungen. Das muss Kassiel sein. Als Gefallener kann er die Dunkelheit kontrollieren, obwohl ich noch nie gesehen habe, wie er seine Kräfte einsetzt. Es beruhigt mich zu wissen, dass er bei dem Treffen heute Abend dabei sein wird, so dass ich einen Verbündeten unter den anderen maskierten Mitgliedern habe.

Natürlich kenne ich einige der anderen Mitglieder des Ordens bereits. Grace. Cyrus. Die Prinzen. Aber ich bin mir nicht sicher, ob ich irgendeinen von ihnen wirklich als Verbündeten bezeichnen kann.

Kassiel öffnet den versteckten Eingang hinter dem Felsbrocken und ich folge ihm in einen dunklen, feuchten Steintunnel, der unter den See führt. Am Ende des Tunnels, weit unter der Oberfläche, befindet sich eine große Höhle, in der über ein Dutzend Personen in einem Kreis sitzen. Sie alle tragen goldene Gewänder und passende Masken. Kassiel und ich nehmen auf der letzten leeren Steinbank Platz.

Der Anführer des Ordens trägt eine goldene Krone und steht vor uns, direkt vor einem alten goldenen Thron, der mit Darstellungen von Engeln und Dämonen im Kampf verziert ist. Ich habe unseren Anführer noch nie auf dem Thron sitzen sehen, aber vielleicht wird das ja heute Abend passieren. Wer sollte sonst dort sitzen?

Der Anführer spricht, aber die Masken sind so verzaubert, dass sie die Stimmen verzerren, so dass ich nicht erkennen kann, ob es sich um einen Mann oder eine Frau handelt. „Willkommen, Mitglieder des Ordens des Goldenen Throns. Ich freue mich, euch alle auch in diesem Jahr wieder bei uns zu sehen. Wir haben viel Arbeit vor uns."

Er oder sie schreitet voran, wobei ein Schuh unter der Robe hervorlugt. Schwarze Halbschuhe, zu groß, um weiblich zu sein, obwohl einige Walküren ziemlich große Füße haben. In den voluminösen Gewändern ist es unmöglich auszumachen, aber ich habe das Gefühl, dass es sich um einen Mann handelt.

„Da dies das erste Treffen in diesem Jahr ist, möchte ich alle an unsere drei Grundprinzipien erinnern. Erstens: Engel sind überlegene Wesen, die dazu bestimmt sind, die Erde und die Menschheit in eine bessere Zukunft zu führen. Zweitens: Dämonen sind böse und müssen von der Erde ausgerottet werden, um die Menschheit zu schützen. Und drittens: Loyalität gegenüber dem Orden ist oberstes Gebot, ebenso wie Diskretion. Jeder, der außerhalb dieser Kammern über den Orden spricht, muss mit schlimmen Konsequenzen rechnen."

Er spricht weiter über die lange Geschichte des Ordens und ich schaue mir die anderen Mitglieder an und frage mich, wer von ihnen Grace ist. Ich halte Ausschau nach weiblichen Gestalten, aber die Roben sind sehr gut darin, die Körperformen zu verbergen, was sicher kein Zufall ist. Alle anderen sind mir ein Rätsel. Drei große Gestalten sitzen zusammen, sie könnten die Prinzen sein, aber es ist schwer, das mit Sicherheit zu sagen. Cyrus muss hier irgendwo sein, wahrscheinlich an Graces Seite. Ich frage mich, ob Jeremy, der Dämonen so sehr hasst, auch hier ist. Wenn ja, würde er wahrscheinlich toben, wenn er wüsste, dass ich ebenfalls ein Mitglied bin. Es ist wahrscheinlich gut, dass meine Identität den meisten Mitgliedern des Ordens bei diesem Treffen verborgen bleibt. Erst wenn die Leute ihren Abschluss machen, erfahren sie, wer sonst noch im Orden ist.

„Hat irgendjemand Fortschritte bei unserer Mission gemacht, den Stab der Ewigkeit aus dem Feenreich zurückzuholen?", fragt der Anführer und zieht damit meine Aufmerksamkeit wieder auf sich. Ich halte den Atem an, aber es antwortet niemand. Gut.

Schließlich ergreift eine Person das Wort, ihre Stimme ist aufgrund der Maske nicht zu erkennen. „Vielleicht sollten wir versuchen, das Mädchen mit dem Feenblut wieder zu uns zu holen.“

Eine andere Person fügt hinzu: „Oder wir könnten sie entführen und sie zwingen, uns zu helfen. Sie muss doch wissen, wie man ins Feenreich kommt.“

„Das weiß sie nicht“, sage ich, obwohl ich damit die Aufmerksamkeit auf mich ziehe. Aber das ist mir egal – ich kann nicht zulassen, dass sie Araceli etwas antun. „Sie ist unter Engeln aufgewachsen und weiß nichts über ihre Feenseite.“

„Ich stimme zu“, sagt einer aus der Gruppe, die die Prinzen sein könnten. „Sie ist wertlos. Wir müssen einen anderen Weg finden.“

„Wir könnten uns die Anwesenheit der Feen bei einem der nächsten Fußballspiele zunutze machen“, sagt eine Person am anderen Ende des Raumes. „Vielleicht könnten wir einen von ihnen entführen und ihn zwingen, ein Portal zu öffnen.“

Ich muss mir auf die Lippe beißen, um mich nicht gegen diese Idee auszusprechen. Das ist genau der Grund, warum ich hier bin – um ihre Pläne zu erfahren. Auch wenn ich nicht mit ihnen einverstanden bin.

„Eine gute Idee“, sagt der Anführer. „Eine, die wir in Betracht ziehen müssen. Allerdings ist die Reise ins Feenreich nur der erste Schritt. Sobald wir dort sind, müssen wir den Stab finden und das Feenreich ist groß und gefährlich. Es wird nicht einfach sein.“

„Und wir müssen außerdem Jonah finden“, sagt ein anderer Prinz. Ich wette, es ist Marcus.

Der Anführer legt den Kopf leicht schief. Das ist keine wirkliche Antwort, wie ich feststellen muss. „Setzt eure Nachforschungen fort“, sagt er stattdessen. „Ihr werdet außerdem im Laufe des Jahres eine individuelle Aufgabe erhalten, die ihr erfüllen müsst. Enttäuscht uns nicht, sonst wird eure Strafe prompt und streng ausfallen.“

Seine abschreckenden Worte treffen mich hart. Was für Dinge erwarten sie von uns? Letztes Jahr mussten wir Menschen manipulieren und Dämonen foltern, also freue ich mich nicht gerade auf diese neuen Aufgaben.

„Wir werden uns bald wieder treffen", fährt der Anführer fort. „Jetzt müssen wir erst einmal die neuen Anwärter im Wald begrüßen. Sie sollten inzwischen dort sein. Wir werden einen Kreis um sie bilden. Sprecht nicht. Ich werde sie ansprechen und ihnen ihre erste Prüfung auferlegen."

Er dreht sich um und geht den Weg zum Ausgang hinauf, woraufhin der Kreis ihm schweigend im Gänsemarsch folgt. Draußen an der kühlen Nachtluft angekommen, bewegen wir uns durch den Wald und umringen die Eingeweihten in ihren weißen Gewändern. Ich habe keine Ahnung, wer sie sind, aber sie schauen sich auf der Lichtung um und ringen die Hände. Ich erinnere mich genau daran, wie es sich anfühlte, in ihrer Haut zu stecken.

Unser Anführer hält dieselbe Rede wie im letzten Jahr und gibt den Eingeweihten am Ende den Auftrag, einen wertvollen Gegenstand von einem der Professoren zu stehlen. Wir werden alle entlassen und verschwinden lautlos in den Schatten, um wie Raben in die dunkle Nacht zu gleiten.

Ich versuche für kurze Zeit, den anderen Mitgliedern zu folgen, in der Hoffnung, herauszufinden, wer sie sind, wie ich es letztes Jahr mit Cyrus getan habe, aber sie werden unsichtbar und ich verliere sie aus den Augen. Erst als ich in mein Zimmer zurückkehre und meine Maske abnehme, wird mir klar, dass ich bei diesem Treffen nicht wirklich etwas Neues erfahren habe. Verdammt.

OLIVIA

Am Sonntag beginnen die Yogastunden wieder und es tut gut, in die vertrauten Posen zu wechseln. Die Kombination aus Yoga und Sonnenlicht hilft mir, meinen Hunger zu unterdrücken, der leicht zu ignorieren ist, solange ich meinen Blick nicht auf Kassiel oder einem der Prinzen ruhen lasse.

Tanwen nimmt auch an meiner Yogastunde teil und ich erschaudere ein wenig, als ich mich an unseren großen Streit im letzten Jahr erinnere. Ich erwarte immer noch ständig einen ihrer zickigen Kommentare, jetzt, wo sie weiß, dass ich ein Dämon bin, wodurch ich ihr noch mehr Angriffsfläche biete. Sie muss mich hassen – schließlich ist sie eine Walküre. Sie werden von klein auf dazu erzogen, in der Engelsarmee gegen Dämonen zu kämpfen und wahrscheinlich hält sie mich für eine Abscheulichkeit, wie so viele andere auch. Meine bloße Existenz ist schließlich verboten.

Ich warte die ganze Stunde über auf Beleidigungen oder Spott, aber sie nickt mir nur kurz zu, als wir am Ende alle unsere Sachen zusammenpacken und weggehen.

Seltsam.

Den Rest des Nachmittags verbringe ich damit, meine Hausaufgaben zu machen und zu lesen, was nicht allzu schwer ist, da der Unterricht gerade erst begonnen hat. Araceli und ich bestellen Pizza in Angel Peak und sehen uns alte Folgen von Friends an. Jedes Mal, wenn ich die lila Strähne in ihrem Haar sehe – von der ich jetzt weiß, dass sie nicht gefärbt ist, sondern zu ihrem Feenerbe gehört –, werde ich daran erinnert, was der Orden gesagt hat und dass er sie benutzen will. Ich bin umso glücklicher, dass ich wieder ihre Mitbewohnerin bin, damit ich sie vor ihnen beschützen kann. Ich lasse nicht zu, dass jemand meiner besten Freundin etwas antut.

Nachdem wir uns gute Nacht gesagt haben, schaue ich aus dem Fenster zum Glockenturm. Sind die Prinzen heute Abend wohl dort oben? Versammeln sie sich immer noch dort, um wie Könige über den Rest der Schule zu herrschen? Bei der Erinnerung daran, mit ihnen dort oben zu sein, wird mir ganz flau im Magen. Als sie herausfanden, dass ich ein Sukkubus bin. Als sie mir eine Geburtstagsparty schenkten. Als sie mich verrieten.

Es ist Zeit, meine Rachepläne in die Wege zu leiten.

Ich ziehe mir einen Kapuzenpulli über und schleiche nach draußen, wobei ich meine Ishim-Kräfte nutze, um unsichtbar zu werden. Die Halskette, die mir meine Mutter geschenkt hat, schützt mich vor allen Ofanim, die meine Engelskräfte durchschauen könnten, aber das spielt kaum eine Rolle, denn heute Abend ist keine Menschenseele mehr unterwegs. Nicht zu dieser späten Stunde. Engel sind definitiv keine Nachtschwärmer … aber ich schon.

Ich schlendere mit einer Tasche über der Schulter zum Parkplatz. Darin befinden sich die notwendigen Mittel für meine Rache. Dies ist nur der erste Schritt, mein Auftakt, aber nach heute Abend werden sie wissen, dass Krieg zwischen uns herrscht.

Mein armer, verbeulter Honda steht an Rand des Parkplatzes. Letztes Jahr hat Callan meine Windschutzscheibe zertrümmert und mir eine Nachricht hinterlassen, dass ich nicht auf die Seraphim Akademie gehöre. Die Reparatur war nicht billig und jetzt ist es an der Zeit, es ihm heimzuzahlen.

Callans Audi-Cabrio hebt sich mit seiner auffälligen roten Farbe und den glänzenden silbernen Felgen von all den anderen Autos ab. Langsam fahre ich mit meinen Händen an der Seite entlang, denn ich weiß, dass mich niemand sehen kann, nicht einmal die Videokameras, die auf den Parkplatz gerichtet sind. Beobachtet Bastien sie jetzt und fragt sich, ob ich mich für eine schnelle Mahlzeit hinausschleichen werde? Wahrscheinlich. Aber heute Nacht wird er nichts sehen.

Ich hole den Kanister aus meiner Tasche und ziehe mir eine Maske über Mund und Nase. Noch immer unsichtbar, beginne ich mit meiner Arbeit und kann mir das Lächeln nicht verkneifen, als das Ergebnis noch besser wird, als ich erwartet hatte.

Ich brauche Stunden, aber es lohnt sich. Es lohnt sich total.

Ich kann es kaum erwarten, Callans Gesicht am nächsten Morgen zu sehen.

„Du bist früh auf", sagt Araceli, als sie am Morgen ihr Zimmer verlässt, um sich eine Tasse Kaffee zu holen.

Ich bin schon angezogen und packe meine Tasche. „Ich will früh in die Cafeteria gehen. Hast du Lust, mich zu begleiten?"

„Klar", sagt sie. „Gibt es einen besonderen Grund dafür?"

„Es könnte unterhaltsam werden", sage ich mit einem verschmitzten Lächeln.

Araceli zieht die Augenbrauen hoch. „Du hast schon angefangen, nicht wahr?"

„Vielleiiiicht."

Sie jauchzt auf und rennt zurück in ihr Zimmer, um sich etwas anzuziehen. Fünf Minuten später verlassen wir unser Wohnheim und ich freue mich, dass sich auf dem Parkplatz bereits eine Menschenmenge gebildet hat. Wir gesellen uns dazu, mischen uns unter die anderen Studenten, die von dem Spektakel angezogen werden. Niemand lacht wirklich, aber ich sehe viele grinsende Gesichter und höre leises Flüstern und Kichern, als ob wir alle ein amüsantes Geheimnis teilen würden. Und in der Mitte der Zuschauermenge steht das Objekt, auf das wir alle starren: Callans Audi Cabrio, nicht mehr knallrot, sondern jetzt in einem glitzernden Pink, das im Morgenlicht funkelt. Oben auf der Windschutzscheibe steht in rosa und weißen Buchstaben PRIN-ZESSIN geschrieben. Es sieht aus wie ein echtes Barbie-Auto.

„Ich kann nicht glauben, dass du es wirklich getan hast", sagt Araceli. „Respekt, Mädel."

Die Menge wird still und obwohl ich mich nicht umdrehe, weiß ich, dass die Prinzen eingetroffen sind. Zumindest zwei von ihnen.

Callan stapft über den Parkplatz und stößt die Leute praktisch aus dem Weg. Die Menge teilt sich wie Wasser und als er den ersten Blick auf sein Auto erhascht, spannt sich sein ganzer Körper vor Wut an. Seine Wut ist wunderschön in ihrer Intensität und die Menge findet es gar nicht mehr lustig. Sie treten zurück und ziehen die Köpfe ein, als hätten sie Angst, beim Anschauen meines Streiches erwischt zu werden.

„Wer hat das getan?", brüllt Callan, blickt sich um und scheucht die Leute wie Tauben davon.

Bastien beugt sich vor und flüstert Callan leise etwas ins Ohr, dann drehen sich die beiden gemeinsam zu mir um. Purer Hass füllt Callans Augen, als er mich anstarrt und eine wütende Aura aus weißem Licht ihn umgibt. Bastien legt ihm eine Hand auf die

Schulter und ich frage mich, was passieren würde, wenn er nicht da wäre, um die Bestie im Zaum zu halten. Würde Callan sein brennendes Licht auf mich richten? Würde er auf mich zustürmen und mich erdrosseln, genau hier, vor all diesen anderen Leuten?

Ich starre Callan an, stelle mich seiner Herausforderung und schenke ihm ein sündiges Lächeln. Sein Gesicht ist absolut unbezahlbar, während seine Wut nur noch weiterwächst, aber ich habe keine Angst vor ihm. Er hat mir bereits das Schlimmste angetan, und jetzt bin ich dran.

Ich drehe mich auf dem Absatz um, werfe mein Haar zurück und gehe weg. Wenn er sich rächen will, dann muss er schon zu mir kommen.

Komm schon, Baby.

———

Callan schwänzt an diesem Morgen das Kampftraining. Vielleicht ist er zu wütend, um mir gegenüberzutreten. Vielleicht versucht er herauszufinden, wie er die rosa Glitzerfarbe von seinem Auto runter bekommt. Was auch immer der Grund dafür ist, Hilda ist nicht erfreut über seine Abwesenheit, zeigt uns aber trotzdem, wie man eine Axt mit geübter Leichtigkeit schwingt.

„Damit habe ich schon einmal einen Inkubus durchbohrt", sagt sie mit einem bösen Grinsen, während sie die schwere Axt durch die Luft schwingt. Dann sieht sie mich an und ihr Lächeln wird schwächer, als hätte sie Angst, mich irgendwie beleidigt zu haben.

Als der Unterricht zu Ende ist, erkläre ich Araceli, dass ich sie später sehen werde und mache mich auf den Weg zu Feenkunde. Tanwen geht an mir vorbei, wirft sich ihre Tasche über die Schulter und sagt: „Das war unter aller Sau. Er liebt dieses Auto mehr als alles andere."

Ich zucke mit den Schultern. „Er hat es verdient."

„Wahrscheinlich", sagt sie. „Aber du solltest besser auf dich aufpassen."

Meine Augen verengen sich. Letztes Jahr war sie in Callan verknallt, obwohl er nur Augen für mich hatte und wahrscheinlich ist sie immer noch wütend darüber. „Ist das eine Drohung?"

„Nein, nur eine Warnung."

Ich stemmte meine Hände in die Hüften. „Wenn du mir etwas zu sagen hast, dann spuck es einfach aus."

Tanwen zupft an ihrem langen strohfarbenen Zopf und lacht. „Ich glaube, ich halte dich lieber noch etwas im Ungewissen. Außerdem ist noch jemand hier, der mit dir reden will. Viel Glück dabei."

Sie geht davon und ich drehe mich um, um zu sehen, wovon sie spricht.

Callan steht hinter mir, die Hände immer noch zu Fäusten geballt. Alle anderen sind verschwunden. Wir stehen allein vor der Turnhalle, an der Stelle, an der wir uns geküsst haben.

Hier hat er mich betrogen.

„Was zum Teufel sollte das?", knurrt er.

„Rache", antworte ich. „Du hast dich an meinem Auto zu schaffen gemacht und ich habe mich an deinem zu schaffen gemacht. Jetzt sind wir quitt."

„Glaubst du, das ist ein Spiel?" Seine wütenden Augen suchen meine, aber er macht keine Anstalten, auf mich zuzugehen.

„Ist es das nicht?" Ich tippe mit einem Finger auf seine Brust und treffe auf einen harten Muskel. „Ein Spiel, das du begonnen hast, das ich zu beenden gedenke."

„Alles, was ich getan habe, habe ich nur getan, um dich zu beschützen." Er ergreift meine Hand und ich warte gespannt, was er als Nächstes tun wird. Er hält sie eine Sekunde länger als erwartet, während er mir in die Augen sieht, dann lässt er sie angewidert fallen. „Halt dich einfach von mir fern, Dämon."

„Halbdämon", erinnere ich ihn liebenswürdig. „Keine Sorge, ich habe vor, mich von dir fernzuhalten. Aber dieses Spiel? Das hat gerade erst begonnen." Ich lehne mich nahe heran, so nahe, dass meine Lippen fast seine berühren. „Täusche dich nicht, das hier bedeutet Krieg."

11

BASTIEN

Ich lasse mich neben Olivia nieder und werfe ihr einen langen Blick zu. Ich hatte gehofft, mein letztes Jahr als Student an der Seraphim Akademie ohne besondere Zwischenfälle zu überstehen, aber das wird offensichtlich nicht passieren, nicht mit unserem kleinen Halb-Sukkubus in der Nähe. Der Streich heute Morgen war zugegebenermaßen clever und eine angemessene Strafe für das, was Callan ihr angetan hat, aber es war auch unklug. Callan ist ein sehr starker Gegner, der nicht so leicht verzeiht. Wenn ich nicht da gewesen wäre, bin ich mir nicht sicher, was er getan hätte.

Olivia ignoriert mich und holt ihr Notizbuch und ihre Stifte heraus, während Raziel sich mit einem anderen Studenten vor der Klassenzimmertür unterhält. Wir haben noch ein paar Minuten, bevor unser Unterricht in Feenkunde beginnt.

„Was glaubst du, was du da tust?", frage ich Olivia mit leiser Stimme.

„Ich habe keine Ahnung, was du meinst", sagt sie mit einem Lächeln. Das Abbild reiner Unschuld.

„Selbst deine Halskette kann diese Lüge nicht verbergen." Sie ignoriert mich weiterhin und ich lege die Stirn in Falten, bevor ich weiterspreche. „Sag mir, dass das eine einmalige Sache war. Ein einziger Streich, um sich an Callan zu rächen, und jetzt ist es vorbei."

„Das kann ich nicht tun."

Meine Augen verengen sich. „Was hast du als Nächstes vor?"

Sie legt ihren Kopf schief und schenkt mir ein spöttisches Lächeln. „Das würdest du bestimmt gerne wissen."

Es gibt keine Frau, die mich so wütend macht, wie Olivia Monroe. Raziel kommt herein und beginnt, einige Papiere auf seinem Schreibtisch durchzusehen. Ich fixiere Olivia mit einem strengen Blick. „Sei vorsichtig. Callan ist niemand, mit dem du dich anlegen willst. Und ich auch nicht."

Ihr Lächeln verschwindet. „Ich habe es langsam satt, dass mir alle ständig sagen, ich solle vorsichtig sein."

Ich beuge mich vor und zische: „Dann solltest du vielleicht aufhören, so leichtsinnig zu sein."

Sie lehnt sich ebenfalls nach vorne, bis ihr Gesicht ganz nah an meinem war. „Oder vielleicht solltest du mich einmal wie eine erwachsene Frau behandeln, die auf sich selbst aufpassen kann."

„Ich versuche nur, dich zu beschützen, aber du machst es mir schwer."

Sie legt eine Hand auf ihr Herz. „Ach, Bastien, eine Sekunde lang klang es fast so, als ob du dich sorgst."

Ich schaue sie böse an. „Ich versuche lediglich, mein Versprechen gegenüber Jonah zu halten. Mehr nicht."

Sie klimpert mit ihren längen Wimpern, aber dann geht Raziel nach vorne und räuspert sich. Er sieht uns an, als würde er uns nur ungern stören und ich lehne mich in meinem Stuhl zurück und gebe ihm ein Zeichen, dass er mit seinem Vortrag beginnen soll.

„Heute werden wir die verschiedenen Feenhöfe besprechen, angefangen mit Sommer und Frühling", sagt Raziel. „Zusammen sind sie als die Seelie-Höfe bekannt und in der Geschichte wurden sie oft als die ‚guten' Feen dargestellt, obwohl das nicht ganz richtig ist. Sie können genauso gütig oder grausam sein wie die Unseelie-Feen. Der Sommerhof ist dafür bekannt, sowohl mutig als auch unberechenbar zu sein, während die Mitglieder des Frühlingshofs sowohl freundlich als auch launisch sein können."

Er fährt fort, aber ich weiß bereits alles, was er erzählt, also mache ich mir kaum Notizen.

Stattdessen frage ich mich, was Olivia noch geplant hat. Wird sie sich für alles rächen, was wir ihr im letzten Jahr angetan haben, und zwar Auge um Auge? Wenn ja, wird sie sich wahrscheinlich als nächstes unsere Zimmer vornehmen. Oder den Glockenturm.

Als die Stunde zu Ende ist, sagt Raziel: „Bevor ich es vergesse, ich möchte, dass Sie sich für Ihr Klassenprojekt mit einem Partner zusammentun. Wenn Sie schon einmal in einem meiner anderen Kurse waren, sollte Ihnen das bekannt vorkommen. Sie und Ihr Partner werden eine Arbeit über ein Thema schreiben, das mit den Feen zu tun hat, und dieses Jahr habe ich beschlossen, Ihnen die Wahl zu überlassen."

Er beginnt, Partner zuzuweisen und als Olivia aufgerufen wird, teilt er sie mir zu, genau wie ich es ihm gesagt habe. Die Idee stammt von Marcus, der dasselbe letztes Jahr in Dämonenkunde getan hat. Raziel ist ein guter Professor, aber er ist ein willensschwacher Narr, und wie die meisten Menschen hat er keine Lust, sich mit den Prinzen anzulegen. Olivia ist die Einzige, die es je versucht hat.

Sie stöhnt hörbar auf, als sie erfährt, dass sie mir zugeteilt ist und es klingt genauso wie das Geräusch, das sie von sich gibt, wenn ich sie ficke. Ich werde sofort steif und sie schaut in meine Richtung. Kann sie es spüren, mein Verlangen nach ihr? Ich verdränge es in den Hintergrund, zusammen mit meinen anderen Gefühlen. Ich empfinde nichts für sie. Überhaupt nichts.

Als der Unterricht zu Ende ist, wendet sie sich mir auf dem Flur zu. „Was für ein Zufall, dass wir zusammenarbeiten."

„In der Tat. Was sollen wir als Thema wählen?"

„Magische Gegenstände." Sie berührt die goldene und aquamarinfarbene Halskette, die über ihren Brüsten hängt. „Ich würde gerne mehr darüber erfahren, wie sie hergestellt werden."

„Gute Wahl. Wir können uns montags zur selben Zeit und am selben Ort wie letztes Jahr treffen."

Sie macht ein angewidertes Gesicht. „Genau, als du mich wie eine Laborratte getestet hast."

„Das war Uriels Entscheidung und wenn du ehrlich über deinen Chor gewesen wärst, hätten wir das nicht tun müssen."

„Wenn ich ehrlich gewesen wäre, hätten sie mich von der Akademie geworfen." Sie schüttelt den Kopf. „Lass uns einfach versuchen, diesen Aufsatz schnell hinter uns zu bringen, damit ich dir wieder so weit wie möglich aus dem Weg gehen kann."

„Wie du willst." Ich umfasse ihr Kinn und schaue ihr in die grünen Augen. „Aber vergiss nicht, wer dich mit deinen Mahlzeiten versorgt. Es sei denn, du willst dich wieder von Fremden ernähren?"

Sie öffnet den Mund, scheint aber keine Antwort zu finden und ich blicke auf ihre perfekten roten Lippen hinunter. Mein Schwanz wird steinhart, als ich mir vorstelle, was ich gerne mit diesem Mund machen würde. Sie spürt mein Verlangen und ihr Atem stockt, während ihre Augen ein wenig glasig werden.

„Du scheinst ziemlich hungrig zu sein", sage ich und streichle ihre weiche Haut. „Soll ich heute Abend vorbeikommen?"

„Ja, gut", sagt sie seufzend, bevor sie sich ruckartig von mir entfernt. „Aber nur für einen Quickie."

„Ich bin um neun da." Ein zufriedenes Lächeln umspielt meine Lippen, während sie davonläuft. Sie braucht mich, auch wenn sie es nicht zugeben will ... und ich bin mehr als glücklich, ihr zu geben, was sie braucht.

12

OLIVIA

Mein Unterricht hält mich auf Trab und zwei Wochen vergehen wie im Flug. Ich gehe den Prinzen aus dem Weg und auch sie halten sich von mir fern. Mein Hunger wächst, da ich mich bei unserer letzten Begegnung so wenig wie möglich von Bastien ernährt habe. Ich ignoriere ihn so gut es geht und verbringe zusätzliche Zeit damit, das Sonnenlicht aufzunehmen, um Kraft zu gewinnen. So kann es nicht ewig weitergehen, und das weiß ich auch. Aber ich kann mich auch nicht weiter von Bastien ernähren. Früher oder später wird es ihn schwächen.

Ich erhalte eine Nachricht von Uriel, dass meine Sukkubus-Prüfung am Mittwoch nach meinem normalen Unterricht beginnt und dass ich mich mit ihr in einem der Räume in seinem Haus treffen werde. Ich freue mich darauf, einen anderen Sukkubus als meine Mutter kennenzulernen, obwohl ich nicht sicher bin, welche Art von Tests sie für mich haben wird. Ich hoffe, ich kann sie bestehen.

Zur vereinbarten Zeit öffnet Bastien die Tür zu Uriels Haus und weist mich an, ihm zu folgen. Er führt mich am Büro vorbei und weiter ins Innere des Hauses, wo ich noch nie zuvor gewesen bin. Wir betreten eine Art altmodischen Salon, in dem Uriel in einem Stuhl mit geschwungenen Holzarmen sitzt und gegenüber einer Frau in einem roten Kleid Tee schlürft. Abgesehen von meiner Mutter ist sie die schönste Frau, die ich je gesehen habe. Sie hat dunkelbraune Haut, üppige Locken, perfekt geschminkte Lippen und atemberaubende Kurven. Alle Engel und Dämonen sind attraktiv, aber die Lilim haben etwas anderes, etwas Unwiderstehliches an sich, das es einem schwer macht, die Augen von ihnen abzuwenden, und dieser Sukkubus ist da keine Ausnahme.

„Ah, da ist ja Olivia", sagt Uriel, als ich den Raum betrete. Wird Uriel auch an diesen Sitzungen teilnehmen? Das könnte sehr unangenehm werden. Vor allem, wenn wir anfangen, über mein Sexleben zu sprechen. Oder darüber, dass ich mit seinem Sohn schlafe, um mich zu ernähren. Ich sehe Bastien panisch an, aber er verlässt diskret den Raum und schließt die Tür, als Uriel sich zu Wort meldet. „Das ist Delilah. Sie wird Ihre Sukkubus-Tests durchführen, so wie Baal es verlangt hat."

„Es ist mir ein Vergnügen, dich kennenzulernen", sagt Delilah, und sogar ihre Stimme ist verführerisch.

Uriel steht auf. „Ich lasse Sie beide jetzt alleine, damit Sie anfangen können. Nehmen Sie sich ruhig etwas Tee und Gebäck."

Er verlässt den Raum und ich zögere einen Moment, bevor ich mich auf den Stuhl setze, den er frei gemacht hat. Auf dem Tisch neben mir stehen winzige gelbe Teetassen und eine dampfende Teekanne, daneben ein paar süße Miniküchlein mit pastellfarbenem Zuckerguss. Ich gieße mir Tee ein, auch wenn mir das Ganze wie ein Traum vorkommt.

„Wie seltsam, im Haus eines Erzengels Tee zu trinken", sagt Delilah, bevor sie ihre Tasse an die Lippen führt und einen kleinen Schluck nimmt. „Ich freue mich darauf, dich hier zu unterrichten, in Uriels malerischer kleiner Stube. Es ist so keusch, und was wir besprechen werden, ist es ganz bestimmt nicht."

„Mich unterrichten?", frage ich verwirrt. „Ich weiß nicht, wie viel Baal dir erzählt hat, aber ich weiß bereits, wie ich meinen Sukkubus-Hunger kontrollieren kann und wie ich mich ernähre, ohne jemanden zu verletzen. Ich glaube nicht, dass du mir noch viel beibringen kannst."

Delilahs Lachen schwebt durch die Luft wie Schmetterlinge mit hauchdünnen Flügeln. „Meine Liebe, du weißt nicht ein Viertel von dem, was ich dir beizubringen habe. Außerdem bin ich nicht wirklich deswegen hier, oder? Wir wissen beide, dass ich geschickt wurde, um dich für Baal zu beurteilen. Was Baal aber nicht weiß, ist, dass ich auch hier bin, um auf Geheiß deiner Mutter auf dich aufzupassen."

Meine Augen weiten sich. „Du weißt, wer meine Mutter ist?"

„In der Tat. Ich bin eine deiner Cousinen. Aber keine Sorge, ich werde niemandem verraten, wer deine Mutter ist." Sie schenkt mir ein Zwinkern, dass Menschen in die Knie zwingen könnte.

Ich lehne mich mit einem Seufzer der Erleichterung zurück. Beziehungen zwischen Engeln und Dämonen sind verboten und das Leben meiner Mutter könnte in Gefahr sein, wenn jemand herausfindet, dass sie mich geboren hat. Dann wird mir der andere Teil ihrer Aussage bewusst, und meine Augen weiten sich. „Wir sind Cousinen?"

„Ja, wir sind stärker blutsverwandt als die meisten anderen."

Ich möchte noch mehr fragen, aber ich habe das Gefühl, dass sie sich absichtlich vage ausdrückt und mir wahrscheinlich nichts weiter verraten wird. Stattdessen frage ich: „Wirst du mich testen?"

Sie nimmt sich einen der kleinen Kuchen und beißt hinein.

„Nein, ich weiß schon genug, wenn ich dich nur ansehe. Außerdem merke ich, dass du dich nicht genug ernährst."

„Es ist nicht gerade einfach auf einem Campus voller Engel", murmle ich.

Sie winkt abweisend mit der Hand. „Es gibt viele Orte in der Nähe, an denen du Beute finden kannst."

„Das habe ich letztes Jahr versucht, und es war ... eine Herausforderung. Außerdem wurde ich von Dämonen angegriffen, was es auch nicht einfacher gemacht hat." Ich erwähne nicht, dass ich es vorziehe, mich nicht mehr von Fremden zu ernähren, weil ich fürchte, dass es mich schwach aussehen lässt oder so.

„Darüber brauchst du dir keine Sorgen mehr zu machen. Es gab Gerüchte über einen abtrünnigen Sukkubus in der Gegend und es wurde ein Kopfgeld auf dich ausgesetzt, aber das ist jetzt vorbei, da du dich nicht mehr versteckst. Kein Dämon wird dich angreifen, nicht ohne den Zorn der Erzdämonen auf sich zu ziehen."

Das ist gut zu wissen.

Sie legt den Kopf schief. „Wenn du dich nicht von Menschen ernährst, von wem dann?"

„Im Moment von einem der Engel hier auf dem Campus."

„Das war's?" Sie blinzelt mich an. „Kein Wunder, dass du halb verhungert bist. Von einem Engel allein kann man nicht überleben – das muss dir deine Mutter doch beigebracht haben. Nicht nur, weil du damit nicht lange überleben kannst, sondern auch, weil du diese Person irgendwann töten wirst, genauso wie du es mit einem Menschen tun würdest."

Ich starre in meinen Tee. So wenig ich Bastien auch ausstehen kann, ich will ihm nicht wehtun. „Können wir dann nie einen übernatürlichen Langzeitgeliebten haben?"

„Doch, das geht schon, aber man bräuchte viele von ihnen. Idealerweise sechs bis acht, es sei denn, sie sind sehr mächtig, dann kommt man vielleicht mit weniger aus. Wenn du dich regelmäßig von ihnen ernährst, nimmst du weniger von ihrer Lebenskraft und bringst sie nicht in Gefahr." Sie schürzt die Lippen. „Der schwierige Teil ist natürlich, mehrere übernatürliche Wesen zu finden, die bereit sind, dich zu teilen."

„Hast du das schon mal gemacht?"

„Ich habe es in der Vergangenheit getan, aber es war nie von Dauer. In der Welt der Lilim nennen wir das einen Harem, und viele junge idealistische Sukkubi und Inkubi versuchen, einen zu gründen, aber es ist schwierig, ihn aufrechtzuerhalten. Die Liebhaber werden mit der Zeit eifersüchtig und wankelmütig. Persönlichkeiten geraten aneinander. Leute gehen fort." Ihr Blick schweift ab, und ich spüre, dass sie sich an etwas aus ihrer eigenen Vergangenheit erinnert. Nach einem Moment schüttelt sie den Kopf. „Es ist viel einfacher, weiter zu reisen und sich von menschlichen Fremden zu ernähren, wie du bald lernen wirst."

Ich nehme einen Schluck von meinem Tee und denke über ihre Worte nach. Sie sagt nichts, was ich nicht schon von Mutter gehört hätte, aber ich hatte dummerweise gehofft, dass ein anderer Sukkubus bessere Antworten für mich haben würde. Aber wie Mutter mir bereits erklärte, Liebe ist nichts für unsere Art.

„Ich werde mir etwas einfallen lassen." Entweder muss ich wieder anfangen, die Bars in der Nähe nach Fernfahrern zum Vögeln abzusuchen, oder ich muss Marcus wieder mit in mein Bett holen. Und wahrscheinlich auch ein paar andere Engel. Aber wen? Kassiel ist tabu. Callan hasst mich und das beruht auf Gegenseitigkeit. Mir fällt leider niemand anderes auf dem Campus ein, mit dem ich schlafen würde.

Delilah mustert mich. „Hast du herausgefunden, wie du dich von der Lust ernähren kannst, die nicht auf dich gerichtet ist?"

„Das habe ich." Ich erinnere mich an die Snacks, die ich

früher von Araceli und Darel bekommen habe, bevor er umgebracht wurde. Das kommt jetzt nicht mehr in Frage.

„Gut. Das sollte dir helfen, durchzuhalten. Du könntest versuchen, in einen Strip-Club zu gehen, um dich von der Lust in der Luft zu ernähren, aber das bringt nur bedingt etwas. Du könntest auch die Leute um dich herum zur Lust anstacheln. Du weißt doch, wie man das macht, oder?"

„Ja, aber ich mache es nicht oft, vor allem nicht hier auf dem Campus."

„Das ist verständlich, aber ich habe eine Idee, wie du es machen kannst, ohne erwischt zu werden. Ich nehme an, du schläfst im Wohnheim, so wie an der Hellspawn Akademie?", fragt sie, und ich nicke. „Wenn alle kleinen Engel in ihren Betten schlafen, schickst du eine Welle der Lust durch das ganze Gebäude. Du wirst jedem Studenten in deinem Wohnheim einen erotischen Traum schenken, der dich für eine kurze Zeit über Wasser hält."

Ich setze mich aufrechter hin. „Das ist eine gute Idee. Niemand spricht über seine Sexträume, oder?"

Sie lächelt, erfreut über meinen Enthusiasmus. „Stimmt. Aber du musst klein anfangen. Erst mal nur ein paar Zimmer auf einmal. Aber das sollte reichen, bis du mehr Liebhaber gefunden hast."

„Aber Sex ist durch nichts anderes zu ersetzen, oder?", frage ich.

„Nein, aber wir tun, was wir tun müssen, um zu überleben." Sie trinkt den letzten Schluck ihres Tees aus, stellt ihn ab und erhebt sich mit der Eleganz einer Königin. „Ich werde in ein paar Monaten wiederkommen, um mich über deine Fortschritte zu informieren. Ich hoffe, bis dahin Anzeichen dafür zu sehen, dass du dich besser ernährst."

Ich springe mit viel weniger Anmut auf die Beine. „Ich werde es versuchen."

Delilah streckt die Hand aus und streichelt mir für einen kurzen Moment mit ihren roten Nägeln zärtlich über die Wange. Ich erhasche einen kurzen Blick auf einen goldenen, mit Rubinen besetzten Ring, der mich aus irgendeinem Grund an die Kette erinnert, die ich trage, aber dann werde ich von ihren geheimnisvollen grünen Augen gefesselt, die genau wie meine aussehen. Sie ist erst das vierte Mitglied meiner Familie, das ich je getroffen habe und ich möchte sie fast anflehen, länger zu bleiben. Ich habe so viele Fragen, aber vor allem möchte ich einfach nur Zeit mit ihr verbringen. Aber der Moment vergeht so schnell, wie er begonnen hat, und sie erhebt sich und verlässt den Raum, mit einer solchen Selbstsicherheit, dass man meinen könnte, dies sei ihr Haus und nicht das von Uriel.

Mit einem dumpfen Gefühl in der Brust starre ich auf die offene Tür, aber dann sammle ich mich und mache mich auf den Weg zum Wohnheim. Ich werde heute Abend etwas Neues ausprobieren.

13

———

OLIVIA

Als ich ins Wohnheim zurückkehre, klebt ein blaues Blatt Papier an der Tür, auf dem etwas Neues angekündigt wird: Familientag im Juni. Ich reiße den Zettel ab und überfliege ihn schnell. Da steht, dass alle Eltern eingeladen sind, den Campus kennenzulernen und mit uns am Unterricht teilzunehmen, und dass es ein großes Fest auf dem Gelände geben wird. Ich bezweifle, dass Vater sich die Mühe machen wird zu kommen, also lege ich den Zettel auf den Küchentisch, falls Araceli ihn haben möchte. Ihre Mutter wird bestimmt kommen, aber bei ihrem Vater bin ich mir nicht sicher.

Ich gehe in mein Schlafzimmer, lasse meine Tasche auf das Bett fallen, ziehe meine Strickjacke aus und erstarre dann. Auf meinem Schreibtisch liegt ein goldener Umschlag, wie ihn der Orden verschickt ... aber es ist noch zu früh für ein weiteres Treffen, oder? Letztes Jahr war ich zwar nur Anwärterin, aber jetzt, wo ich Vollmitglied bin, wird vielleicht von mir erwartet, dass ich an mehr Treffen teilnehme. Doch als ich ihn aufreiße, sehe ich, dass es sich nicht um eine Einladung handelt, sondern um etwas, das mir einen Schauer über den Rücken jagt.

Finde einen Weg, den Vater deiner Mitbewohnerin bis zum Ende des Jahres auf den Campus zu locken. Wenn du deine Aufgabe nicht erfüllst, wird ein geliebter Mensch bestraft.

Ich zerknülle das Papier in meiner Faust und merke dann, dass meine Hände zittern. Ich hätte wissen müssen, dass der Orden mich manipulieren würde, um seine Ziele zu erreichen. Ich hätte nur nicht erwartet, dass sie so etwas tun würden, oder mit einer so offenen Drohung. Andererseits sind sie letztes Jahr mit einem Mord davongekommen – was würden sie *nicht* alles tun?

Ich sitze auf der Bettkante und denke über meine Optionen nach. Ich glaube, Araceli möchte wieder Kontakt zu ihrem Vater aufnehmen, und nachdem ich das Gleiche mit meinem Vater getan habe, glaube ich, dass es ihr gut tun wird. Es wird nicht schwer sein, sie davon zu überzeugen, ihn zum Familientag oder zu einem der nächsten Fußballspiele einzuladen, aber ich tue es in ihrem Interesse und nicht für den Orden. Außerdem muss er etwas darüber wissen, wie man ins Feenreich kommt ... was wahrscheinlich der Grund dafür ist, dass der Orden ihn haben will, natürlich.

Dass sie ihn wollen, kann nichts Gutes bedeuten. Was werden sie mit ihm machen, wenn er auf den Campus kommt? Ihn entführen und ihn zwingen, ein Portal ins Feenreich zu öffnen? Ich kann nicht zulassen, dass einem von Aracelis Eltern etwas zustößt. Andererseits wäre es einfacher, den Orden aufzuhalten, wenn wir ihm eine Falle stellen könnten, und die Anreise ihres Vaters wäre perfekt dafür geeignet. Und wenn er zur Akademie kommt, kann er uns vielleicht auch helfen, Jonah zu finden.

Meine Gedanken überschlagen sich, während ich versuche zu entscheiden, was ich tun soll. Meine beste Freundin manipulieren und das Leben ihres Vaters mit den besten Absichten riskieren? Oder den Auftrag des Ordens ignorieren und jemanden, der mir wichtig ist - möglicherweise Araceli selbst - in Gefahr bringen?

Ich höre, wie die Haustür geöffnet wird und Aracelis Springerstiefel durch das Wohnzimmer und die Küche stapfen. Sie hält inne, und ich stelle mir vor, wie sie sich den Flyer für den Familientag anschaut. Wahrscheinlich überlegt sie, ob sie ihren Vater einladen soll oder nicht. Ich muss nur hingehen und sie davon überzeugen, dass es eine gute Idee ist. Ganz einfach.

Nein. Ich habe mir vorgenommen, dieses Jahr eine bessere Freundin zu sein, und das bedeutet, keine Lügen oder Täuschungen mehr. Die alte Liv hat niemandem vertraut und sich auf niemanden außer sich selbst verlassen, aber ich versuche, mich zu ändern. Es fällt mir schwer zu akzeptieren, dass ich nicht alle Antworten habe, und noch schwerer fällt es mir, jemandem zu vertrauen, vor allem nachdem die Prinzen mich verraten haben, aber Araceli hat nie etwas getan, was mich an ihrer Loyalität zweifeln ließ.

Ich berühre die Halskette meiner Mutter. Sie soll mir helfen, zu lügen und Sachen zu verbergen, und ich bin in beiden Dingen sehr gut. Als Ishim und Sukkubus liegt es in meiner Natur, im Verborgenen zu arbeiten. Aber vielleicht ist die Wahrheit manchmal die Antwort.

Ich gehe in unser gemeinsames Wohnzimmer, wo Araceli sich auf die Couch plumpsen lässt und sich die Fernbedienung des Fernsehers schnappt. Ich nehme den Flyer für den Familientag von der Küchentheke und nehme ihn mit zu ihr, wobei ich mit jedem Schritt meine Entscheidung in Frage stelle.

„Hey, Liv", sagt sie und blickt zu mir auf. Sie sieht meinen Gesichtsausdruck und setzt sich ein wenig auf. „Alles in Ordnung?"

„Hast du diesen Flyer gesehen?" Ich halte den Zettel für den Familientag hoch.

„Ja. Meine Mutter wird ausflippen, wenn sie das erfährt. Ich werde sie nie dazu bringen können, wieder zu gehen." Sie verdreht die Augen. „Machst du dir Sorgen, ob dein Vater kommt?"

„Nein, das ist es nicht." Ich setze mich neben sie auf die Couch. „Du weißt ja, dass ich dem Orden des Goldenen Throns beigetreten bin, um meinen Bruder zu finden. Jetzt versuche ich, sie von innen heraus aufzuhalten."

„Ja ..." Sie rümpft verwirrt die Nase. „Nach dem, was sie Darel angetan haben, habe ich dir gesagt, dass ich helfen werde."

„Sie verlangen von all ihren Mitgliedern, dass sie dieses Jahr eine Aufgabe erfüllen. Ich habe meine soeben erhalten." Ich reiche ihr den Brief des Ordens, den sie vorsichtig auffaltet.

Ihre Augen weiten sich, als sie ihn liest. „Heilige Scheiße."

Ich atme tief ein und aus. „Ich habe dir gesagt, dass ich von nun an offen und ehrlich mit dir über alles reden werde, und das versuche ich auch wirklich. Ich möchte wissen, was du denkst, was wir tun sollten."

Sie liest den Zettel nochmals durch und sieht dann zu mir auf. „Ich bin wirklich froh, dass du mir das gezeigt hast, und ich weiß, dass es wahrscheinlich keine leichte Entscheidung war." Sie kaut ein wenig auf ihrer Lippe und zupft dann an ihrer lila Haarsträhne. „Okay, ich werde ihn bitten, zum Familientag zu kommen."

„Bist du sicher? Es könnte gefährlich für ihn sein."

„Ich weiß, aber es gibt keine Garantie, dass er überhaupt kommt, und wenn er kommt, dann wissen wir, dass wir uns vor einem Angriff in Acht nehmen müssen." Sie reicht mir den goldenen Brief. „Außerdem müssen wir es versuchen. Wenn wir es nicht tun, könnten sie jemand anderen verletzen."

Ich schlinge meine Arme um sie. „Ich danke dir, Araceli. Es tut mir so leid, dass du in all das hineingezogen wirst. Wenn ich dich davor beschützen könnte, würde ich es tun."

Sie löst sich aus meiner Umarmung und gibt mir einen Klaps

auf den Arm. „Ich bin nicht diejenige, die beschützt werden muss, Süße. Du bist diejenige, die sich mit gefährlichen Leuten einlässt, die wissen, was du wirklich bist, möchte ich an dieser Stelle noch einmal bemerken. Gut, dass du mich hast, um auf dich aufzupassen."

Ich kann mir ein Lächeln nicht verkneifen, zumal mich ihre Worte an etwas erinnern, das Jonah einmal gesagt hat. Ich versuche, sie vor den Leuten zu beschützen, die ihr Feenblut ausnutzen wollen, und sie versucht, das Gleiche für mich zu tun. „Ja, das ist gut."

Sie zerreißt den Zettel des Ordens mit ihren Fingernägeln, und für eine Sekunde glaube ich, die berüchtigte Grausamkeit der Feen in ihren Augen erkennen zu können. „Was auch immer der Orden plant, wir werden es verhindern."

OLIVIA

Der nächste Monat vergeht wie im Flug: Frühling, Sonnenschein, Unterricht und Hausaufgaben. Meine Kurse sind dieses Jahr anspruchsvoller als letztes Jahr und zusammen mit meinen zusätzlichen Treffen mit Bastien und Kassiel habe ich kaum Zeit zum Verschnaufen.

Callan ist mit seiner Demonstration der verschiedenen Waffen im Kampftraining fertig und jetzt dürfen wir sie selbst ausprobieren. Wie erwartet, finde ich, dass Dolche am einfachsten zu handhaben sind und ich habe vor, sie zu wählen, wenn es so weit ist. Wir streiten uns immer noch in jeder Stunde, aber ansonsten tun wir so, als gäbe es den anderen nicht, was mir ganz recht ist.

Das Merkwürdigste ist, dass ich bei Tanwen keinerlei Lust mehr für ihn entdecke. Ich frage mich, was sich geändert hat. Vielleicht hat sie in den Ferien jemand anderen kennengelernt? Oder hat sie endlich gemerkt, dass er wirklich der Schlimmste ist?

In Feenkunde gehen wir von den Höfen der Seelie zu den Höfen der Unseelie über und montags recherchieren Bastien und ich über berühmte magische Gegenstände aus der Geschichte und Mythologie, wie Excalibur. Er ist kein so unterhaltsamer Partner wie Marcus, aber wenigstens erledigt er die Arbeit. In der Zwischenzeit hoffe ich immer wieder, Hinweise darauf zu finden, wie ich Jonah finden kann, aber ich werde immer wieder enttäuscht.

In Engelsgeschichte hat Kassiel begonnen, über die Migration von Engeln und Dämonen auf die Erde zu sprechen, etwa während der Renaissance. Wer hätte gedacht, dass Leonardo Da Vinci ein Engel war? Ich nicht. In unseren Privatsitzungen gibt Kassiel mir dann die Sichtweise der Dämonen auf dieselben Lektionen weiter – zum Beispiel, dass sie glauben, Mona Lisa sei Leonardos heimliche Sukkubus-Geliebte gewesen. Kassiel kennt den ganzen guten Klatsch und Tratsch, soviel steht fest.

Im Ishim-Unterricht lernen wir, wie man andere Menschen und große Gegenstände verbirgt, etwas, das ich noch nicht konnte und das viel Energie kostet. Das Gleiche gilt für die Lichtbeherrschung, wo wir anfangs kleine schwebende Lichter erzeugten, um uns durch Dunkelheit zu leiten, und jetzt große Blitze erschaffen, die unsere Gegner vorübergehend blenden. Es ist anstrengend und macht mich nur noch hungriger.

Doch Delilahs Trick hilft. Jede Nacht stelle ich mir den Wecker auf 2 Uhr und übe dann genau das, worüber wir bei unserem Treffen gesprochen haben. Ich habe mit ein paar Zimmern auf meiner Etage angefangen und eine Welle der Lust auf meine schlafenden Mitbewohner losgelassen, wobei ich Araceli natürlich außenvorgelassen habe. Es hat mir gutgetan, aber es hielt nicht lange an. In den nächsten Nächten werde ich meine Kräfte auf andere Stockwerke verteilen, ich achte darauf, möglichst abwechselnd vorzugehen, damit niemand Verdacht schöpft. Ich habe keine Ahnung, wovon die Träume handeln, aber ich kann ihre Intensität spüren, während ich von dem Verlangen zehre, das sie erzeugen. Ich hoffe, die Träumer genießen es so sehr wie ich. Es ist nicht so befriedigend wie Sex, aber es erfüllt seinen Zweck. Zumindest für den Moment.

Ich bin so sehr mit Schularbeiten und dem Versuch, satt zu werden, beschäftigt, dass mein Plan, mich an den Prinzen zu rächen, leicht in Vergessenheit gerät. Dann, an einem Freitagabend, klopft es an meine Tür, während ich in meinem Lehrbuch für Engelsgeschichte lese. Araceli ist mit ihrer Tante zum Abendessen verabredet und ich öffne vorsichtig die Tür – aber auf der anderen Seite steht nur Marcus.

„Hey", sagt er, lehnt am Türrahmen und sieht zum Anbeißen aus. „Wie geht es dir?"

Ich verschränke die Arme. „Was willst du hier, Marcus?"

„Ich wollte nur fragen, ob du Lust hast, mit mir etwas essen zu gehen. Wir könnten nach Angel Peak fliegen. Oder vielleicht etwas bestellen ..."

Ich ziehe die Augenbrauen hoch. „Wie bei einem Date?"

„Klar, wenn du es so nennen willst."

Eigentlich reizt mich sein Angebot – wir haben dieses Jahr keinen gemeinsamen Kurs und ich vermisse ihn irgendwie ein klein wenig, aber ich schüttle den Kopf. „Das ist keine gute Idee."

„Bist du sicher?" Er streckt die Hand aus und streicht mir eine Haarsträhne aus dem Gesicht. „Du siehst aus, als müsstest du dich stärken. Ich kann dir helfen."

Seine Stimme wird leiser und ich weiß, dass er nicht von Essen spricht. Sein Verlangen überrollt mich wie eine Welle und es ist köstlich und unwiderstehlich, weil es anders ist als die normale Lust, die ich von Menschen bekomme. Dahinter stecken echte Gefühle, die ich nicht oft spüre. Vielleicht liegt es an diesen Gefühlen, dass ich ihn an seinem Hemd packe und in den Raum ziehe, um dann die Tür hinter ihm zu schließen.

Wir fallen augenblicklich übereinander her, unsere Lippen sind verbunden, unsere Hände wandern umher, unsere Körper pressen sich aneinander. Verdammt, ich habe es wirklich vermisst, Marcus zu küssen. Der Junge weiß, was er mit seinem Mund macht, das steht fest. Und mit seinen Fingern. Und mit allem anderen. Nachdem ich wochenlang nur von Träumen und Licht gezehrt habe, kann ich nicht genug von diesem realen Verlangen bekommen, das auf mich gerichtet ist. Ich weiß, dass ich sofort damit aufhören sollte und dass Sex mit Marcus nur zu Drama führen wird, aber ich kann es nicht lassen. Ich bin so hungrig, dass ich mich körperlich nicht von dem Mann in meinen Armen losreißen kann, selbst als er mich in mein Schlafzimmer führt.

Als wir in meinem Zimmer sind, zögert Marcus keine Sekunde. Er schubst mich auf das Bett und schiebt meinen Rock hoch, dann reißt er mir das Höschen vom Leib, als wäre es aus Papier. Seine Augen sind entschlossen und ein wenig wild, bevor er auf die Knie sinkt und seinen Kopf zwischen meinen Schenkeln vergräbt. Sein Mund und seine Zunge spielen eine kleine Symphonie auf meiner Klitoris, und ich halte mich an seinem dichten, üppigen braunen Haar fest und stöhne. Es fühlt sich so gut an, aber ich brauche mehr. Um mich wirklich zu befriedigen, brauche ich auch seine Lust, und zwar sofort.

„Fick mich", befehle ich ihm. „Schnell und heftig. Beeil dich."

„Da ist wohl jemand etwas ungeduldig, was?", fragt er, während er einen Finger in mich gleiten lässt und fühlt, wie feucht ich bereits für ihn bin. Er neckt mich jetzt, aber es gefällt mir so gut, dass es mir egal ist, auch wenn es mich noch hungriger macht. Ich sabbere fast, als er seine Hose fallen lässt und seinen steifen Schwanz zwischen meinen Beinen positioniert. Er reibt ihn an meiner Spalte, damit er schön glitschig wird, während er mir in die Augen schaut. „Ich habe alles, was du brauchst, genau hier."

Ich greife nach seinem Schwanz und schiebe ihn ungeduldig in mich hinein, bevor ich noch wahnsinnig werde. Mir war gar nicht bewusst, wie dringend ich mich ernähren musste, bevor Marcus an meiner Tür auftauchte, und nichts kann mich mehr aufhalten, bis ich bekommen habe, wonach ich mich so sehne. Ich bin mir nicht sicher, ob er jetzt gehen könnte, selbst wenn er es versuchen würde.

Aber er will auch gar nicht gehen. Er will seinen Schwanz immer und immer wieder in mir versenken, in langen, tiefen Stößen, bei denen ich mich frage, wie ich so lange ohne Sex mit ihm auskommen konnte. Was habe ich mir nur dabei gedacht, wo es doch so wunderbar ist, ihn in mir zu spüren? Ich packe seinen Hintern und schiebe ihn noch tiefer in mich, dränge ihn dazu, schneller zu werden, weil wir beide jetzt kommen müssen. Meine Fingernägel graben sich in seine Haut und seine kleinen Grunzer in meinem Ohr sind das beste Geräusch, das ich seit Monaten gehört habe. Unsere Körper bewegen sich immer heftiger und schneller, Haut an Haut, bis wir beide kurz vor dem Höhepunkt stehen. Dann küsst Marcus mich leidenschaftlich und mein Höhepunkt überkommt mich, ich verkrampfe mich um seinen Schwanz herum, stöhne in seinem Mund, völlig verloren in der Lust. In diesem Moment kommt auch er in mir und durch seine Kraft fühle ich mich augenblicklich wieder völlig gesättigt. Ich will nicht, dass es endet, und ich weiß, dass Marcus es auch nicht will, denn er küsst mich weiter, selbst als unsere Körper sich beruhigen und unsere Herzschläge sich wieder verlangsamen.

Schließlich rolle ich mich von ihm weg und setze mich auf. Scheiße, ich habe gerade in einem Sukkubus-Lustrausch mit Marcus geschlafen. Ich habe ihn für schnellen und schmutzigen Sex benutzt, so wie ich es mit Bastien getan habe. Nur dass ich Marcus im Gegensatz zu Bastien wirklich am Herzen liege, was die Sache noch viel komplizierter macht. Ich muss dafür sorgen, dass er weiß, dass es hier um nichts weiter geht als um Sex zum Überleben.

„Das heißt nicht, dass ich dir vergebe", sage ich zu ihm.

„Mhm", sagt er mit einem Grinsen. Er steht langsam auf und zieht sich seine Hose an. Ich kann dem Verlangen, ihn wieder zu mir ins Bett zu ziehen nur schwer widerstehen, also schaue ich weg.

„Ich meine es ernst."

„Ist schon gut. Ich weiß von deinem Deal mit Bastien, aber du kannst dich nicht allein von ihm ernähren. Ich will nur, dass du mit mir die gleiche Abmachung triffst."

Ich zögere, aber ich kann nicht nein sagen. Ich bin zu verzweifelt, und Marcus ist zu gut im Bett. Seine Kraft strömt durch meine Adern und gibt mir das Gefühl, das gesamte Gebäude mit meiner Magie erleuchten zu können. „Okay. Aber es ist nur Sex. Das darfst du nicht vergessen."

Er beugt sich vor, berührt mein Kinn und gibt mir dann einen Kuss, der irgendwie zärtlich und schmutzig zugleich ist. „Natürlich ist es das."

Er ist so verdammt eingebildet, so sicher, dass zwischen uns alles vergeben und vergessen ist, nur weil wir Sex hatten. Am liebsten würde ich ihm eine runterhauen, aber er verlässt mein Zimmer, bevor ich etwas anderes tun kann, als zu schmollen.

Als er weg ist, reiße ich mich zusammen. Das ist ein gefährliches Spiel, das ich hier spiele. Ich muss mich daran erinnern, dass die Prinzen und ich keine Freunde sind, nicht nachdem, was sie mir letztes Jahr angetan haben. Das gilt auch für Marcus.

Es ist Zeit für Phase zwei meines Racheplans.

Am Samstag fahren Araceli und ich nach Redding, der größten Stadt hier in der Nähe, um dort die Kaufhäuser zu durchstöbern. Wir nehmen mein Auto und beladen es mit allerlei Sachen, die uns vor Freude kichern lassen, vor allem, wenn wir uns die Gesichter der Prinzen vorstellen. Dann fahren wir zurück zum Campus und warten.

Araceli stöhnt laut auf, als ich sie um zwei Uhr morgens wecke, aber nach ein paar Minuten schafft sie es aufzustehen. Dank meines Ishim-Unterrichts weiß ich jetzt auch, wie ich sie unsichtbar machen kann, solange ich sie berühre. Gemeinsam schnappen wir uns ein paar Kaufhaustaschen und fliegen hinüber zum Glockenturm, der dunkel und verlassen ist. Die Prinzen sind alle im Bett und lassen ihr Versteck unbeaufsichtigt. Sie haben diesen Platz für sich beansprucht, ein weiteres Symbol ihrer Autorität über den Rest der Studenten, und es ist an der Zeit, sich daran zu schaffen zu machen – genau wie sie sich letztes Jahr an meinem Zimmer vergriffen haben.

Wir müssen ein paar Mal heimlich hin- und herfliegen, um alles herüberzuschaffen, und dann geht es los. Ihre maskulinen Ledersofas werden mit glitzernden rosa Decken und Kopfkissen dekoriert. Die dunklen Holztische bekommen neue Tischdecken mit glänzenden rosa Einhörnern. Ihre kleine Miniküche wird mit rosa Herzaufklebern versehen – auf der Theke, der Mikrowelle und dem Kühlschrank – bis man kaum noch etwas darunter erkennen kann. Von der Decke hängen glitzernde rosa Luftschlangen, während die Fenster mit rosa schimmernden Vorhängen verziert werden. Für den letzten Schliff sprühen wir eine Tonne billiges Körperspray mit Blumenduft in den Raum und bestreuen alles mit einer dicken Schicht Glitzer.

„Warte, fast hätten wir das Beste vergessen", sagt Araceli, als sie sich die letzte Tüte schnappt. Sie holt tonnenweise kleine Plüschtiere heraus, alle supersüß und rosa, von Einhörnern über

Kätzchen bis hin zu Häschen. Es gibt sogar ein pinkfarbenes, glitzerndes Lama mit einer Mini-Überwachungskamera darin, das ich an der perfekten Stelle platziere, um die Reaktionen der Prinzen einzufangen, wenn sie eintreffen. Wir verteilen die restlichen Plüschtiere großzügig im Raum und treten dann zurück, um unsere Arbeit mit einem Grinsen im Gesicht zu bewundern.

Die Höhle der Prinzen hat sich in ein hübsches rosa Prinzessinnenzimmer verwandelt, mit drei glitzernden Plastik-Diademe auf dem Tisch, die darauf warten, aufgesetzt zu werden. Es ist total übertrieben und lächerlich, und ich liebe es.

Ich kann es gar nicht erwarten, ihre Gesichter zu sehen, wenn sie hereinspazieren.

15

CALLAN

Ich fliege zum Glockenturm, Marcus und Bastien befinden sich nur wenige Flügelschläge hinter mir. Als ich mich in der Fensternische niederlasse, fällt mir als Erstes der Geruch auf. Meine Nase wird von einem starken, künstlichen Blumenduft angegriffen, der den Raum durchdringt, und ich zucke zurück, als er mir hart ins Gesicht schlägt. Dann wandert mein Blick durch den Raum und mir fällt die Kinnlade herunter, als ich all das rosa Funkeln, die Plüschtiere und das Glitzer entdecke. Verdammt, es ist so viel Glitzer. Wir werden das Zeug für den Rest unseres Lebens in irgendwelchen Ritzen finden.

Bastien landet neben mir und hält sich die Nase zu, dann mustert er angewidert den gesamten Raum. Als Marcus landet, bricht er in schallendes Gelächter aus und krümmt sich vor Lachen.

„Öffnet alle Fenster und Türen“, befehle ich. Wir können nichts tun, bevor wir hier nicht gelüftet haben. Meine Augen tränen schon, nach diesen wenigen Sekunden hier drinnen.

Wir bedecken unsere Gesichter mit unseren Shirts und öffnen sämtliche Fenster und Türen, dann benutzen wir unsere

Flügel, um einen Luftzug zu erzeugen, der etwas frische Luft durch den Raum wehen lässt. Aber der Geruch ist nur der Anfang. Unser Aufenthaltsraum hat sich in ein rosarotes Monstrum verwandelt.

Ich starre den Raum ein paar Minuten lang an und kann schließlich nichts anderes sagen als: „Was soll der Scheiß?"

„Das ist so erbärmlich", sagt Bastien und schüttelt den Kopf.

„Wir haben ihr Zimmer verwüstet, und jetzt verwüstet sie unseres", sagt Marcus achselzuckend. „Das ist genau das, was wir verdient haben." Er lässt sich auf die Couch plumpsen und in den Haufen rosa Stofftiere fallen. „Außerdem finde ich es ziemlich geil."

„Wie lange soll dieser Rache-Bullshit noch weitergehen?"; frage ich.

Bastien nimmt ein Einhorn von seinem Sessel und wirft es zur Seite. „Bisher hat sie sich nur für ihr Auto an dir gerächt, und das hier ist offensichtlich die Vergeltung für das, was wir in ihrem Zimmer angerichtet haben. Wenn man davon ausgeht, dass sie die kleineren Vergehen wie den Vandalismus ihrer Tür und das Hinterlassen von Drohbriefen ignoriert, sollte ihr nur noch ein weiterer Racheakt bleiben." Er wirft mir einen strengen Blick zu. „Ein Geheimnis vor der ganzen Akademie zu enthüllen."

„Wir müssen sie aufhalten, bevor es so weit kommt", knurre ich.

„Und wie?", fragt Marcus mit einem Schnauben. „So etwas hat uns doch erst in diesen Schlamassel gebracht."

Ich schaue ihn finster an. „Ich habe getan, was getan werden musste."

„Hast du das?" Marcus wirft mir einen ausgestopften Hund an den Kopf, den ich auffange. „Musstest du ihr wirklich drohen?" Als nächstes wirft er ein ausgestopftes Lama. „Oder ihr Auto demolieren? Oder sie verraten?" In seinen Worten schwingt Wut mit und er wirft so lange mit Dingen nach mir, bis nichts mehr in Reichweite ist.

„Bist du fertig?", frage ich und schiebe die letzten Tiere beiseite. „Ich habe getan, was ich zu dem Zeitpunkt für richtig hielt. Ich wusste nicht, dass sie Jonahs Schwester ist, nur dass ich ihm ein Versprechen gegeben hatte, Olivia von dieser Schule fernzuhalten."

„Einiges davon war besonders brutal", sagt Bastien und reibt sich das Kinn.

Ich starre ihn an. Ich dachte, er wäre auf meiner Seite. Ich schätze, ich bin hier allein. „Vielleicht war es brutal, aber es war ein notwendiges Übel."

Marcus streckt seine Beine auf der Couch aus und setzt sich ein kleines Plastik-Diadem auf, als ob er mit all dem hier völlig einverstanden wäre. „Wir hätten von Anfang an ehrlich zu ihr sein sollen. Das hätte uns allen eine Menge Ärger erspart."

„Wir wussten nicht, ob wir ihr vertrauen können", antworte ich.

„Nein, aber wir wussten, dass sie irgendwie mit Jonah in Verbindung stand", sagt Bastien. „Wir hätten sie von Anfang an dazu bringen sollen, es uns zu sagen."

Marcus nickt. „Ja, und als wir wussten, dass sie seine Schwester ist, hätten wir ihr sagen sollen, dass Jonah im Auftrag des Ordens ins Feenreich gegangen ist. Wir hätten zusammenarbeiten können, um ihn zu suchen, anstatt zu versuchen, sie dazu zu bringen, die Akademie zu verlassen."

Ich verdrehe die Augen. „Und wenn wir gewusst hätten, dass Jonah verschwinden würde, hätten wir ihn gar nicht erst ins Feenreich gehen lassen. Es hat keinen Sinn, sich zu wünschen, die Vergangenheit ändern zu können. Wir haben bereits gewissen Entscheidungen getroffen und müssen nun zu ihnen stehen. Auch wenn wir sie jetzt bereuen."

„Der einzige Weg, das zu beenden, ist, sich bei ihr zu

entschuldigen", sagt Marcus. „Überzeuge sie, dir zu verzeihen. Das versuche ich und es scheint zu funktionieren. Sehr gut sogar, wenn man die letzte Nacht bedenkt." Ein leichtes Grinsen breitet sich auf seinem Gesicht aus und ich möchte es ihm am liebsten aus dem Gesicht prügeln. Er fickt sie wieder, kein Zweifel. Er und Bastien auch. Sie hat sie beide in ihren Bann gezogen.

„Niemals." Ich hasse alle Dämonen, einschließlich Olivia, und ich hasse es, dass ich sie jedes Mal, wenn ich sie ansehe, trotzdem begehre. Sie muss ihre Sukkubus-Kräfte bei mir einsetzen. Es gibt keine andere Erklärung. Sie gehört nicht hierher und sogar ihr Bruder wusste das. Ihr Halbdämonenblut macht sie zu einer Bedrohung und gleichzeitig zu einem Risiko. Aber ich werde nicht erneut versuchen, sie rauswerfen zu lassen. Ich habe akzeptiert, dass sie nirgendwo hingehen wird, auch wenn mir das nicht gefällt. Wenn man bedenkt, dass Dämonen meine Familie zerstört haben, finde ich das verdammt großzügig von mir.

„Ich werde jemanden zum Aufräumen herschicken", sage ich, während ich das Lama auf dem Boden aufhebe. Etwas daran erregt meine Aufmerksamkeit und ich sehe es mir genauer an. Eine versteckte Kamera. Sie hat unser gesamtes Gespräch aufgezeichnet, und jetzt hat sie das perfekte Video, das sie der ganzen Akademie präsentieren kann.

Das kann ich nicht zulassen.

Ich spüre Olivia eine Stunde später auf, als sie gerade ihren Yoga-Kurs verlässt. Ich lande direkt vor ihr, so dass sie erschrocken zurückspringt.

„Callan", sagt sie, ihre Stimme ist atemlos und verdammt sexy. „Hattest du einen guten Morgen?"

Ich werfe ihr eine der glitzernden Plastik-Diademe an die Brust. „Danke, dass du unser Wohnzimmer neu dekoriert hast. Pink ist allerdings nicht meine Farbe."

Sie fängt es mit einem verruchten Lächeln auf. „Schade. Ich dachte, es wäre perfekt für eine so hübsche Prinzessin."

Bei der Erinnerung an mein Auto knirsche ich mit den Zähnen. „Was hast du als Nächstes vor?"

Sie macht sich auf den Weg zurück zum Wohnheim, als ob sie keine Zeit für mich hätte. „Das würdest du sicher gerne wissen."

Ich halte leicht Schritt mit ihr. „Ich weiß, dass du uns mithilfe der Kamera beobachtet hast. Du hast uns aufgenommen, nicht wahr?"

„Ich habe keine Ahnung, wovon du redest."

Ich packe ihren Arm, damit sie stehen bleibt und mich ansieht. „Du musst mit diesem Scheiß aufhören. Sofort."

Ihre Augen verengen sich. „Vielleicht solltest du auf Marcus hören. Das könnte alles enden, wenn du dich einfach entschuldigen würdest."

„Ich kann mich nicht für etwas entschuldigen, das mir nicht leidtut."

„Dann hast du wohl alles verdient, was auf dich zukommt."

Als ich ihr so gegenüberstehe, steigt Wut in mir auf und ich stelle mir vor, wie ich sie auf die Knie zwinge und ihr meinen Schwanz in ihren hübschen Mund schiebe, damit sie endlich still ist. Kaum habe ich den Gedanken, lächelt sie, als wüsste sie, was ich denke. Sie kann spüren, wie sehr ich sie will.

Angewidert lasse ich ihren Arm los und trete zurück. „Hör auf, deine Sukkubus-Magie auf mich anzuwenden."

„Ich tue gar nichts. Das bist du ganz allein." Sie tritt näher und streicht mit einer Hand über meine Brust. „Es muss dich umbringen, dass du mich so sehr begehrst. Ich sehe, wie du mich im Unterricht ansiehst. Genauso, wie du mich jetzt ansiehst." Sie leckt sich über ihre roten Lippen und ich kann nicht anders, als sie anzustarren. „Deine Lust ist von Hass geprägt, aber irgendwie wird sie dadurch nur noch köstlicher."

Sie macht mich wahnsinnig, aber für eine Sekunde bin ich versucht, sie trotzdem zu küssen und es kostet mich all meine

Kraft, mich zurückzuhalten. Vielleicht, weil sie eine verbotene Frucht ist. Vielleicht, weil sie das heißeste Ding ist, das ich je zu Gesicht bekommen habe. Vielleicht, weil sie die einzige Frau ist, die mich je herausgefordert hat.

Was auch immer es ist, daraus wird nichts.

Ich schlage ihre Hand weg. „Du hast mein Auto ruiniert. Du hast in meiner Lounge gewütet. Ich akzeptiere deine Strafe als Gerechtigkeit – Auge um Auge. Aber ich warne dich jetzt ... Hör auf, bevor es noch weitergeht. Du willst mich nicht provozieren."

„Du irrst dich. Das ist genau das, was ich tun will." Sie tritt mit einem grausamen Lächeln zurück. „Ich werde weitermachen, bis du zusammenbrichst."

OLIVIA

Ich kehre in mein Zimmer zurück, setze mich an meinen Schreibtisch und schaue mir die Aufnahme noch einmal mit einem hämischen Grinsen im Gesicht an. Ursprünglich wollte ich das Video mit ihren Reaktionen der ganzen Akademie zeigen, weil ich dachte, es würde sie demütigen, aber dann fingen sie an, über Jonah und das Feenreich zu reden, was mir konkrete Beweise dafür lieferte, dass sie die ganze Zeit wussten, wo er ist und dass sie Teil des Ordens sind. Dieses Video könnte sie ruinieren. Genau wie sie versucht haben, mich zu ruinieren. Alles was ich tun muss, ist es zu gegebener Zeit zu veröffentlichen.

Auch wenn ich mich angesichts von Callans Wut mutig verhalten habe, fürchte ich mich dennoch davor, am nächsten Morgen zum Kampftraining zu gehen. Wir probieren immer noch verschiedene Waffen aus, um zu sehen, auf welche wir uns konzentrieren wollen, und heute trainieren wir mit Wurfmessern.

Ich ignoriere Callan so gut es geht, während Hilda uns Anweisungen zuruft und uns im Raum verteilt, damit wir uns vor den Zielscheiben positionieren. Aber dann schickt sie Callan rüber, um jedem einzelnen Studenten bei der Positionierung zu helfen, angefangen bei mir.

„Versuch, mich nicht umzubringen", murmle ich, als er sich neben mich stellt.

„Ich glaube, es ist wahrscheinlicher, dass du mich tötest." Er ergreift meine Hand und richtet das Messer schnell aus. „Halte es so."

„Wow, das ist ja eine großartige Anleitung."

„Wäre es dir lieber, wenn ich noch länger bei dir bleiben würde?"

„Nein, wenn ich es mir recht überlege, sollten wir es schnell hinter uns bringen."

Er verschränkt die Arme. „Zeig mir, was du kannst."

Ich spüre den stetigen Strom seiner Hass-Lust und mir wird ganz schwindelig. Hass ist so ähnlich wie Begierde, habe ich festgestellt. Er macht einen ganz heiß und schweißgebadet und man kann sich auf nichts anderes konzentrieren als auf diese Person. Man denkt ständig an sie. Man stellt sich all die Dinge vor, die man ihr antun könnte. Man will alles tun, um sie aus dem Kopf zu kriegen.

Callans hasserfüllte Augen starren mich intensiv an. Ich frage mich, ob er in diesem Moment daran denkt, mich zu ficken oder zu erwürgen. Wahrscheinlich beides.

Ich rolle die Schultern und konzentriere mich auf das Ziel vor mir, aber dann senkt sich Callans Blick auf meinen Hintern und seine Lust flammt auf. Ich lasse das Messer fallen, anstatt es zu werfen, und er lacht.

Es ist kein nettes Lachen.

„Mach dich nicht über mich lustig", schnauze ich ihn an.

„Tut mir leid", sagt er mit einem hochmütigen Grinsen. „Soll ich dir noch mal zeigen, wie man das Messer hält?"

Ich starre ihn an, während ich das Messer aufhebe. „Nein,

ich will, dass du aufhörst, daran zu denken, mich zu ficken. Deine Lust lenkt mich ziemlich ab."

Sein Grinsen verschwindet und sein Blick wird wieder ganz ernst. „Wirf doch einfach die verdammten Messer."

Ich werfe das erste Messer und es trifft die Seite der Zielscheibe und fällt dann klappernd auf den Boden. Ich schnappe mir das nächste, mit noch schlechteren Ergebnissen. Ich wette, ich könnte es schaffen, wenn Callan mich nicht mit seinen hasserfüllten Augen anstarren würde. Und mit jedem Mal, das ich versage, wird sein grausames Lächeln breiter und breiter.

„Das ist deine Schuld", sage ich, nachdem ich die Messer vom Boden aufgehoben habe.

„Deine Unfähigkeit, die Messer richtig zu werfen, hat nichts mit mir zu tun."

„Ich dachte, du solltest es mir beibringen."

Er zuckt gleichgültig mit den Schultern. „Ich kann nur sehr begrenzt etwas für jemanden tun, der von Natur aus so schlecht im Kampf ist."

Ich bin versucht, ihm eines dieser Messer in den Arm zu rammen, aber bevor ich das tun kann, geht er weiter, um mit dem nächsten Studenten zu arbeiten. Endlich.

Aber selbst, nachdem er gegangen ist, schwebt sein Verlangen wie eine dicke Wolke über mir und macht es mir schwer, zu atmen oder an etwas anderes zu denken als daran, wie sehr ich ihn hasse. Ich stelle mir sein Gesicht auf der Zielscheibe vor, bevor ich werfe, und dieses Mal treffe ich.

In Feenkunde spricht Raziel darüber, dass sich die Zeit im Feenreich anders verhält als auf der Erde und er trägt eine Fliege mit Sternen darauf.

„In den frühen Morgenstunden ist Frühling. Die Temperatur steigt etwas an, die Blumen blühen, die Tiere erwachen und tummeln sich. In der Mitte des Tages geht es in den Sommer über. Die Luft wird heiß, die Sonne knallt und manchmal gibt es Sommerschauer. Am späten Nachmittag ist Herbst. Wenn die Sonne untergeht, verlieren die Bäume ihre Blätter, die Luft wird kühler und die Tiere bereiten sich auf den Schlaf vor. Und schließlich haben wir Winter, wenn es ganz dunkel ist. Es ist sehr kalt, die Tiere haben es sich in ihren Höhlen gemütlich gemacht und die Bäume sind kahl. Das ändert sich jedoch ein wenig, je nachdem, in welchem Teil des Feenreichs man sich befindet. Im Winterhof zum Beispiel ist diese Jahreszeit am längsten."

Er spricht noch eine Weile über den Aufbau des Feenreichs und fragt dann, ob wir irgendwelche weiteren Fragen haben.

Ich hebe die Hand, um die Frage zu stellen, die mir schon seit Monaten auf der Seele brennt. "Was machen die Feen in ihrem Reich mit Gefangenen von außerhalb?"

Raziel scheint von meiner Frage überrascht zu sein. „Ich nehme an, sie sperren sie entweder ein oder richten sie hin, aber das geschieht so selten, dass ich mir nicht sicher bin. Heutzutage kommt niemand mehr ohne ihre Erlaubnis ins Feenreich."

Überhaupt nicht hilfreich.

In den letzten paar Wochen habe ich nichts gelernt, was ich nicht schon wusste. Die Feen geben zurückgezogen und verlassen das Feenreich nur selten. Einige von ihnen haben Flügel, alle haben ungewöhnlich buntes Haar, es sei denn, es ist tiefschwarz oder reinweiß. Sie verfügen über außerordentlich viel Magie und können Personen verzaubern, obwohl das bei Ofanim nicht funktioniert. Einige mächtige Feen können magische

Gegenstände wie meine Halskette herstellen. Aber nichts bringt mich der Rettung von Jonah näher, und ich werde langsam frustriert.

„Du solltest ins Feenreich gehen und es herausfinden", sagt Jeremy mit tiefer Stimme hinter mir. „Vielleicht werden sie dich hinrichten, weil du so eine Abscheulichkeit bist."

Mir bleibt der Mund offenstehen und ich drehe mich auf meinem Platz um, um ihm ins Gesicht zu sehen, aber seine Worte verschlagen mir vorübergehend die Sprache. Ich weiß, dass mich viele Leute hier hassen und fürchten, aber es ist ungewöhnlich, dass jemand so etwas Schreckliches sagt.

Bastien ergreift das Wort, bevor ich es kann, seine Stimme ist voller eiskalter Bedrohung. „Wie kannst du es wagen, so mit ihr zu sprechen?"

„Sie ist ein Dämon", spuckt Jeremy praktisch aus.

„Und du hältst dich für so viel besser? Du, dessen Vater im Großen Krieg seinen Posten verließ und seine ganze Truppe sterben ließ? Dessen Mutter ihre Familie verließ, um einen Menschen zu heiraten?"

Jeremys Gesicht errötet vor Mordlust. Ich bin beeindruckt, dass Bastien so viel über ihn weiß. Andererseits kennt er wahrscheinlich die schmutzigen Geheimnisse jedes Studenten an dieser Uni.

„Jeremy, bitte verlasse das Klassenzimmer, bis du dich wieder im Griff hast", sagt Raziel mit einem missbilligenden Ton.

Der Idiot steht langsam auf und sammelt seine Sachen ein, während er mich die ganze Zeit über anglotzt. Als er den Raum verlässt, entspanne ich mich und werfe Bastien einen kurzen Blick zu, aber er ignoriert mich schon wieder. Alle anderen im Kurs starren uns den Rest der Vorlesung mit großen Augen an, und ich bezweifle, dass irgendjemand von uns überhaupt zuhört, was Raziel sagt.

Sobald der Unterricht zu Ende ist, eile ich Bastien hinterher, um ihn draußen abzufangen. „Danke, dass du dich für mich eingesetzt hast."

„Nicht der Rede wert." Seine Stimme ist immer noch kühl. Er ist immer so abweisend und gefühllos. Zumindest scheint es so. Aber er muss etwas gefühlt haben, um Jeremy so anzuschnauzen und ich habe mir das Video angesehen und weiß, dass er seine Beteiligung an dem, was die Prinzen letztes Jahr getan haben, zumindest ein wenig zu bedauern scheint. Aber er hat sich auch noch nicht entschuldigt, also ist er nicht aus dem Schneider.

17

───────

OLIVIA

Am Donnerstagabend treibt ein ungewöhnliches Gewitter alle zum Abendessen in die Cafeteria und ich brauche ewig, um mir mein Essen vom Buffet zu holen. Ich stelle mein Tablett neben Graces Teller ab und setze mich Araceli gegenüber, dann lasse ich mich fast mit dem Gesicht in mein Essen fallen, weil ich einfach so erschöpft bin. Es ist schon einen Monat her, dass ich mich zum zweiten Mal an den Prinzen gerächt habe, und der Unterricht macht mich fertig. Wahrscheinlich muss ich mich auch mal wieder stärken, und zwar nicht nur an Essen. Ich musste die Sexträume ein wenig zurückfahren, als ich hörte, wie zwei Leute darüber lachten, dass sie beide in letzter Zeit eine Menge davon hatten. Ich will nicht, dass jemand einen Zusammenhang herstellt. Andererseits haben die Leute auf dem Campus anscheinend jede Menge Sex, also sollten sie mir eigentlich dankbar sein. Es liegt Liebe in der Luft – oder zumindest eine große Menge an Lust.

Wenigstens weiß ich, warum Tanwen über Callan hinweg ist. Nachdem die Sexträume anfingen, begann sie sich mit einer der anderen Walküren zu treffen, einem breitschultrigen

Mädchen namens Marila. Sie sitzen zusammen auf der anderen Seite der Cafeteria, mit ihren identischen blonden Haaren und ich warte darauf, dass mir irgendwelche kleinlichen Gedanken durch den Kopf schießen, aber das tun sie nicht. Ich schätze, ich habe zurzeit kein Problem mit Tanwen. Wie seltsam.

„Ist das eine Verbrennung an deinem Arm?", fragt mich Araceli, während ich in meinen Burrito beiße.

Ich schaue überrascht nach unten. „Oh ja. Die habe ich mir heute während Lichtbeherrschung zugezogen. Eine der Walküren hat mir einen Stromschlag verpasst. Ich glaube, es war ein Unfall, aber wer weiß."

„Ach, natürlich hat sie das." Araceli verdreht die Augen und bedeckt die Brandwunde mit ihrer Hand. Dank ihres Malakim-Blutes ist sie innerhalb von Sekunden verheilt. „So, das war's, alles wieder in Ordnung."

„Danke." Es wäre sowieso innerhalb von ein oder zwei Tagen verheilt, aber es ist schön, eine Heilerin an meiner Seite zu haben.

Cyrus sitzt mit seinem neuen Freund Isaiah am Ende des Tisches. Isaiah ist so etwas wie die rothaarige Version von Cyrus, mit seinen fast identischen Hipster-Jeans und dem türkisblauen Poloshirt. Sie sind sogar ungefähr gleich groß. Sie sind ein weiteres der neuen Paare, die entstanden sind, nachdem ich angefangen habe, die Träume der Leute anzuheizen, und sie sind ständig von einer unsichtbaren Wolke der Lust umgeben. Ich habe das Gefühl, dass es nicht von Dauer sein wird, aber sie geben mir zumindest einen netten Snack, wenn sie in meiner Nähe sind.

Cyrus stürzt sich sofort in seine Lieblingsbeschäftigung, das Tratschen. „Habt ihr von dem Angriff in Angel Peak gehört?"

„Was?" Araceli lässt überrascht ihren Löffel fallen. „Nein?"

Er beugt sich vor und senkt seine Stimme. „Zwei Engel

wurden direkt vor dem Café getötet. Ihre Köpfe wurden abgetrennt ... zusammen mit ihren Flügeln."

Die anderen schnappen nach Luft. Flügel sind eine große Sache unter Engeln, habe ich gelernt. Die Flügel eines anderen ohne Erlaubnis zu berühren, ist tabu. Jemandem die Flügel zu verstümmeln, ist eine wirklich schreckliche Bestrafung, die nur den schlimmsten Übeltätern vorbehalten ist. Und sie abzuschneiden? Das ist ein seltenes, grässliches Verbrechen. Es lässt andere Engel erschaudern, wenn sie auch nur daran denken.

„Waren es Dämonen?", frage ich mit einem flauen Gefühl im Magen. Ich kann es nicht gebrauchen, dass irgendjemand noch mehr Grund hat, mich wegen meines Dämonenblutes zu hassen.

„Das dachten sie zuerst auch, aber jetzt geht das Gerücht um, dass es Menschen waren", sagt Cyrus.

Graces Augen weiten sich. „Menschen? Wie konnten sie nach Angel Peak gelangen?"

„Ja, ich dachte, der Ort wäre so gesichert, dass die Menschen ihn gar nicht finden können", sagt Araceli.

Cyrus breitet seine Hände aus. „Keiner weiß es."

Grace stochert mit einem Stirnrunzeln in ihrem Essen herum. „Das kann nicht stimmen. Wie können Menschen es schaffen, zwei Engel zu töten? Es muss ein Dämonenangriff gewesen sein. Sie sind die Einzigen, die so herzlos sein können." Sie wirft mir einen kurzen Blick zu. „Tut mir leid, Liv. Ich wollte nicht ..."

„Schon gut", sage ich, auch wenn es ein wenig sticht.

„Sie erhöhen die Sicherheitsvorkehrungen in der Stadt, um sicherzustellen, dass so etwas nicht noch einmal passiert", sagt Isaiah. Ich habe fast vergessen, dass er hier ist, da er so ruhig ist. Ich schätze, wenn Cyrus dein Freund ist, überlässt du ihm meistens das Reden.

Am nächsten Tag ist der Angriff in Angel Peak das einzige Gesprächsthema, und auf dem Campus herrscht große Angst.

Niemand weiß, ob Dämonen oder Menschen dahinterstecken und die Spekulationen nehmen kein Ende. Ich ernte mehr böse Blicke als sonst, so als ob es irgendwie meine Schuld wäre.

Es ist Freitag und das bedeutet, dass eine weitere Nachhilfestunde mit Kassiel ansteht. Letzte Woche hat er ein bisschen darüber gesprochen, wie der Große Krieg aus der Sicht der Dämonen war. Kassiel hat dabei seine Mutter verloren, und er erzählte leidenschaftlich von den Schrecken, die er im Krieg erlebt hat. Ich hatte gehofft, mehr Geschichten über seine Zeit als Soldat zu hören, aber heute habe ich eine dringendere Frage.

„Weißt du etwas über den Angriff in Angel Peak?", frage ich, nachdem ich die Tür hinter mir geschlossen habe. „Waren es Dämonen?"

Er zieht eine seiner Augenbrauen hoch. „Wie ich sehe hat der Angriff dir schwer zu schaffen gemacht. Komm. Setz dich."

Ich nehme auf meinem üblichen Stuhl Platz und er sitzt hinter seinem Schreibtisch, in sicherer Entfernung von mir. Jede Sitzung mit ihm ist eine Lektion in Zurückhaltung und Selbstbeherrschung. Ich denke bereits daran, ihn genau dort auf seinem Schreibtisch zu vögeln, was kein gutes Zeichen ist.

„Soweit ich weiß, waren es keine Dämonen, die das getan haben", sagt er.

„Also ist es wahr?", frage ich. „Menschen haben zwei Engel getötet?"

„Es sieht ganz danach aus."

Ich lehne mich zurück. „Wow. Ich wusste, dass es menschliche Jäger gibt, aber ich hätte nicht gedacht, dass sie eine echte Bedrohung für uns sind."

„Meistens sind sie das auch nicht. Aber ich habe von einer Gruppe von Menschen gehört, die immer zahlreicher wird und sich die Dämmerungsjäger nennt. Sie sind fanatisch und sektenähnlich, aber das Schlimmste ist, dass sie organisiert und gut finanziert sind. Sie sind der Meinung, dass alle übernatürlichen

Wesen auf der Erde ausgerottet werden sollten, und sie sind bereit, alles zu tun, um dieses Ziel zu erreichen. Es ist möglich, dass sie hinter diesem Angriff stecken, obwohl ich mir nicht sicher bin, wie sie nach Angel Peak gekommen sein könnten."

Ich ringe mit meinen Händen, während ich über seine Worte nachdenke. „Die meiste Zeit meines Lebens habe ich mich vor Engeln und Dämonen gefürchtet und mir Sorgen gemacht, was sie mit mir machen würden, wenn sie mich finden. Dann verlagerte sich meine Sorge auf die Feen und was sie Jonah angetan haben könnten. Ich habe die Menschen nie als Bedrohung angesehen ... bis jetzt."

„Solange du auf dem Campus bleibst, wird dir nichts passieren", sagt Kassiel. „Die Erzengel haben zusätzliche Wachen nach Angel Peak geschickt, also sollte die Stadt auch sicher sein. Ihr braucht euch keine Sorgen zu machen. Ehrlich gesagt, stellen Engel und Dämonen immer noch eine viel größere Bedrohung für dich dar. Und die Feen, wenn du es bis ins Feenreich schaffst."

„Hattest du schon mal mit menschlichen Jägern zu tun?"

„Ich habe einmal eine Gruppe von ihnen infiltriert." Er nimmt einen Stift in die Hand und spielt damit herum, während er spricht. „Als meine Zeit als Soldat zu Ende ging, begann ich hier auf der Erde als Spion für Luzifer zu arbeiten. In den frühen 2000er Jahren wurde ich geschickt, um mich mit einer Gruppe von Menschen in London zu befassen, die Dämonen verehrten. Sie waren Satanisten mit einer mörderischen Neigung, nur waren sie nicht sehr gut darin, Engel aufzuspüren und töteten stattdessen immer wieder Menschen. Luzifer wollte nicht, dass die Engel davon erfahren und uns die Schuld dafür geben, da das Erden-Abkommen damals noch in den Kinderschuhen steckte. Und ehrlich gesagt, hatte er auch genug von der ganzen schlechten Presse. Ich schloss mich ihrer Gruppe an, gab mich als Mensch aus und fand heraus, dass ihr Anführer hinter den

Morden steckte ... die anderen hatten einfach zu viel Angst, um gegen ihn vorzugehen. Ich habe einen nach dem anderen davon überzeugt, dass Dämonen nicht real sind und dass sie zu ihrem normalen Leben zurückkehren sollten."

Ich könnte Kassiel ewig zuhören, wie er über sein langes Leben erzählt. Er hat immer die besten Geschichten parat. „Was ist mit dem Anführer passiert?"

Ein sündiges Grinsen umspielt seine Lippen. „Ich habe ihn davon überzeugt, dass ich Luzifer selbst bin und dass mir seine Taten nicht gefallen. Er war so verängstigt, dass er schließlich von einer Brücke sprang und ertrank."

„Eine angemessene Strafe."

„Fand ich auch."

Wir plaudern noch ein wenig über seine Zeit unter den Menschen und dann ist unsere Stunde vorbei. Sie vergeht immer viel zu schnell, aber ich bin gleichzeitig traurig und erleichtert, wenn sie vorbei ist.

Er steht auf und begleitet mich zur Tür. „Es war mir ein Vergnügen, Olivia."

Ich zögere und ertappe mich dann dabei, wie ich herausplatze: „Willst du heute Abend essen gehen? Ich habe nichts vor und wir könnten weiter über die Menschen reden."

Sein Gesicht sieht gequält aus. „Ich wünschte, ich könnte. Mehr als du denkst. Aber es ist keine gute Idee."

Ich sollte mich nicht zurückgewiesen fühlen, aber ich tue es trotzdem. „Du hast recht. Es tut mir leid. Es war eine blöde Idee."

„War es nicht." Er streckt seine Hand nach mir aus, zieht sie dann aber mit einem bedauernden Kopfschütteln zurück. „Es ist schon schwer genug, während dieser Stunden mit dir allein zu sein. Ich kann nicht noch mehr Versuchungen ertragen."

„Ich verstehe." Ich bleibe an der Tür stehen und weiß, dass ich gehen sollte, aber ich schiebe den Moment so lange wie möglich hinaus. Schließlich trete ich durch die Tür und sage: „Wir sehen uns im Unterricht.“

Meine Kehle schnürt sich vor Aufregung zu, als ich das Professorengebäude verlasse. Ich bin mir nicht sicher, wie lange ich diesen Unterricht noch ertragen kann – denn je mehr Zeit ich mit Kassiel verbringe, desto mehr bricht es mir das Herz, dass ich nicht mit ihm zusammen sein kann.

18

OLIVIA

Am nächsten Mittwoch werde ich zu einem weiteren Treffen mit Delilah in Uriels Haus gerufen. Bastien lässt mich herein, doch diesmal ist von seinem Vater keine Spur zu sehen.

„Er ist bei einem Treffen der Erzengel", erklärt Bastien, obwohl ich nicht danach gefragt habe.

„Liest du jetzt meine Gedanken?", frage ich und ziehe eine Augenbraue hoch.

„Nein, diese Fähigkeit besitze ich nicht, aber es ist offensichtlich, dass du dich gewundert hast, wo er ist."

„Und du hältst für ihn die Stellung, wie immer."

Er führt mich durch das Haus. „In der Tat."

„Ich schätze, du weißt schon, was du nach deinem Abschluss dieses Jahr machen wirst." Ich beobachte ihn genau. Es ist schwer, etwas in seinem Gesicht zu lesen, aber er scheint besorgt zu sein. „Stört es dich, dass dein Weg schon immer vorgezeichnet war? Wünschst du dir manchmal, du könntest etwas anderes machen?"

Er runzelt die Stirn. „Nein. Ich gehöre hierher. Was

kümmert dich das?"

Ich zucke mit den Schultern, weil ich mir selbst nicht sicher bin, was ich antworten soll. Die Antwort bleibt mir erspart, da wir die Tür zum Salon erreichen, die Bastien für mich öffnet. Er schließt sie sofort wieder hinter mir.

Delilah sitzt bereits in einem der altmodischen Sessel und nippt an ihrem Tee, sie trägt heute ein tiefes Violett, das ihre Augen zum Strahlen bringt. Als ich mich ihr gegenübersetze, schenkt sie mir ein bezauberndes Lächeln.

„Ich habe heute nicht viel Zeit, aber ich wollte mal nach dir sehen. Es tut mir leid, dass ich es nicht früher geschafft habe, aber einige andere Dinge haben mich davon abgehalten."

„Schon gut", sage ich, während ich mir einen Tee einschenke.

„Ich kann sehen, dass du dich besser ernährst. Du hast mehr Farbe auf den Wangen, deine Augen sind heller und dein Haar glänzt stärker."

„Ist das so offensichtlich?", frage ich und berühre verlegen mein Haar.

„Für jeden anderen wahrscheinlich nicht, aber nachdem ich viele Jahre lang Lilim trainiert habe, weiß ich, worauf ich achten muss."

„Ich habe die Träume der anderen beeinflusst, wie du mir geraten hast, und das hat geholfen." Ich zögere und denke an meine schnelle und schmutzige Begegnung mit Marcus. „Ich habe mir auch einen weiteren Liebhaber gesucht."

„Gut." Sie nimmt einen kleinen Schluck Tee. „Du weißt aber schon, dass zwei Liebhaber auch nicht ausreichen werden, nicht wahr? Vor allem, wenn deine Kräfte stärker werden."

„Stärker werden?"

Sie nickt. „Du bist noch jung und hast deine Kräfte gerade erst entwickelt. Je stärker du wirst, desto mehr Nahrung wirst du brauchen. Dein Hunger wird zunehmen, bis er alles verzehrt.

Riskiere nicht das Leben der Personen um dich herum, wenn du an diesen Punkt kommst.“

„Ich verstehe.“ Ich halte inne und starre in meinen Tee. „Was ist, wenn meine Liebhaber die Söhne von Erzengeln sind? Würde das helfen?“

Sie zieht eine ihrer perfekten Augenbraue hoch und lächelt mich über ihren Tee hinweg an. „Ich habe die Lust von Uriels Sohn gespürt, als er dich hierhergeführt hat. Ja, das würde es dir leichter machen, weil ihre Lebenskraft so stark ist. Mit Erzengelblut bräuchtest du nur drei Liebhaber, vielleicht vier, um sicher zu sein. Aber das ist das absolute Minimum.“

„Woher weißt du das?“

„Ich habe mich schon von Erzengeln ernährt, ebenso wie von Erzdämonen. Oh, und ab und zu auch von ein paar königlichen Feen.“ Sie macht eine abwinkende Bewegung mit der Hand. „Wenn man so lange gelebt hat wie ich, wird einem langweilig und man möchte von allem ein bisschen probieren.“

„Darf ich fragen, wie alt du bist?“ Ich bin mir nicht sicher, ob diese Frage für eine Unsterbliche eine Beleidigung darstellt.

„Hast du schon mal von Samson und Delilah gehört?“

Meine Augen weiten sich. „Das warst du?“

Sie schenkt mir ein verschwörerisches Lächeln, als sie aufsteht. „Es tut mir leid, dass unser Treffen diese Woche so kurz ausfällt, aber es gibt Gerüchte über Angriffe auf Engel in der Nähe und Baal möchte, dass ich mehr darüber in Erfahrung bringe. Ich werde aber versuchen, von nun an öfter vorbeizukommen.“

„Es war schön, dich wiederzusehen“, sage ich.

„Nein, es war mir ein Vergnügen.“ Sie beugt sich vor und gibt mir einen kurzen Kuss auf die Stirn, was mich überrascht. Ich schaue verwundert zu ihr auf, dann nimmt sie ihre Handtasche und geht zur Tür hinaus.

Als sie weg ist, bleibe ich sitzen und denke über ihre Worte nach. Angefangen bei dem Gedanken, sich einen anderen Liebhaber zu nehmen, bis hin zu der Nachricht, dass die Dämonen die jüngsten Angriffe ebenfalls untersuchen. Sie versuchen wahrscheinlich herauszufinden, ob es einer ihrer Leute war oder ob es Menschen waren, wie einige vermuten.

Bastien öffnet die Tür und sieht mich noch immer in Gedanken versunken dasitzen. „Komm", sagt er.

Gehorsam folge ich ihm aus dem Zimmer und die alte, klapprige Treppe mit dem kunstvollen Holzgeländer hinauf. Er führt mich einen Flur entlang und öffnet am Ende eine Tür. Wir treten in einen Raum, der in dem alten Haus völlig fehl am Platz wirkt - alles ist schwarz, modern und sehr minimalistisch, mit klaren Linien und scharfen Winkeln. Es ist, als hätte jemand einen Ikea-Ausstellungsraum mitten in dieses viktorianische Haus gestellt. Der Raum ist auch sehr spärlich eingerichtet, mit Ausnahme des großen Bücherregals an der Wand, das so voll mit Büchern ist, dass es ein Wunder ist, dass es nicht umkippt.

Ich brauche eine Sekunde, um zu erkennen, dass dies Bastiens Zimmer sein muss. Er wohnt mit Callan im Wohnheim, während er studiert, aber hier ist er aufgewachsen, und hierher wird er wahrscheinlich zurückkehren, wenn er Ende des Jahres seinen Abschluss macht.

„Warum hast du mich hierhergebracht?", frage ich und drehe mich um, um alles in mich aufzunehmen.

„Ich wollte mit dir unter vier Augen sprechen."

„Worüber?" Ich setze mich auf die Kante seines kohlegrauen Bettes.

Seine Stirn liegt in Falten und er sieht fast ... nervös aus? Das kann nicht sein. „Ich habe viel über die Ereignisse des letzten Semesters nachgedacht und ich bedaure, dass ich in viele davon verwickelt war. Ich war nicht ehrlich zu dir und ich habe Dinge getan, auf die ich nicht stolz bin. Ich hätte dich nicht ausspionieren oder mit einem Peilsender versehen oder Callan helfen sollen, das Video zu beschaffen – auch wenn ich mit den Ergebnissen dieser Aktionen durchaus zufrieden bin."

Ich drehe meinen Kopf zu ihm. „Was meinst du damit, dass du mit den Ergebnissen durchaus zufrieden bist?"

„Als Ofanim liegt es in meiner Natur, die Wahrheit zu suchen und du bist besonders gut darin, sie zu verbergen. Obwohl ich meine Methoden bedauere, bedaure ich nicht, dass deine Wahrheit ans Licht gekommen ist. Als wir wussten, dass du zum Teil ein Sukkubus bist, konnten wir dir bei deinem Ernährungsproblem helfen und dich besser schützen. Als wir herausgefunden haben, dass du Jonahs Schwester bist, haben wir deine Handlungen verstanden. Als Callan dich entlarvte, konnte Gabriel dich endlich als seine Tochter anerkennen und du konntest dein wahres Ich zeigen. Die Wahrheit hat die Eigenschaft, uns zu befreien."

Er hat nicht unrecht, aber ich bin immer noch verwirrt. „Ich verstehe nicht, warum du mir das alles erzählst."

Er wirft mir einen finsteren Blick zu, als ob es offensichtlich sein sollte. „Ich versuche, dich um Verzeihung zu bitten, obwohl es mir nicht leichtfällt, so etwas zu tun."

Ich ziehe die Augenbrauen hoch. „Das ist deine Art dich zu entschuldigen?"

Er tritt von einem Fuß auf den anderen. „So in der Art, ja. Wie gesagt, ich bedaure, dass ich mich so verhalten habe, dass ich dir möglicherweise emotionalen oder körperlichen Schaden zugefügt habe."

Wow. Damit hatte ich nicht gerechnet, als ich heute ankam. Dass Bastien sich entschuldigt? Wenigstens auf seine Art? Ich kann es nicht fassen.

Ich versuche, mir alles, was passiert ist, aus seiner Sicht vorzustellen. Als ich an der Seraphim Akademie ankam, war ich ein Rätsel, das er im Auftrag seines Vaters lösen sollte, habe ihn aber auf Schritt und Tritt ausgebremst. Er dachte, ich sei ein

Halbmensch, aber das war eine Lüge. Er hatte keinen Grund, mir zu vertrauen oder mir zu helfen, wenn doch alles, was ich tat, gegen seinen persönlichen Ehrenkodex verstieß – aber er tat es.

Und er hat mir auch dann noch geholfen, als alles den Bach runterging. Er war immer für mich da, wenn ich ihn brauchte, ohne zu fragen. Er sorgte immer dafür, dass ich befriedigt war, auch wenn das nicht nötig war. Er hat mich nie um eine Gegenleistung gebeten. Unser „Geschäft" fühlt sich sehr viel einseitiger an, wenn ich es von seinem Standpunkt aus betrachte, aber er hat sich nie beschwert.

Und dann trifft es mich. Bastien, der kalte, gefühllose Bastien, sorgt sich tatsächlich um mich.

Ich stehe auf und nehme seine Hand. „Ich verzeihe dir."

„Wirklich?", fragt er und sieht mir in die Augen.

Ich greife um meinen Hals und löse meine Halskette, die seine Kräfte blockiert. Er holt tief Luft, als ich sie abnehme. „Ja, Bastien. Ich vergebe dir."

Er legt seine Hand auf meine Taille und zieht mich zu sich heran, dann küsst er mich innig. Es ist schon lange her, dass wir uns geküsst haben. Bei all unseren sexuellen Begegnungen haben wir es vermieden, uns zu küssen, weil wir uns unausgesprochen darauf geeinigt hatten, dass es ein zu intimer Akt wäre. Aber jetzt graben sich seine Finger in meine Hüfte, während er mich mit all den Emotionen küsst, die sein Gesicht nie verraten.

Dann zieht er sich zurück und seine Augen mustern mich von Kopf bis Fuß, als sähe er mich zum ersten Mal. „Deine Aura. So etwas habe ich noch nie gesehen."

„Wie sieht sie aus?"

„Eine perfekte Mischung aus Licht und Dunkelheit, Dämon und Engel, Tag und Nacht. Mit einem kräftigen Hauch von rotem, fleischlichem Verlangen." Seine Hände gleiten über meine Hüften. „Du bist hungrig, nicht wahr?"

„Auf dich immer", gebe ich zu, obwohl ich mich verletzlich fühle, als ich es ausspreche.

Er beginnt, sein Hemd aufzuknöpfen und lenkt meinen Blick auf seine glatte Brust. „Du hättest früher zu mir kommen sollen."

„Ich wollte dich nicht verletzen."

Er senkt den Kopf, seine Augen glänzen vor seinem eigenen dunklen Hunger. „Ich bin stärker, als du denkst."

19

BASTIEN

Ich hatte mit vier Frauen Sex: mit zwei Engeln, einem Menschen und Olivia.

In den Büchern steht, dass der Geschlechtsakt mit einem Sukkubus die intensivste sexuelle Erfahrung ist, die man je machen kann. Ich habe zwar nicht viel, um zu vergleichen, aber nach meinen eigenen Recherchen kann ich dem nur zustimmen. Andererseits könnte es auch einfach an Olivia liegen. Sie scheint eine starke Wirkung auf mich zu haben, egal wie sehr ich versuche, ihr zu widerstehen. Inzwischen habe ich aufgegeben, es zu versuchen.

Ich ziehe sie langsam aus, genieße den Anblick ihrer glatten, olivfarbenen Haut und ihrer weiblichen Kurven. Jeder Zentimeter von ihr scheint perfekt geformt zu sein, um selbst bei jemandem, der so emotionslos ist wie ich, die Erregung zu steigern.

Nachdem wir uns beide ausgezogen haben, setzen wir uns auf mein Bett und küssen uns weiter. Im Moment schlafe ich selten hier, denn während des Studienjahres teile ich mir mit Callan eine Wohnung im Wohnheim. Vielleicht ist es falsch, so etwas in meinem Kinderzimmer zu tun, aber es ist mir ziemlich egal.

Ich spreize Olivias Beine und bewege meine Finger zu ihrem Kitzler. Gleichzeitig streichelt sie meinen Schwanz, während unsere Zungen in den Mund des anderen eintauchen. Normalerweise machen wir so etwas nicht. Wir haben das Vorspiel bisher immer übersprungen. Ich hätte nie gedacht, dass es mir wichtig sein könnte, aber es ist schön, es diesmal etwas langsamer angehen zu lassen.

Wir machen so weiter, bis wir beide nicht mehr widerstehen können. Als wir beide auf der Seite liegen, ziehe ich ihr Bein über meine Hüfte und richte unsere Körper so aus, dass wir in einer Linie liegen und mein Schwanz in sie gleiten kann. Wir blicken uns in die Augen, während wir uns wie eine Einheit bewegen. Es ist der intimste Moment meines Lebens.

Ich merke mir jedes Stöhnen, Keuchen oder Seufzen, das sie von sich gibt und speichere es für später ab, um zu einem Experten für Olivia zu werden und zu erkennen, was ihr das größte Vergnügen bereitet. Bisher dachte ich, dass sie es lieber hart und schnell mag, aber es scheint, dass sie auch auf langsame und zärtliche Dinge positiv reagiert. Das ist sehr interessant.

Weitere Experimente sind definitiv erforderlich. Sehr viele.

Sie gräbt ihre Nägel in meine Schulter und küsst mich intensiver, und ich merke, dass sie will, dass ich sie zum Höhepunkt bringe. Das ist auch die beste Art, ihren Hunger zu stillen, wie ich herausgefunden habe. Wenn wir beide fast gleichzeitig kommen, scheint es sie am meisten zu sättigen. Und ich möchte vor allem, dass sie vollkommen zufrieden ist.

Ich greife nach unten und spiele mit ihrer Klitoris, da ich weiß, dass sie es mag, während mein Schwanz in sie hinein- und wieder herausgleitet. Ihre Augen schließen sich, sie atmet schwerer und gibt ein leises Stöhnen von sich. Ich spüre, wie sich ihr Orgasmus anbahnt und das erregt mich noch mehr. Wir bewegen uns schneller, und ich übe mehr Druck auf ihre Klitoris aus, bis sie zum Höhepunkt kommt und sich um meinen Schwanz zusammenzieht, was mir den Rest gibt. Wir bewegen uns weiter, während die Wellen der Lust uns durchströmen, bis wir uns nur noch gegenseitig festhalten können und versuchen, unsere Atmung wieder unter Kontrolle zu bekommen.

Danach streichle ich ihr Haar und bewundere, wie es schimmert und sich um meinen Finger windet. Sie streicht müßig mit einer Hand an meinem Arm entlang, anstatt aufzuspringen und wegzulaufen. Hmm, daran könnte ich mich gewöhnen.

„Wie war es, hier aufzuwachsen?", fragt Olivia.

Ich verschränke die Arme hinter meinem Kopf und starre an die Decke. „Ich weiß nicht, wie man es mit einer anderen Kindheit vergleichen kann, aber es war in Ordnung, nehme ich an. Ich bin mit einer großen Wiese zum Herumtollen aufgewachsen, einem großen See zum Schwimmen und einer Bibliothek mit allen Büchern, die ich mir wünschen konnte."

„Gab es andere Kinder in der Nähe? Jemand in deinem Alter?"

„Nein."

„Das klingt einsam."

„Es gab viele Studenten auf dem Campus, mit denen ich mich austauschen konnte, ebenso wie mit den Professoren. Hilda und Raziel waren besonders nett und haben Zeit mit mir verbracht, wenn mein Vater beschäftigt war. Und das war oft."

Olivia fährt mit ihren Fingernägeln auf meiner Brust auf und ab. „Was ist mit deiner Mutter?"

„Sie war nie wirklich präsent."

„Nein?" Olivia beißt sich auf die Lippe. „Darf ich fragen, was passiert ist?"

„Nichts ist passiert. Meine Eltern hatten eine Abmachung, sie hat ihren Teil der Abmachung erfüllt und ist weitergezogen." Ich spüre einen bitteren Geschmack im Mund, als ich diese

Worte ausspreche. Ich spreche nicht gern über diese Dinge. Es ist einfacher, meinen Tag zu verbringen, ohne darüber nachzudenken und es einfach zu verdrängen.

Olivia setzt sich ein wenig auf und sieht mich interessiert an. „Worin bestand die Vereinbarung?"

„Ich bin mir sicher, dass das in Engelsgeschichte behandelt wurde, aber als unsterbliche Wesen pflanzen sich Übernatürliche nicht leicht oder oft fort, zumindest im Himmel, in der Hölle und im Feenreich. Es kann hundert oder sogar tausend Jahre dauern, bis ein Paar ein Kind bekommt. Aber das ist auf der Erde nicht der Fall."

„Ja, Kassiel hat uns im Unterricht davon erzählt. Er sagte, das sei einer der Hauptgründe, warum Engel und Dämonen hierhergekommen sind."

Ich setze mich ebenfalls auf und richte die Kissen hinter uns, während ich rede. „Stimmt. Die Engel haben versucht, die Migration zu regulieren, um zu verhindern, dass wir zu schnell in diese Welt eindringen und uns den Menschen zu erkennen geben, aber die Dämonen haben diese Bedenken nicht geteilt. Letztendlich spielte das aber keine Rolle mehr, als das Erden-Abkommen unterzeichnet wurde. Michael und Luzifer benutzten den Stab der Ewigkeit, alle Engel und Dämonen wurden auf die Erde geschickt, Himmel und Hölle wurden aufgegeben und abgeriegelt. Sobald alle unsere Leute hier auf der Erde waren, begannen sie, sich viel häufiger fortzupflanzen. Unsere Bevölkerung schwoll zum ersten Mal mit neuen Engeln an und die Erzengel machten sich Sorgen."

„Sorgen?", fragt sie.

„Sie befürchteten, dass sie ohne eigene Erben ihre Macht verlieren würden. Gemeinsam schlossen die Erzengel einen Pakt, dass jeder von ihnen mindestens ein Kind haben sollte. Raphael hatte zu diesem Zeitpunkt natürlich schon mehrere Kinder, war aber gerne bereit, ein weiteres zu zeugen. Mein Vater stimmte widerstrebend zu und wählte dafür eine andere Ofanim namens Dina aus, die eine Prophetin war. Sie bekamen mich, und dann übergab sie mich als Teil der Abmachung an Uriel, der mich aufziehen sollte. Ich habe sie nur ein paar Mal getroffen."

Olivia berührt reflexartig ihren Hals, aber sie trägt ihre Halskette noch nicht wieder. „Wie furchtbar. Ich bin sicher, sie vermisst dich."

„Ich weiß nicht, ob sie das tut."

Sie lehnt sich in die Kissen zurück, völlig entspannt in ihrer Nacktheit. „Ich habe mich immer gefragt, warum ihr Prinzen ungefähr zur gleichen Zeit geboren wurdet. Ich denke, das erklärt es."

„Ja. Fünf männliche Kinder, alle von Erzengeln gezeugt. Ekariel war mit ein paar Jahren Abstand der erste. Er war der Sohn von Azrael und Jophiel."

„Und Callans Halbbruder", fügt sie leise hinzu.

„Ja. Er wurde als Kind getötet, vermutlich von Dämonen, aber dafür gibt es keine Beweise. Oder dafür, dass er tot ist, um genau zu sein. Wie auch immer, Marcus und ich wurden als Nächste geboren, gefolgt von Callan und Jonah." Ich hebe eine Augenbraue. „Und dann kamst du."

„Nur dass ich ein Unfall war."

„Ein glücklicher", sage ich, während ich sie wieder in meine Arme ziehe. Ja, daran könnte ich mich durchaus gewöhnen.

20

OLIVIA

Als ich in mein Zimmer zurückkehre, hole ich meinen Laptop heraus und spiele das Video noch einmal ab. Während ich beobachte, wie die Jungs zugeben, dass sie die ganze Zeit wussten, wo Jonah ist, denke ich über die Idee nach, sie bloßzustellen. Der Welt zu verraten, dass sie wussten, dass sich mein Bruder ins Feenreich schleichen würde. Zu enthüllen, dass sie alle im Orden sind. Es wäre die perfekte Rache dafür, dass sie mich als Sukkubus entlarvt haben.

Das Problem ist ... ich bin mir nicht sicher, ob ich das noch will.

Callan war der eigentliche Verräter, aber dieses Video würde auch Marcus und Bastien belasten. Und mehr noch, es würde enthüllen, dass mein Bruder mit ihnen im Orden war.

Ist es das wert, so viele Menschen zu verletzen, nur um sich an Callan zu rächen? Ich glaube langsam, dass die Antwort nein lautet. Ich werde einen anderen Weg finden müssen, um mich an ihm zu rächen. Er muss noch andere Geheimnisse haben und ich bin gut im Schnüffeln. Ich werde etwas finden.

Es gibt immer noch so viel, was ich nicht weiß. Zum Beispiel, warum sie Jonah ins Feenreich gehen ließen. Dieser Teil macht mich wütend. Ich weiß, dass der Orden wollte, dass er den Stab besorgt, und mein Bruder war aufgrund seiner besonderen Fähigkeit, sein Aussehen zu verändern, besonders qualifiziert, ihn zu finden, aber es war trotzdem riskant. Was dachten sie denn, was passieren würde? Dass die Feen den Stab einfach aushändigen würden und Jonah mit einem Lächeln auf dem Gesicht wieder herausspazieren würde? Sogar ich weiß es besser als das.

Ich halte das Video an und beobachte Marcus' Gesichtsausdruck und Körpersprache, dann spule ich zurück und schaue noch einmal zu, während er mit Stofftieren nach Callan wirft. Er war wirklich sauer auf sie, weil sie ihn so weit in den Schlamassel hineingezogen haben, aber ich habe sie seitdem zusammen gesehen, also muss er ihnen verziehen haben.

Jetzt, wo ich Bastien verziehen habe, der viel schlimmere Dinge getan hat als Marcus, sollte ich wahrscheinlich auch Marcus verzeihen. Ich weiß, dass es ihm sehr leidtut, was er getan hat und er hat sich schon oft entschuldigt, aber irgendwie schmerzt sein Verrat mehr. Er und ich sind uns letztes Jahr nähergekommen und er hat mich glauben lassen, dass zwischen sich uns etwas Echtes entwickeln könnte – und dann habe ich erfahren, dass er in all ihr Mobbing verwickelt war. Auch wenn es hauptsächlich Callans Plan war, hätte Marcus sich einmischen und dem Ganzen ein Ende setzen können, aber er hat es nicht getan.

Ein Geräusch außerhalb meines Zimmers lenkt meine Aufmerksamkeit auf die Schiebetür, die auf den Balkon führt. Ich schaue wieder auf meinen Laptop und versuche, es zu ignorieren, aber dann höre ich das Geräusch erneut. Es ist wie ein seltsamer Windstoß und gerade als ich denke, dass es aufgehört hat, setzt Musik ein. Jemand spielt auf einer Gitarre und es klingt, als stünde diese Person direkt vor meinem Zimmer. Wahrscheinlich ist es nur einer der anderen Studenten auf seinem

Balkon. Ich lausche dem Text, in dem es darum geht, durch Feuer zu gehen oder so, und die Stimme kommt mir sehr bekannt vor. Neugierig springe ich von meinem Bett auf und gehe zum Balkon.

Als ich die Schiebetür öffne, bleibt mir der Mund offenstehen. Marcus fliegt draußen umher, seine prächtigen Flügel flattern langsam, um ihn in geringer Entfernung von meinem Balkon schweben zu lassen. Er hat eine Gitarre in der Hand und trällert den Text des Liedes „Adore You" von Harry Styles. Es ist unglaublich kitschig, vor allem, weil er grinst und während des Refrains auf mich zeigt, aber er hat eine sexy Stimme und ich bin trotzdem fasziniert.

Als das Lied zu Ende ist, höre ich Applaus und Jubelrufe von einigen der anderen Balkone und merke, dass wir Zuschauer haben. Mein Gesicht errötet und ich signalisiere Marcus, auf mich zuzukommen. „Komm rein, du erregst großes Aufsehen."

Unsere Zuschauer johlen und Marcus winkt ihnen allen zu und lächelt charmant, bevor er seine Flügel einfährt und auf mich zusteuert.

„Ich wusste nicht, dass du Gitarre spielst", sage ich. „Oder singst."

Er landet anmutig auf meinem Balkon und seine Flügel verschwinden, als er die Gitarre abstellt. „Ich habe aufgehört, nachdem Jonah verschwunden ist, aber du inspirierst mich."

Ich verdrehe die Augen, aber ich lächle auch. „Du bist so kitschig."

„Es ist wahr." Er tritt vor und hält mir seine Hand hin. Diesmal nehme ich sie. „Ich habe mich mit keinem anderen Mädchen jemals so gefühlt wie mit dir. Zum ersten Mal seit Jahren möchte ich wieder Musik machen." Er führt meine Hand an seine Lippen. „Es tut mir so leid, was letztes Jahr passiert ist und ich möchte es wieder gut machen. Lass mich dich zum Essen einladen."

„Okay."

Seine Augen leuchten auf. „Okay?"

„Ich denke, nach dieser Vorstellung hast du dir mindestens ein Essen verdient."

Er lässt einen Schrei los und hebt mich hoch, als würde ich nichts wiegen und wirbelt mich herum. Er setzt mich ab und tritt grinsend einen Schritt zurück. „Komm mit. Ich kenne ein gutes Lokal, das nur eine Viertelstunde Flugzeit von hier entfernt ist."

Ich ziehe mir einen Pullover über, schnappe mir meine Handtasche und dann stürzen wir uns vom Balkon. Meine Flügel sind tiefschwarz und verschmelzen mit dem Nachthimmel, während die von Marcus bronzefarben und weiß sind und seine Federn im hellen Mondlicht wie Metall glänzen. Nach etwa fünfzehn Minuten gemächlichen Fluges beginnt er nach unten zu steuern und wir landen hinter einem kleinen Diner namens Angela's. Auf dem Logo sind ein Hamburger und ein Milchshake mit Flügeln zu sehen.

Ich ziehe die Augenbrauen hoch, als wir uns niederlassen. „Das scheint mir sehr offensichtlich zu sein."

Er zwinkert. „Du wirst es lieben. Hier gibt es das beste Essen weit und breit."

Ich schaue mich um. Ich war schon einmal in dieser kleinen Stadt, um mich von einem Trucker in einer Bar zu ernähren, aber sonst hatte ich noch nie einen Grund, hierher zu kommen.

Als wir eintreten, stürmt eine kleine, runde Frau mit lockigem Haar auf uns zu. „Marcus, Schatz! Es ist schon so lange her!"

„Ich hatte viel zu tun an der Akademie", sagt er mit einem verlegenen Grinsen.

„Wer ist deine Freundin?", fragt sie und lächelt mich an.

Marcus macht sich nicht die Mühe, sie zu korrigieren. „Das ist Olivia."

„Ist sie ..." Sie wackelt mit den Augenbrauen. „So wie du?"

„So ähnlich", sagt er mit einem Augenzwinkern.

„Kommt, kommt." Sie führt uns zu einem Tisch in der Ecke. Das Lokal sieht aus wie aus den 1950er Jahren, mit glitzernden Laminattischen mit Metallumrandung und neonblauen Plastiksesseln. Unter dem Fenster befindet sich sogar eine Mini-Jukebox.

Wir lassen uns in die Sitzecke gleiten und Marcus beugt sich sofort zur Seite und wählt einen Titel aus. „Elvis", sagt er und grinst. „Der Lieblingssänger meiner Mutter."

Ich ziehe die Augenbrauen hoch, sage aber nichts.

Angela drückt uns die Speisekarten in die Hand und sagt uns, wir sollen bestellen, was wir wollen, bevor sie hinter den Tresen geht. „Auf Kosten des Hauses, natürlich."

„Was soll das denn?", frage ich, als sie weg ist.

„Ich bin ein sehr liebenswerter Kerl", sagt Marcus.

„Sie weiß über ... unsere Art Bescheid."

„Jonah und ich kamen in unserem ersten Jahr an der Seraphim Akademie immer mitten in der Nacht hierher, um Waffeln mit Hähnchen zu essen. Es sind die besten, du musst sie einfach bestellen." Er wirft nicht einmal einen Blick auf die Plastikkarte, die vor ihm liegt. „Angela war immer nett zu uns. Hat uns wie eine Mutter behandelt. Dadurch hatten wir etwas weniger Heimweh, weißt du? Jedenfalls hatte sie eines Abends einen Herzinfarkt, direkt hinter dem Tresen. Einen schlimmen. Jonah rief den Notruf, aber ich wusste, dass niemand rechtzeitig kommen würde, nicht so weit draußen in der Pampa. Also habe ich sie geheilt, obwohl wir so etwas nicht tun sollten. Jonah benutzte seine Ishim-Unsichtbarkeit, um zu verhindern, dass jemand anderes sah, was geschah, aber wir konnten das heilende Leuchten nicht vor Angela verbergen. Sie glaubte bereits an Engel und war eine gläubige Christin und sie schwor, dass sie meine Flügel gesehen hat. Danach war es unmöglich, sie davon zu überzeugen, dass wir keine Engel waren. Also habe ich einfach resigniert und mich von ihr füttern lassen."

„Eine gute Tat", gebe ich zu. „Aber dafür hättest du eine Menge Ärger bekommen können."

Er breitet seine Hände aus. „Wozu hat man diese Kräfte, wenn nicht, um anderen zu helfen? Und nicht nur Engeln, sondern allen Menschen hier auf der Erde?"

„Das klingt seltsam aus dem Munde eines Ordensmitglieds."

Mit einem Stirnrunzeln schaut er aus dem Fenster. „Ich wurde eingeladen, dem Orden beizutreten und es schien eine coole Clique zu sein, der alle meine Freunde beitraten. Als ich merkte, worum es wirklich ging, war es zu spät, um auszusteigen."

Angela nimmt unsere Bestellung auf, und ich lasse mich von Marcus überreden, diese berühmten Hähnchen und Waffeln zu probieren.

Als wir wieder allein sind, seufze ich. „Ich bin immer noch wütend auf dich."

Marcus schüttelt den Kopf und lächelt. „Du hast gesagt, du vergibst mir. Das darfst du nicht zurücknehmen."

„Ich vergebe dir, dass du deinen Teil dazu beigetragen hast, wie ihr drei mich letztes Jahr behandelt habt. Ich vergebe dir nicht, dass du Jonah ins Feenreich gehen ließt."

Marcus' Gesicht verfinstert sich. „Ich wollte nicht, dass er geht."

„Warum hast du ihn dann nicht aufgehalten?" Ich werfe meine Hände hoch. „Ihr alle drei wusstet, wohin er gehen würde. Sogar Grace wusste es. Hat denn keiner von euch daran gedacht, dass das eine schlechte Idee sein könnte?"

„Natürlich haben wir das. Ich habe versucht, es ihm auszureden, aber er wollte nicht hören."

„Was ist mit Callan und Bastien?"

Er zögert. „Callan hasst Dämonen, wie du weißt. Sein Halbbruder Ekariel wurde von ihnen getötet, als er noch ein Kind war, und dann war da noch Michaels Ermordung ... Außerdem hat Jonah ständig von Pflicht und Ehre gesprochen und du weißt, wie wichtig Callan diese Dinge sind."

Ich nicke. „Ich verstehe, warum Callan damit einverstanden war, den Stab zu holen, aber was ist mit Bastien? Ich hatte noch nie das Gefühl, dass er Dämonen hasst."

„Nein, das tut er nicht, jedenfalls nicht mehr als er die meisten anderen Leute hasst", sagt Marcus und schnaubt. „Aber Bastien ist im Grunde seines Herzens ein Gelehrter und der Gedanke, den Stab wiederzubekommen und ihn studieren zu können, war unwiderstehlich. Er hat Jonah zwar vor den Gefahren gewarnt, ihn aber letztlich doch ermutigt, zu gehen."

Ich schüttle den Kopf. „Das ist doch Blödsinn. Ihr drei hättet ihn aufhalten müssen."

Marcus seufzt und lässt die Schultern sinken. „Selbst wenn wir es gewollt hätten, hätten wir ihn nicht aufhalten können. Der Orden hat irgendwie herausgefunden, dass Jonah sein Aussehen verändern kann und danach waren sie fest entschlossen, ihn zu benutzen. Und er hat nur allzu leicht eingewilligt."

Angela bringt uns unsere Limonaden und dann frage ich: „Ihr seid also alle Mitglieder des Ordens?"

„Ja, das sind wir. Jonah war es auch."

Das wusste ich zwar schon, aber es ist gut, es aus Marcus' Mund zu hören. „Wie haben sie von seiner Kraft erfahren?"

Marcus zuckt mit den Schultern. „Ich weiß es nicht. Er war nicht gerade vorsichtig damit, sie zu verstecken. Vielleicht hat ihn jemand gesehen. Vielleicht hat er es jemandem erzählt."

Das kann ich mir vorstellen. Er war so stolz, als er mir seine neue Fähigkeit gezeigt hat, und dann ist er kurz darauf verschwunden.

„Aber warum sollte Jonah den Stab überhaupt haben wollen?

Er will die Dämonen doch nicht zurück in die Hölle schicken." Jedenfalls nicht der Jonah, den ich kannte.

Er stochert mit einem Strohhalm in seiner Limonade herum. „Damals dachte ich, er wolle es. Er war mit Grace zusammen, die wirklich an den Orden und seine Ziele glaubt und er sprach ständig von Pflicht und Ehre und davon, dass es das Richtige sei. Er sagte, er müsse es tun, und dass er es sein müsse."

Das klingt ganz und gar nicht nach Jonah. Aber dann ist da noch Grace ... Ich werde irgendwann mit ihr reden müssen, um ihre Version der Geschichte zu erfahren.

Unser Essen kommt und es ist genauso köstlich, wie Marcus es vorausgesagt hat. Jetzt weiß ich, warum er und Jonah immer hierhergekommen sind. Meine Brust krampft sich zusammen, als ich an Jonah denke und daran, dass er jetzt schon so lange weg ist.

„Jonah ins Feenreich gehen zu lassen, ist eines von vielen Dingen, die ich bedaure, wenn es um deinen Bruder geht", sagt Marcus. „Ich möchte alles tun, was ich kann, um die Dinge wieder in Ordnung zu bringen. Mit dir und mit ihm. Wenn du also einen Plan hast, wie du Jonah retten kannst, will ich dabei sein."

Ich schiebe ein Stück Waffel auf meinem Teller hin und her. „Wie kommst du darauf, dass ich einen Plan habe?"

Er grinst mich an. „Weil ich dich kenne, Liv. Du hast immer einen Plan."

Das ist wahr.

OLIVIA

Nach meinem Abendessen mit Marcus lud ich ihn auf mein Zimmer ein, aber er gab mir einen keuschen Kuss und lehnte ab. Als er meinen überraschten Blick sah, strich er mir über die Wange und sagte: „Ich möchte dir zeigen, dass es bei uns nicht nur um Sex geht."

Das hat mein Verlangen nach ihm natürlich nur noch mehr gesteigert.

Ein paar Tage später aßen wir wieder zusammen zu Abend, diesmal in meinem Wohnheim und danach schliefen wir miteinander. Jetzt sind wir wieder in unseren alten Trott zurückgefallen und da sowohl er als auch Bastien regelmäßig Sex mit mir haben, habe ich mehr Energie als je zuvor.

Plötzlich ist es schon Anfang Juni. Das Studienjahr vergeht wie im Flug, und ich bin meinem Bruder keinen Schritt nähergekommen. Es ist gelinde gesagt frustrierend. Aber als der Familientag ansteht, springe ich zum ersten Mal seit Wochen voller Hoffnung aus dem Bett – Hoffnung, dass Aracelis Vater auftaucht und mir die Antworten liefert, die ich brauche, um ins Feenreich zu gelangen und Jonah zu retten.

Ich dusche schnell und ziehe mir ein niedliches Outfit an, etwas, das nicht zu sexy ist, für den Fall, dass Vater heute kommt, und etwas in dem ich aber auch kämpfen kann, für den Fall, dass der Orden etwas gegen Aracelis Vater unternimmt. Ich muss heute auf alles vorbereitet sein.

Als ich in unsere kleine Küche gehe, um mir einen Kaffee zu holen, steht Araceli schon da und schaut unglücklich drein, während sie eine Banane isst.

„Was ist denn los?", frage ich, während ich den Kaffee in meinen Becher gieße, den Marcus mir geschenkt hat, nachdem die Prinzen meinen Becher von Jonah zerbrochen hatten. Auf der Tasse ist ein kleiner Cartoon-Teufel mit der Aufschrift „Kaffeeteufel", und obwohl sie nicht ersetzt, was ich verloren habe, bringt sie mich zum Lächeln.

„Heute ist Familientag", sagt Araceli und stöhnt. „Ich mache mir Sorgen, dass mein Vater auftaucht, und ich mache mir Sorgen, dass er es nicht tut. Ich kann mich nicht entscheiden, was schlimmer ist."

„Alles wird gut", versuche ich ihr zu versichern. „Wenn er auftaucht, habt ihr die Chance, wieder zueinander zu finden. Wenn er nicht kommt, müssen wir uns keine Sorgen machen, dass er entführt wird oder so. Wie auch immer, versuche es zu genießen und verbringe auch etwas Zeit mit deiner Mutter. Ich weiß, sie ist stolz auf dich."

Araceli lächelt mich an und zupft an ihrer lila Strähne. „Ja, das ist sie. Es wird schön sein, sie zu sehen. Aber was ist mit dir? Freust du dich darauf, dass Gabriel dich den ganzen Tag verfolgt?"

„Nicht wirklich." Ich lehne mich gegen die Arbeitsplatte und seufze. „Ich fürchte, es wird ein ziemliches Spektakel werden. Ich bin einzigartig und wenn Gabriel auftaucht, werden die Leute tuscheln. Und wenn er nicht auftaucht, umso mehr. So oder so werde ich im Mittelpunkt stehen, und das ist nicht gerade mein Lieblingsplatz.“

Sie grinst. „Wenn es zu viel wird, können wir den Unterricht schwänzen und uns in unserem Zimmer verstecken.“

Ich hebe meinen Becher zustimmend hoch. „Guter Plan.“

Es klopft an unserer Tür und Araceli rennt hinüber und öffnet sie. „Mama!“, kreischt sie und wirft ihre Arme um eine Frau, die wie eine etwas ältere Version von ihr aussieht, nur ohne die lila Strähne. Ein Anflug von Eifersucht durchfährt mich, als ich sehe, wie sie sich umarmen, lächeln und sich austauschen. Ich hatte nie eine solche Beziehung zu meiner Mutter, tatsächlich habe ich seit Jahren nichts mehr von ihr gehört. Selbst wenn ich wollte, dass sie heute kommt, wäre sie in der Seraphim Akademie nicht willkommen.

Ich dachte, wenn ich nicht mehr verbergen würde, was ich bin, würde sie mich vielleicht kontaktieren, aber das ist wohl nicht der Fall. Sie hat mir beigebracht, ein Sukkubus zu sein, als ich achtzehn war, und dann ist sie einfach ... verschwunden. Ich vermisse sie. Und zwar sehr.

„Hallo, Liebes.“ Aracelis Mutter, Muriel, streckt ihre Hand aus. „Ich freue mich, dich wiederzusehen. Araceli hat mir schon so viel von dir erzählt.“

Mit einem nervösen Grinsen schüttele ich ihre Hand und hoffe, dass Araceli ihr nicht zu viel erzählt hat. „Es ist auch schön, Sie wiederzusehen.“

Araceli schnappt sich ihre Tasche. „Bereit, unser Waffentraining vorzuführen?“

„Auf jeden Fall.“ Ich hole meine Sachen und halte ihnen die Tür auf. „Araceli ist ein Naturtalent im Umgang mit dem Schwert.“

„Ist sie das? Ich war nie sehr gut im Kämpfen, also muss sie das von ihrem Vater haben.“ Muriel plustert sich vor Stolz auf und dieser lästige Stich des Neides ist wieder da. Ich bin mir nicht sicher, ob Mutter jemals stolz auf mich gewesen ist.

Wir plaudern auf dem Weg in die Turnhalle und Muriel erzählt mir, dass sie vor kurzem ein Tierheim in Arizona eröffnet hat, wo sie Tiere heilt und rehabilitiert, bevor sie sie wieder in die freie Wildbahn entlässt. Das ist ein großartiger Einsatz ihrer Engelskräfte, zumal es auch nicht allzu viel menschliche Aufmerksamkeit erregt.

„Das klingt großartig", sage ich.

„Ich durfte in den Ferien mithelfen, das war wirklich großartig", sagt Araceli. „Erzengel Ariel kam auch einmal vorbei. Ich hatte sie vorher noch nie getroffen, aber sie war sehr nett, wenn auch ein bisschen seltsam."

Sie wirft mir einen kurzen Blick zu, wahrscheinlich weil Ariel die Mutter von Jonah ist. Ich habe sie nie kennengelernt, aber nach dem, was ich von Jonah und Gabriel gehört habe, ist sie sehr schrullig und flatterhaft. Sie ist eine Malakim, wie Araceli und Muriel, aber sie verbringt die meiste Zeit in der Natur und heilt Pflanzen und Tiere. Sie hat Jonah immer sehr geliebt, aber sie neigt dazu, wie ein bunter Schmetterling in sein Leben hinein- und wieder herauszuflattern. Einen großen Teil seiner Kindheit verbrachte er damit, mit ihr auf verschiedene Ausflüge in die Natur zu gehen oder in ihrer kleinen Hütte mitten im Wald zu leben. Den Rest der Zeit lebte er mit Gabriel in einer Engelsgemeinschaft und wuchs unter Gleichaltrigen auf. Das ist so ziemlich das Gegenteil von meiner Kindheit, die ich in einer menschlichen Pflegefamilie verbracht habe, ohne echte Familie oder Freunde, aber ich versuche, mich davon nicht stören zu lassen.

„Ja, Erzengel Ariel hat mich bei meiner Arbeit sehr stark unterstützt", sagt Muriel, als wir die Turnhalle erreichen. „Sie hat mir sogar die finanziellen Mittel zur Verfügung gestellt, damit ich überhaupt anfangen konnte. Sie ist eine gute Seele, obwohl sie unglücklich ist, seit ihr Sohn verschwunden ist." Muriel wirft mir einen kurzen Blick zu, als hätte sie gerade gemerkt, dass ich auch mit Jonah in Verbindung stehe. „Oh je, das tut mir leid, das muss auch hart für dich sein."

„Ist schon gut", sage ich schnell, während ich die Tür zur Turnhalle öffne, in der Hoffnung, dass wir das Thema wechseln können. Doch dann erstarre ich.

Gabriel steht in seinem perfekt geschnittenen Anzug an der Wand und strahlt Macht und Autorität aus, ohne sich zu bemühen. Aber wie Jonah wirkt er auch sympathisch, wie ein freundlicher Nachbar, der einem immer von seinem Vorgarten aus zuwinkt.

Seine Augen leuchten auf, als ich hereinkomme. „Olivia", ruft er mir zu und mein Herz macht einen kleinen Sprung, als ich merke, wie glücklich er aussieht, mich zu sehen. Ich trenne mich von Muriel und Araceli und gehe zu ihm.

Vater zögert einen Moment, bevor er mich kurz umarmt. „Überrascht, mich zu sehen?"

Das muss sich in meinem Gesicht gezeigt haben. „Ein wenig. Ich dachte, du wärst zu beschäftigt."

Er legt mir eine Hand auf die Schulter. „Nein, du bist jetzt meine Priorität."

Hilda bewahrt mich vor einer Antwort, indem sie in die Hände klatscht. „Fangen wir an, Klasse. Bilden Sie Paare und zeigen Sie Ihren Eltern, woran wir gearbeitet haben."

„Ich habe mich für Dolche als meine Hauptwaffe entschieden", sage ich zu Gabriel, als wir zu dem Tisch mit all den Waffen gehen. Ich nehme das Messer, mit dem ich gerne übe, es ist ein kleiner Dolch mit schwarzem Griff, der gut in meiner Hand liegt.

„Du konzentrierst dich auf Dolche?" Er klingt so überrascht, dass ich zu ihm hinüberblicke und mir Sorgen mache, dass ich mich irgendwie falsch entschieden habe.

„Ja, warum?"

„Es ist auch die Lieblingswaffe deiner Mutter." Er reibt sich abwesend den Arm mit einem entfernten Lächeln. „Einmal hat sie mich erwischt. Ich habe mich einmal in ihrem Schlafzimmer hinter sie teleportiert und sie war so erschrocken, dass sie mir mit einer mit Dunkelheit versetzten Klinge in den Arm gestochen hat. Das tat höllisch weh, aber was hatte ich erwartet? Daraus habe ich gelernt, mich nie mehr an sie heranzuschleichen.“

Ich starre meinen Vater mit offenem Mund an. Er hat selten über seine Zeit mit meiner Mutter gesprochen und nie mit irgendeiner Art von Zuneigung. Ich dachte immer, ich sei das glückliche – oder unglückliche – Ergebnis eines One-Night-Stands oder einer kurzen Affäre, aber vielleicht steckte mehr dahinter. „Wow. Was ist deine bevorzugte Waffe?“

„Ich ziehe es vor, Kämpfe zu vermeiden, wenn ich kann, aber früher habe ich einen Speer benutzt. Davon sieht man heute allerdings nicht mehr allzu viele.“ Er kichert leise, während er einen Speer vom Tisch aufhebt.

Als Anführer der Ishim befehligt Vater eine große Anzahl von Boten, Spionen, Kundschaftern und Attentätern. Außerdem leitet er das Schutzengelprogramm, mit dem wichtige Menschen auf der ganzen Welt beschützt werden. Er ist definitiv kein Krieger, sondern eher ein Typ, der sich im Schatten aufhält und nur kämpft, wenn es unbedingt nötig ist. Jonah war – nein, *ist* – genauso.

Ich bin abgelenkt von Callan, der mit Araceli kämpft. Beide haben Schwerter in der Hand, obwohl sein Schwert viel größer ist. Er nimmt sie hart ran, aber sie beißt die Zähne zusammen und wehrt sich mit allem, was sie hat, um ihre Mutter stolz zu machen. Es gelingt ihr, Callan zu entwaffnen und sie beendet den Kampf mit ihrem Schwert an seinem Hals und einem breiten Grinsen im Gesicht. Es wirkte ein bisschen zu einfach, und ich frage mich, ob Callan sie gewinnen ließ. Araceli ist eine gute Kämpferin, aber sie ist nicht *so* gut. Aber es fällt mir auch schwer zu glauben, dass Callan absichtlich verlieren würde – dafür ist sein Ego viel zu groß.

Als sie fertig sind, klatscht Muriel und auch Gabriel und ich stimmen mit ein. „Gute Show", ruft Vater.

Callan hält inne, kommt dann zu uns herüber und verneigt sich vor Gabriel. Ich habe ihn noch nie so bescheiden gesehen. „Sir."

Vater schüttelt Callans Hand. „Es ist schon viel zu lange her. Ist deine Mutter heute hier?"

„Nein, sie hat es nicht geschafft", sagt Callan. „Bei Aerie Industries ist etwas dazwischengekommen."

Wie bei Jonah fließt auch durch Callans Adern das Blut von zwei Erzengeln. Sein Vater war Michael, der ehemalige Anführer der Erzengel, der vor ein paar Jahren ermordet wurde. Seine Mutter ist Jophiel, die die Leitung von Aerie Industries übernahm, als der frühere CEO Azrael nach Michaels Tod an die Spitze des Erzengelrats trat.

Ob es Callan stört, am Familientag allein zu sein, kann ich nicht sagen. Eine Sekunde lang tut er mir ein wenig leid, vor allem, als ich mich im Raum umsehe und all die anderen Studenten mit ihren Familienmitgliedern sehe, aber dann fällt mir wieder ein, dass ich ihn hasse, und mein Mitleid verfliegt.

„Callan ist derjenige, der mich vor der ganzen Akademie als Sukkubus geoutet hat", sage ich zu Gabriel.

„Ist das so?", fragt Vater und zieht die Augenbrauen hoch. Nach seinem Tonfall zu urteilen, klingt es so, als ob er das bereits wusste. „Ich habe das Gefühl, dass meine Tochter kein Fan von dir ist."

Callan hebt sein Kinn. „Ich stehe zu meinen Taten. Wenn ich es nicht getan hätte, würden Sie jetzt nicht mit ihr hier stehen."

Autsch. Da hat er nicht ganz unrecht. Gabriel ist nur hier,

weil Callan mich hintergangen hat und die Erinnerung daran schmerzt ein wenig.

„Das kann ich nicht leugnen", sagt Gabriel. „Was machst du im Kurs des zweiten Jahres?"

Ich bemerke den schnellen Themenwechsel, belasse es aber dabei. „Callan assistiert Hilda bei diesen Kursen."

„Ausgezeichnet." Gabriel bleibt zurück und winkt uns weiter. „Mal sehen, was ihr bis jetzt gelernt habt."

Ich drehe mich zu Callan um, der sich ein Kurzschwert vom Tisch schnappt, bevor er in Kampfstellung geht. Er stürzt sich auf mich und ich weiche aus, drehe mich und stoße zu. Er hat mir einige dieser Bewegungen beigebracht, was bedeutet, dass er sie erwartet und er kontert schnell. Wenn ich gedacht habe, er würde mich schonen, wie er es mit Araceli getan hat, habe ich mich gewaltig getäuscht. Er stürzt sich auf mich und erwischt fast meinen Arm, aber ich rechtzeitig ausweichen. Er verpasst mir einen Halbkreis-Tritt und wirft mich auf die Matte, aber ich drehe mich und schneide ihn am Schienbein. Während er grunzt und zurückweicht, springe ich auf die Beine. Er stürmt wieder auf mich zu und ich mache eine Bewegung, die er mir letztes Jahr gezeigt hat, um ihn mit seinem Schwung über meine Schulter auf den Boden zu befördern. Als er mit dem Rücken auf der Matte aufschlägt, lässt er das Schwert fallen und ich setze meinen Fuß mit einem zufriedenen Lächeln auf seine Brust.

Vater applaudiert mir. „Sehr gut."

Callan steht auf und untersucht seine Wunde, die nur oberflächlich ist und bereits verheilt. „Sie hat sich sehr verbessert, seit sie angefangen hat."

Das klingt wie ein verstecktes Kompliment, also werfe ich ihm einen Blick zu, den er ignoriert. Dann frage ich mich, ob er es wirklich als Kompliment gemeint hat. Nein. Das ist unmöglich.

22

OLIVIA

Gabriel besucht einige meiner anderen Kurse und anschließend begeben wir uns auf den Hof, wo die Akademie zu Ehren unserer Gäste ein großes Bankett vorbereitet hat. Picknicktische sind auf dem Rasen verteilt und das Wetter ist absolut perfekt – sonnig, ohne eine Wolke am Himmel, warm, aber mit einer angenehmen Brise. Zwischen den Ästen der Bäume hängen Banner, die alle zum Familientag begrüßen und es herrscht eine fröhliche Atmosphäre, während sich alle etwas zu essen holen, mit ihren Eltern plaudern und den Sonnenschein in sich aufnehmen.

Ich laufe neben meinem Vater auf die Rasenfläche und habe ein mulmiges Gefühl im Bauch, weil ich befürchte, dass alle Augen auf uns gerichtet sein werden – und das sind sie auch. Wir gehen zu den großen Buffettischen und die Leute bleiben stehen und starren Gabriel ehrfürchtig an, während wir uns Mais, Grillhähnchen, Krautsalat und Kartoffelsalat holen. Ich wusste, dass er eine wichtige Person ist, aber ich habe noch nie andere Engel um ihn herum gesehen. Die einzige gute Nachricht ist, dass mich niemand mehr anschaut.

Dann vergisst jeder Gabriel völlig, als Marcus mit seinem Vater Raphael auftaucht. Marcus ist umwerfend, aber verblasst völlig im Vergleich zu seinem Vater. Der Kerl ist praktisch Sex am Stiel, was sich falsch anfühlt, wenn man bedenkt, dass er ein alter Erzengel wie mein Vater ist. Raphael führt die Malakim an und gilt als der mächtigste Heiler der Welt. Es wird sogar gemunkelt, dass er Tote wieder zum Leben erwecken kann.

Aber wofür ist er am besten bekannt? Ein totaler Aufreißer zu sein.

Das kann ich durchaus erkennen, denn er grinst jede Frau an, die an ihm vorbeigeht, während die Sonne sein dunkles lockiges Haar und seine bronzefarbene Haut zum Leuchten bringt. Er bleibt an jedem Tisch stehen, küsst die Wangen der Frauen und begrüßt alle mit Wärme und Ausgelassenheit.

„Was für ein Draufgänger", sage ich, ohne es wirklich zu wollen, als Araceli und ihre Mutter zu uns herüberkommen.

„Ja, er ist ... ziemlich charmant", sagt Vater diplomatisch.

„Wahrscheinlich ist er auf der Suche nach seiner nächsten Babymama", sagt Araceli, sieht meinen Vater an und hält sich den Mund zu, als könne sie nicht glauben, dass sie das gerade vor ihm gesagt hat.

„Araceli!", sagt Muriel entsetzt.

Aber mein Vater lacht nur. „Nein, sie hat wahrscheinlich recht. Ich weiß nicht einmal mehr, wie viele Söhne Raphael hat. Acht, vielleicht?"

Armer Marcus. Er wird im Schatten seines Vaters mitgeschleift und es scheint, als würde Raphael ihn völlig ignorieren, während er die ganze Aufmerksamkeit genießt. Ich frage mich, ob seine Kindheit auch so war – und wo ist seine Mutter?

Uriel und Bastien stehen derweil am Rande der Feierlichkeiten und sprechen mit gedämpfter Stimme miteinander, während sie die Menge beobachten. Uriel hat sich nicht die Mühe gemacht, sich während Feenkunde zu uns zu gesellen, aber ich nehme an, er braucht den Familientag nicht wirklich, um seinen Sohn zu sehen. Es überrascht mich nicht, dass auch Bastiens Mutter nicht da ist.

Wir gehen zu einem freien Tisch und ich winke Araceli und ihrer Mutter, sich zu uns zu setzen. Sie setzen sich, obwohl Muriel ein wenig verblüfft darüber zu sein scheint, mit Gabriel essen zu dürfen.

„Können wir nicht stolz auf diese Mädchen sein?", fragt Vater Muriel, als wären wir im Kindergarten und hätten gerade ein Fingermalbild fertiggestellt.

„Wahnsinnig stolz", sagt Muriel mit gesenktem Blick. „Ich könnte nicht glücklicher sein."

„Irgendein Zeichen von deinem Vater?", frage ich Araceli leise, während Gabriel sich mit Muriel über ihr Wildtierzentrum unterhält.

„Nein. Ich habe ihm eine lange E-Mail geschrieben und ihm auch eine Sprachnachricht hinterlassen, daher habe ich wirklich gehofft, dass er auftauchen würde." Sie seufzt. „Wenigstens müssen wir uns keine Sorgen um einen Hinterhalt des Ordens machen. Obwohl es mir leidtut, dass du deine Aufgabe nicht erfüllen konntest. Ich werde es weiter versuchen."

„Mach dir darüber keine Sorgen. Ich will nur sicherstellen, dass es dir gut geht."

„Mir geht es gut." Sie hört sich nicht gut an.

„Es tut mir leid, meine Liebe." Ich nehme ihre Hand und drücke sie unter dem Picknicktisch.

Raphael taucht an meinem Ellbogen auf, mit seinem Sohn hinter ihm. „Dürfen wir uns zu euch setzen?"

„Natürlich", sagt Gabriel. Muriels Augen werden noch größer, als sie den zweiten Erzengel an unserem Tisch erblickt.

„Du musst Olivia sein." Raphael streckt seine Hand aus und schenkt mir ein Millionen-Dollar-Lächeln. „Ich kann verstehen, warum Marcus so angetan von dir ist."

Ich schüttle seine Hand und bin selbst ein wenig beeindruckt. Er ist so charmant und attraktiv, dass es schwer ist, sich nicht in seinen warmen braunen Augen zu verlieren. „Hallo."

„Wo ist denn deine Mutter, Marcus?", fragt Muriel. „Ich habe sie schon lange nicht mehr gesehen und würde sie gerne mal wieder treffen."

„Sie ist zu Hause", sagt Marcus. „Sie sagt, sie ist zu schwanger, um zu reisen."

Raphael hebt kapitulierend die Hände. „Das ist nicht meins, ich schwöre!"

Der ganze Tisch lacht und alle entspannen sich ein wenig. Ich hatte keine Ahnung, dass Marcus' Mutter schwanger ist und frage mich, wer der Vater ist. Zusammen mit allen anderen Söhnen von Raphael ist Marcus der einzige Engel, den ich kenne, der eine große Familie hat.

Ich sehe mich an den anderen Tischen um und entdecke Grace, die mit einer hübschen Rothaarigen zu Mittag isst, bei der es sich vermutlich um ihre Mutter handelt, sowie einen Jungen mit demselben feurigen Haar, der ihr kleiner Bruder sein muss. Nariel sitzt auch bei ihnen, aber von Graces Vater fehlt jede Spur.

Hinter ihnen sehe ich Tanwen mit einem muskulösen Mann mit sehr hellem, glänzendem blondem Haar sitzen. Wie Gabriel und Raphael strahlt auch er Macht aus, wenn auch nicht so ausgeprägt. Das muss Zadkiel sein, Tanwens Vater und Michaels Nachfolger im Rat der Erzengel. Neben ihm steht eine Frau mit demselben glänzenden Haar, das zu einem strengen Pferdeschwanz zurückgebunden ist. Sie sieht sogar noch größer und grimmiger aus als Tanwen, und das will schon was heißen. Ihre Schwester, nehme ich an. Ich sehe mich nach ihrer Mutter um und erinnere mich dann daran, dass Araceli mir erzählt hat, dass Tanwens Mutter von menschlichen Jägern getötet wurde.

Es scheint, als hätten die meisten von uns ein fehlendes

Elternteil. Ich schätze, es gibt nicht viele funktionierende Beziehungen unter Unsterblichen.

Das Mittagessen vergeht schnell und beide Erzengel sind besonders herzlich und freundlich zu Muriel und Araceli. Ich bin mir ziemlich sicher, dass sie versuchen, sich um Integration zu bemühen und mich und Araceli zu unterstützen, obwohl andere Engel uns als Außenseiter betrachten, und ich möchte sie beide dafür umarmen. Als das Mittagessen vorbei ist, bin ich mir ziemlich sicher, dass Muriel sich als Nächste dafür bewirbt, mit Raphael ein Baby zu machen.

Wir bringen den Rest des Unterrichts hinter uns und obwohl es mir unangenehm ist, neben meinem Vater zu sitzen, während Kassiel uns in Geschichte unterrichtet, scheint es keinen der beiden zu stören.

Als meine letzte Stunde vorbei ist, denke ich, dass Gabriel wahrscheinlich mehr als bereit ist, von hier zu verschwinden, aber stattdessen fragt er: „Können wir irgendwo hingehen und reden? Unter vier Augen?"

Das kommt unerwartet. „Ist mein Wohnheim privat genug?"

Er nickt und ich breite meine Flügel aus und fliege in diese Richtung. Als wir auf dem Balkon landen, gluckst er. „Ich hätte uns in der Hälfte der Zeit hierher teleportieren können."

Ich verdrehe die Augen. Alle Erzengel haben eine besondere Kraft, die meines Vaters ist das Teleportieren. Jonah hingegen kann sein Aussehen verändern, da er das Blut eines Erzengels in sich trägt. Ich frage mich, ob ich auch zusätzliche Kräfte entwickeln werde, oder ob das unmöglich ist, weil ich ein Mischlingskind bin.

Wir gehen in unser Wohnheim und ich bin erleichtert, dass Araceli noch nicht zurück ist. Gabriel sitzt steif auf der Couch und ich setze mich neben ihn und nehme mir ein Kissen, das ich an meine Brust drücke. Ich habe das Gefühl, dass ihn etwas schwer belastet. „Worüber wolltest du sprechen?"

Vater mustert mich einen langen Moment lang, dann sagt er. „Ich mache mir Sorgen um Azrael."

„Wie meinst du das?" Azrael ist der Anführer des Erzengelrats und ich habe gehört, dass er ziemlich unheimlich ist – er ist nicht umsonst als Todesengel bekannt.

„Wie du weißt, ist es Engeln und Dämonen verboten, miteinander zu verkehren und ein Hybridkind ist unerhört. Deine bloße Existenz bringt dich in Gefahr. Das ist der Grund, warum deine Mutter und ich dich so lange wie möglich versteckt gehalten haben."

„Ich weiß."

„Das Geheimnis ist jetzt gelüftet, und wir können nichts dagegen tun. In gewisser Weise ist es eine Erleichterung. Ich muss deine Existenz nicht mehr leugnen und kann mich in der Öffentlichkeit offen als dein Vater bekennen. Aber ich werde auch für das Verbrechen, dich gezeugt zu haben, bestraft werden."

„Bestraft?" Meine Augen weiten sich. „Wie?"

„Das weiß ich noch nicht. Der Erzengelrat wird bei einer der nächsten Sitzungen über meine Strafe abstimmen. Ich bezweifle, dass sie etwas allzu Schweres verhängen werden, aber ich wollte, dass du es trotzdem weißt. Deshalb wollte ich mit dir sprechen. Sie könnten mich für eine Weile wegschicken, möglicherweise ins Penumbra-Gefängnis und dann kann ich mich nicht mehr um dich kümmern. Deshalb möchte ich, dass du über die Risiken Bescheid weißt."

„Okay." Ich drücke das Kissen fester an meine Brust. Ich möchte nicht, dass Gabriel etwas Schlimmes zustößt, vor allem jetzt, wo wir uns endlich besser kennenlernen. „Wirst du zurechtkommen?"

„Ja, ich komme schon klar. Du brauchst dir keine Sorgen zu machen." Er streckt seine Hand über die Couch und tätschelt mein Bein. „Aber ich möchte, dass du in den nächsten Monaten besonders vorsichtig bist. Wenn sie mich wegschicken, wird sich niemand zwischen dich und Azrael stellen. Er hasst Dämonen und wenn es nach ihm ginge, würden wir den Krieg morgen wieder aufnehmen. Jetzt, wo er der Anführer des Erzengelrates ist, befürchte ich, dass er dich benutzen oder sogar töten will, um ein Exempel zu statuieren."

„Ich werde versuchen, vorsichtig zu sein. Ich denke, ich bin hier sicher. Uriel wird nicht zulassen, dass mir etwas zustößt."

„Das hoffe ich." Er seufzt und lässt den Kopf sinken. Ich habe ihn noch nie so niedergeschlagen gesehen. „Die Dinge wären jetzt viel einfacher, wenn ich die Führungsposition angenommen hätte, als sie mir angeboten wurde. Azrael an der Spitze zu haben, kann die Engel nur auf einen dunklen Pfad führen."

„Warum hast du sie abgelehnt? Du scheinst die offensichtliche Wahl für die Führung der Erzengel zu sein."

„Ich habe abgelehnt, um dich zu schützen." Er sieht mich mit Schmerz in seinen hellblauen Augen an. „Ich konnte es nicht riskieren, dass ich ständig so viel Aufmerksamkeit und Beobachtung erfahre, nicht ohne, dass die Leute auf dich aufmerksam werden. Wenn ich den Job angenommen hätte, hätte ich dich in Gefahr gebracht."

Er hat die höchste Position, die ein Engel bekommen kann, einfach aufgegeben. Er lehnte die Führung der Erzengel ab. Für mich.

„Bedauerst du diese Entscheidung?", frage ich.

Er streckt seine Hand aus und nimmt meine Hand. „Niemals. Ich weiß, dass es nicht so aussieht, aber alles, was ich getan habe, war immer zu deinem und Jonahs Schutz. Ich wünschte nur, meine Entscheidung würde euch jetzt nicht in noch größere Gefahr bringen."

„Wow. Ähm, danke." Ich stammle die Worte und kämpfe gegen die Welle von Emotionen an, die sein Geständnis in mir hervorruft. Er mag ein abwesender Vater gewesen sein, aber er hat die ganze Zeit nur das getan, was er für das Beste für mich hielt.

Er nickt und erhebt sich langsam. „Mach dir keine Sorgen. Ich werde dafür sorgen, dass du gut beschützt wirst." Er beugt sich hinunter und drückt mir einen Kuss auf den Scheitel. „Ich komme wieder, sobald ich kann."

Ich stehe auf und hasse es, dass er gehen muss, und mache mir Sorgen um seine Zukunft. „Danke, dass du heute gekommen bist. Auf Wiedersehen, Vater."

Er schenkt mir ein letztes warmes Lächeln und verschwindet dann blitzartig.

23

CALLAN

Gabriel taucht vor mir auf und ich würde den Kerl am liebsten erschlagen. Ich habe ihn schon oft teleportieren sehen, aber ich bezweifle, dass ich jemals aufhören werde, nach einem Schwert greifen zu wollen, wenn es passiert.

„Danke, dass du dich mit mir triffst", sagt der Erzengel, während er sich in der Lounge im Glockenturm umschaut. „Interessante Einrichtung."

„Eine freundliche Geste Ihrer Tochter." Wir haben das meiste von dem rosa Glitzerkram entfernt, aber Marcus hat darauf bestanden, dass wir einige der Plüschtiere behalten, und wir werden es nie schaffen, den ganzen Glitzer vom Boden zu entfernen.

Gabriel lacht. „Sie steckt voller Überraschungen."

„Kann ich Ihnen etwas zu trinken anbieten?", frage ich und versuche, mich an die Lektionen meiner Mutter in Sachen Höflichkeit zu erinnern. Es tut immer noch weh, dass sie den Familientag in letzter Minute abgesagt hat. Ich verstehe ja, dass ihr neuer Job bei Aerie Industries wichtig ist, aber ich sehe sie gar nicht mehr. Nicht, dass wir uns jemals besonders nahegestanden hätten, aber es wäre schön zu wissen, dass sie stolz auf mich ist, so wie die anderen Eltern heute.

„Nein, danke." Gabriel setzt sich in Bastiens Sessel, als wäre es ein Thron. „Ich habe eine sehr wichtige Aufgabe für dich."

Ich setze mich auf die Couch, mein Rücken ist steif und kerzengerade. „Ja, Sir?"

„Dein Vater und ich hatten unsere Differenzen, wie du weißt. Aber in einem waren wir uns einig: Wir wollten Frieden und Einheit zwischen Dämonen und Engeln. Daran hat sich auch nach seinem Tod nichts geändert."

Ich nicke. So sehr ich Dämonen auch hasse, ich will nicht, dass der Krieg wieder ausbricht. Deshalb wollte ich dem Orden helfen, den Stab der Ewigkeit zu bekommen und deshalb habe ich Jonah ermutigt, ins Feenreich zu gehen, um ihn zu holen. Wenn sie die Dämonen zurück in die Hölle schicken, kann ein weiterer Krieg verhindert werden. Das war zumindest meine Hoffnung.

Jetzt bin ich mir nicht mehr so sicher, ob ich das will. So sehr mich Olivia auch in den Wahnsinn treibt, der Gedanke, sie in die Hölle zu schicken, fühlt sich falsch an. Vielleicht fange ich an zu glauben, dass sie ebenso hierhergehört, wie der Rest von uns.

Verflucht sei diese Frau, ich wünschte, sie würde aus meinem Kopf verschwinden.

Gabriel lehnt sich in seinem Stuhl zurück, während er fortfährt. „Olivia ist ein Zeichen dafür, dass sich die Dinge zwischen Engeln und Dämonen ändern könnten, da nun beide Rassen hier auf der Erde leben. Aber das bringt sie auch ständig in große Gefahr. Ich habe versucht, so gut es geht auf sie aufzupassen, aber ich brauche deine Hilfe."

„Meine Hilfe?"

„Du bist ein furchterregender Krieger, nicht wahr?"

Ich setze mich ein wenig aufrechter hin. „Das bin ich."

„Von Michaels Sohn würde ich nichts anderes erwarten. Und als Sohn von Jophiel musst du auch ehrenhaft sein. Deshalb habe ich dich für das Wichtigste ausgewählt, um dass ich je bitten könnte – den Schutz meiner Tochter."

Mist.

„Sind Sie sicher, dass Sie mich dafür auswählen wollen? Olivia und ich … wir kommen nicht gerade gut miteinander aus."

„Das ist mir egal. Ich sorge mich nur um ihre Sicherheit und ich weiß, dass du die Person bist, die sie am besten beschützen kann."

Ich blicke auf meine Hände hinunter. Ich habe versucht, Olivia weitestgehend aus dem Weg zu gehen, aber das hier macht es um einiges schwieriger. Aber zu einem Erzengel kann ich nicht wirklich nein sagen.

„Bitte, Callan", sagt Gabriel, mit mehr Gefühl in der Stimme, als ich je gehört habe. „Ich habe bereits meinen Sohn verloren. Bitte sorge dafür, dass ich nicht auch noch meine Tochter verliere."

Ich wende meinen Blick ab und mein Kiefer verkrampft sich bei der Erinnerung an Jonah. Ich habe ihm auch Versprechen bezüglich Olivia gemacht. Versprechen, die ich nicht einhalten konnte. Sicherlich würde er wollen, dass seine Schwester in Sicherheit ist, jetzt, wo sie die Seraphim Akademie besucht. Wenn ich dem zustimme, tue ich es nicht nur für Gabriel, sondern auch für Jonah.

„Also gut", sage ich. „Bei meiner Ehre, ich werde sie mit meinem Leben beschützen."

„Danke." Er steht auf und reicht mir seine Hand, die ich fest schüttle. „Ich fühle mich besser, wenn ich weiß, dass ihre Sicherheit in deinen Händen liegt."

Ich schlucke schwer und nicke. Auf was zum Teufel habe ich mich da bloß eingelassen?

Er klopft mir auf die Schulter. „Ich hätte mehr für dich da

sein sollen, nachdem Michael gestorben ist. Und als er noch lebte, vielleicht auch."

Ich starre ihn überrascht an. Es war bekannt, dass Gabriel und Michael nicht miteinander auskamen. Als Anführer der Engelsspione arbeitet Gabriel im Verborgenen und versucht, Informationen zu bekommen, bevor er eine Entscheidung trifft. Wenn er handelt, zieht er ein Messer im Rücken einer offenen Konfrontation vor. Mein Vater hingegen hat oft zuerst gehandelt, meist mit Gewalt, und dann erst nachgedacht. Ich muss es wissen – ich war oft der Leidtragende seiner Gewalttätigkeit, ein Geheimnis, das ich wahrscheinlich bis ins Grab bewahren werde, da ich auf keinen Fall das Bild des geliebten Erzengels Michael beschmutzen kann. Alle bewunderten ihn, und niemand wusste, was für ein Arschloch er privat sein konnte. Aber ich glaube, Gabriel weiß es vielleicht, so wie er mich jetzt anschaut.

„Noch eine Sache." Seine Finger umfassen meine Schulter fester und graben sich schmerzhaft in meine Haut. „Wenn du meine Tochter jemals wieder hintergehst oder verletzt, wirst du dich vor mir verantworten müssen und Michaels Erbe wird dich nicht schützen können. Hast du das verstanden?"

Ich schlucke. „Ja, Sir."

„Ich bin froh, dass wir uns verstehen", sagt der Erzengel.

Er verschwindet und ich atme tief durch. Ich rufe besser Bastien und Marcus an und bestelle sie hierher. Ich werde ihre Hilfe brauchen, um Olivia zu beschützen, da sie mich nicht in ihre Nähe lässt. Was hat sich Gabriel dabei gedacht, mich mit ihrem Schutz zu betrauen? Die Frau hasst mich abgrundtief und das beruht auf Gegenseitigkeit. Außerdem plant sie immer noch eine Art schreckliche Rache an mir.

Das wird ein Desaster werden.

24

OLIVIA

Jedes Jahr wählen die drei übernatürlichen Hochschulen – Seraphim Akademie, Hellspawn Akademie und Ethereal Akademie – eine Sportart für ein Turnier aus und dieses Jahr ist es Fußball. Es ist bekannt, dass die Feen allen anderen beim Fußball in den Arsch treten, also hat unser Team pausenlos trainiert, was bedeutet, dass ich Marcus nicht so oft sehe, wie es uns beiden lieb wäre.

Heute Abend findet das erste Spiel statt, und zwar gegen die Feen. Es ist eine weitere Gelegenheit für Aracelis Vater, sie zu besuchen und eine weitere Gelegenheit für mich, meine Aufgabe des Ordens zu erfüllen.

Als Araceli und ich hinüberfliegen, ist die Tribüne voll. Auf der einen Seite füllen die Engel die Tribüne, auf der anderen Seite sitzen deutlich weniger Feen. Nur sehr wenige von ihnen verlassen das Feenreich gerne, also handelt es sich bei ihnen wahrscheinlich um Familienmitglieder der Spieler, die hier sind, um ihre Unterstützung zu zeigen.

Als wir uns auf der Engelsseite niederlassen, fällt mir auf, dass Araceli ein wenig blasser aussieht als sonst. „Du musst nicht hier sein", sage ich ihr.

Letztes Jahr wurde Aracelis Freund Darel bei einem dieser Spiele getötet. Der Orden ließ es so aussehen, als sei es ein Dämonenangriff gewesen, aber wir wissen, dass sie es waren. Seitdem hat sie die Spiele gemieden und als ich sehe, wie sie zur Feenseite des Spielfelds hinüberschaut, denke ich, dass sie wohl nicht nur wegen Darel nervös ist. Araceli hat nie versucht, ihre Feenseite zu verbergen, aber sie hat sie auch nicht gerade mit offenen Armen begrüßt. Ich kann es ihr nicht verdenken, denn sie haben sie völlig abgelehnt.

Sie richtet sich auf und streicht ihre violette Strähne hinter ihr spitzes Ohr. „Ich muss das tun. Für mich."

Ich nicke. „Glaubst du, dein Vater wird kommen?"

„Wahrscheinlich nicht, aber ich habe ihm noch eine Sprachnachricht hinterlassen, um ihn über das Spiel zu informieren." Sie schenkt mir ein schwaches Lächeln. „Ich versuche es."

Sie sieht so traurig aus, obwohl sie versucht, eine tapfere Miene aufzusetzen, dass ich meine Arme um sie schlinge und sie fest umarme. „Du machst das großartig."

Sie drückt mich und tritt dann mit Entschlossenheit in ihren Augen zurück. „Außerdem müssen wir dafür sorgen, dass der Orden heute Nacht nichts unternimmt. Selbst wenn mein Vater nicht hier ist, könnten sie versuchen, eine der anderen Feen zu entführen."

„Das werden wir nicht zulassen."

Wir suchen die Tribüne ab, können Aracelis Vater aber nirgends entdecken. Ich denke, sie hat wahrscheinlich recht, dass er nicht kommen wird. Es ist frustrierend, aber nicht nur wegen des Ordens – nachdem ich zu meinem Vater eine Beziehung aufgebaut habe, möchte ich, dass Araceli dasselbe mit ihrem Vater tun kann.

„Dürfen wir uns zu dir setzen?", fragt Bastien, als er hinter mir auftaucht. Er legt seine Hand leicht, aber fast besitzergreifend, auf meinen Rücken, was mir einen kleinen Schauer beschert.

Callan steht neben ihm und schaut finster drein, als er Bastiens Hand bemerkt, sagt aber nichts. Ich will ihn eigentlich nicht in meiner Nähe haben, aber ich schätze, dass es die beiden nur im Doppelpack gibt. Uff.

„Wir haben eigentlich nicht vor, uns zu setzen", sage ich langsam und werfe einen Blick auf Araceli. Können wir den Prinzen vertrauen? Sie sind auch im Orden und wer weiß, welche Aufgabe sie bekommen haben. Es könnte durchaus sein, dass sie eine der Feen entführen sollen.

„Du hast nicht vor, Marcus anzufeuern?", fragt Callan und lässt es wie eine Beleidigung klingen.

„Natürlich werden wir das", schnauze ich ihn an.

„Wir wollen uns die Feen genauer ansehen", sagt Araceli. „Vor allem ich. Ich bin so neugierig auf sie, wegen meiner Herkunft und so."

Bastien wirft mir einen bösen Blick zu. „Und Olivia ist zweifellos wegen Jonah daran interessiert."

„Gut, aber wir kommen mit", sagt Callan, wobei seine Stimme keinen Raum für Diskussionen lässt. Jedenfalls nicht für mich.

Ich werfe ihm einen bösen Blick zu. „Niemand hat dich eingeladen, mitzukommen."

Er starrt mich an. „Tja zu blöd. Da drüben ist es nicht sicher für dich."

„Seit wann kümmert dich das?"

„Seit dein Vater mir die Verantwortung für deinen Schutz übertragen hat."

„Was?" Ich kann mir das Entsetzen nicht verkneifen. „Dir?"

Er hebt das Kinn und grinst mich überheblich an. „Sieht so

aus. Wo auch immer du hingehst, ich werde dort sein und dafür sorgen, dass dir niemand etwas antut."

Am liebsten würde ich ihm diesen arroganten Blick aus dem Gesicht vertreiben. „Das ist wirklich nicht nötig. Ich bin hier nicht diejenige, die in Gefahr ist."

„Du machst dir offensichtlich Sorgen, dass Feen vom Orden entführt werden", sagt Bastien in einem sachlichen Ton. „Wir können dir helfen."

„Wir wissen nicht, ob wir euch trauen können", sagt Araceli und ich bin stolz auf sie, weil sie sich ihnen widersetzt. Letztes Jahr haben sie ihr eine Heidenangst eingejagt.

„Ich schwöre beim Licht der Wahrheit, dass ich nicht die Absicht habe, den Feen zu schaden", sagt Bastien und ein weißes Leuchten umgibt ihn. Er bringt Callan dazu, dasselbe zu tun und obwohl er die Worte mit einem Augenrollen wiederholt, umgibt das Licht auch ihn. „So. Jetzt wisst ihr, dass wir die Wahrheit sagen."

Ich schaue Araceli an, da ich mich damit nicht auskenne, und sie nickt. „Gut", sage ich. „Kommt mit uns. Wir werden während des Spiels das Gelände patrouillieren und nach allem Verdächtigen Ausschau halten."

Wir machen einen kurzen Spaziergang durch die Engelsseite der Tribüne, als das Spiel beginnt. Marcus und der Rest des Teams laufen unter großem Jubel auf das Spielfeld hinaus. Ich sehe, dass das Arschloch Jeremy auch im Team ist, zusammen mit Cyrus' Freund Isaiah, doch den Rest der Spieler kenne ich nicht.

Die Feen-Mannschaft läuft als nächstes raus und bewegt sich mit überirdischer Anmut über das Feld. Die Feen klatschen enthusiastisch, aber sie jubeln nicht wie die Engel. Nein, dafür sind sie viel zu kultiviert. Ich beobachte sie genau und werfe zum ersten Mal einen genauen Blick auf vollblütige Feen. Die meisten Spieler sind Männer, aber es gibt auch ein paar Frauen.

Sie sind alle groß und gertenschlank, haben spitze Ohren, markante, schöne Gesichtszüge und gefärbt aussehendes Haar, das von sonnenblumengelb über limettengrün bis schneeweiß reicht.

„Woher wissen wir, dass sie keine Zauberei anwenden?", frage ich. Wir haben in der letzten Vorlesung in Feenkunde ein wenig über die Magie der Feen gelernt und darüber, wie sie sie einsetzen können, um Illusionen zu erzeugen, ihr Aussehen zu verändern oder Leute zu täuschen. Nur Ofanim wie Bastien sind dagegen völlig immun.

„Sieh nach oben", sagt Bastien und zeigt auf Hunderte von winzigen schwebenden Lichtkugeln, die über uns verteilt sind und einen hellen Schein auf das Spielfeld und die Tribüne werfen. „Uriel und ich haben Stunden damit verbracht, den Himmel mit diesen Kugeln zu füllen. Das Licht der Wahrheit verhindert Feenmagie, genauso wie die Unsichtbarkeit der Ishim und die Illusionen der Kobolde. Wenn irgendjemand heute etwas vorhat, dann wird er es ohne diese Kräfte tun müssen."

Wir halten an, um uns ein paar Hot Dogs und Bier zu holen. Ich nehme mir eine Minute Zeit, um Marcus zuzusehen, wie er in seinen sexy Shorts über das Spielfeld rennt und seine wohlgeformten Waden zur Schau stellt, um dann mit allen anderen zu jubeln, als er ein Tor schießt. Bis jetzt steht es unentschieden, was eine deutlich bessere Leistung ist, als man uns zugetraut hätte, und die Menge ist begeistert.

Dann gehen wir an der Außenseite des Spielfelds entlang zur anderen Seite, wo die Feen sitzen. Als wir uns der Tribüne nähern, entdecken wir zwei Wachen am Eingang, die wirklich wie Statisten aus ‚Herr der Ringe' aussehen. Beide halten Speere und tragen aufwändige, glänzende Rüstungen, wobei die Linke bronzene Blätter auf der Brust hat, während die Rechte kupferne Blumen trägt. Sie müssen dem Herbst- bzw. dem Frühlingshof angehören.

„Halt", sagt die Frühlingsfee und versperrt uns mit ihrem Speer den Weg. „Was wollt ihr hier?"

Ich zögere und versuche, mir eine schnelle Lüge auszudenken, aber Bastien tritt vor und bietet ihnen ausgerechnet die Wahrheit an. „Ich bin Bastien, Sohn des Erzengels Uriel und sein persönlicher Assistent. Wir sind gekommen, um die Sicherheit eures Volkes zu gewährleisten und unsere Hilfe anzubieten."

Die Herbstfee wirkt beleidigt über diesen Vorschlag. „Wie ihr seht, haben wir die Sicherheit gut unter Kontrolle."

„Gibt es irgendetwas, das wir euch bringen können?", fragt Araceli.

Beide Feen schauen sie lange an, bevor die Wächterin sagt: „Das wird nicht nötig sein."

Ihre Speere versperren uns weiterhin den Weg, also drehen wir um und gehen zurück. Wir können nicht viel mehr tun. Offensichtlich sind wir dort nicht erwünscht und auch wenn wir über sie hinwegfliegen würden, wäre das äußerst unhöflich und würde wahrscheinlich zu Problemen zwischen den beiden Hochschulen führen.

„Was ist nur aus der Gastfreundschaft der Feen geworden?", murmle ich, als wir wieder auf der Engelsseite ankommen.

„Sie sind unsere Gäste", sagt Bastien. „Hätten sie uns eingeladen, sähe die Sache anders aus."

Araceli fragt: „Können wir denn nichts tun?"

„Nicht ohne uns heimlich hinüberzuschleichen", sagt Callan.

„Meine Halskette!", sage ich und schnappe sie mir. „Sie sollte mich unsichtbar machen, selbst mit eurem Licht der Wahrheit, das uns umgibt. Ich kann für den Rest des Spiels über die Seite der Feen fliegen, nur um sicherzugehen, dass ihnen nichts Schlimmes zustößt."

„Das könnte funktionieren", sagt Bastien.

Callan ergreift meinen Arm. „Ich komme mit dir."

Ich schüttle ihn ab und trete zurück. „Auf keinen Fall."

„Ich habe deinem Vater ein Versprechen gegeben. Glaub mir, mir gefällt das genauso wenig wie dir, aber ich muss für deine Sicherheit sorgen. Und ich weiß, dass du mich auch unsichtbar machen kannst."

Ich runzle die Stirn und versuche zu entscheiden, ob ich mich in diesem Moment mehr über Callan oder Vater ärgere. „Gut. Callan und ich werden auf die Feenseite fliegen und dort Wache halten. Ihr zwei sorgt dafür, dass hier auf der Engelsseite alles ruhig bleibt."

Araceli und Bastien nicken und machen sich auf den Weg, um sich zum Rest der Menge zu setzen. Ich beobachte, wie sie sich neben Grace und Cyrus drängen, dann treten Callan und ich hinter die Toiletten, damit wir außer Sichtweite sind.

Ich halte ihm meine Hand hin. „Wir müssen uns berühren, damit das funktioniert. Lass mich nicht los."

Er nickt, aber anstatt meine Hand zu nehmen, legt er seinen Arm um meine Taille und zieht mich an sich. Er ist warm und stark und ich bekomme wieder einen Vorgeschmack auf sein hasserfülltes Verlangen, als sich unsere Körper aneinander-schmiegen.

„Wir müssen uns nicht *so* nahe sein", sage ich, obwohl ich mich auch nicht von ihm wegbewege.

Er blickt mit unergründlichen Augen auf mich herab. „Das macht es dir leichter. Wir wollen nicht aus Versehen den Kontakt abbrechen."

Ich atme tief ein und versuche, meine eigene aufflammende Lust zu unterdrücken. Dann sammle ich das Licht um uns herum, das von den leuchtenden Kugeln, die über uns schweben, dem Mondlicht und den Lampen auf dem Feld stammt. Ich biege es um Callan und mich herum, bis wir unsichtbar sind. „Es hat funktioniert. Los geht's."

Callan drückt mich an sich und erhebt sich in den Himmel, noch bevor ich meine Flügel ausfahren kann. Er trägt mich, als würde ich nichts wiegen, während wir über das Feld sausen und ich dafür sorge, dass wir nicht gesehen werden.

„Ich kann fliegen, weißt du", sage ich und grabe meine Nägel in seine Arme. Seine wirklich starken, maskulinen Arme.

„So ist es sicherer."

Ich schnaufe, aber es hat wenig Sinn, mit ihm zu streiten, wo wir doch schon hier sind. Ich erinnere mich an das letzte Mal, als er mich getragen hat, als ich von Dämonen angegriffen und mit einer mit Licht versetzten Klinge getroffen wurde. Seine Flügel sind reinweiß und goldumrandet und ich verspüre das starke Verlangen, mit meinen Fingern darüber zu streichen.

Wir fliegen ein paar Mal über den Platz, sehen aber nichts Ungewöhnliches, dann landen wir hinter der Tribüne auf einer Rasenfläche. Callan setzt mich ab und nimmt meine Hand, bevor er zurücktritt und sich mit der anderen Hand an seiner Jeans abwischt, als müsste er meine Läuse von sich abstreifen. Ich verdrehe die Augen und setze mich auf den Rasen, um zu warten und ziehe ihn mit mir nach unten.

Wir verbringen das ganze Spiel schweigend dort und obwohl ich mir Sorgen mache, dass es unangenehm sein könnte, die ganze Zeit seine Hand zu halten, ist es überraschenderweise nicht so. Es stellt sich heraus, dass er einigermaßen erträglich ist, solange ich nicht mit ihm spreche oder in sein dummes, hübsches Gesicht schaue. Selbst als er mit seinen schwieligen Fingern über meinen Handrücken streicht, als würde er gar nicht merken, dass er das tut.

Die meiste Unterhaltung gibt es, als sich zwei Feen unter die Tribüne schleichen, um zu knutschen, bevor sie von einer der Wachen weggescheucht werden. Sie rennen mit halb ausgezogenen Hemden davon und ich halte mir den Mund zu, um ein Kichern zu unterdrücken. Aus den Augenwinkeln sehe ich, dass auch Callan ein wenig lächelt.

Die Engel verlieren das Spiel trotz Marcus' Bemühungen,

dann versammeln sich die Feen außerhalb des Feldes, um abzureisen. Ich stehe auf und ziehe Callan mit mir, aber ich kann nicht sehen, was sie da tun. Wir gehen näher heran, als sich ein großes Portal öffnet, das schillert und kreist, während die Feen hindurchgehen und verschwinden. Die Wachen drängen sich mit erhobenen Speeren eng um das Portal, um zu verhindern, dass jemand anderes es nutzen kann. Einer nach dem anderen kehren die Feen ins zurück ins Feenreich und ich denke an meinen Bruder und daran, dass Jonah sich als einer von ihnen getarnt haben muss, um sich ihrer Gruppe anzuschließen und ihnen dann ins Innere zu folgen. Was ich nicht weiß, ist, was danach passiert ist. Wie lange konnte er sich als einer der Feen ausgeben, bevor er entdeckt wurde? Hat er den Stab gefunden? Und vor allem: Ist er noch am Leben?

OLIVIA

Ich habe einen Schatten und sein Name ist Callan.

Er folgt mir zwischen den Unterrichtsstunden mit einem finsteren Blick, als würde er mich dafür hassen, dass es mich gibt und sich selbst dafür hassen, dass er mich beschützen muss. Irgendwann frage ich ihn: „Was ist das hier, sind wir in den Fünfzigern? Willst du auch meine Bücher für mich tragen?"

Er wirft mir einen vernichtenden Blick zu. „Da spieße ich mich lieber auf meinem Schwert auf."

Ich habe die Nase so voll.

Im Ishim-Unterricht lernen wir, wie man größere Gruppen von Menschen versteckt, indem man eine Kette mit den Händen bildet. Jeder von uns übt, den Rest der Klasse unsichtbar zu machen, aber nur Grace und ich schaffen es mit Leichtigkeit. Nariel verspricht, dass alle es irgendwann schaffen werden, aber seine Augen verweilen auf uns beiden. Allerdings nicht mit Lust, sondern mit etwas anderem. Stolz, vielleicht? Ich kann es nicht sagen.

Dieser Trick wird sich als nützlich erweisen, wenn ich erst

einmal ins Feenreich gehe, denn mir wird langsam klar, dass ich nicht allein gehen kann. Ich werde andere Leute brauchen, um mir zu helfen und ich werde sie verstecken müssen. Ich schmiede Pläne in meinem Kopf. Die Schwierigkeit besteht darin, eines dieser Portale zu öffnen.

Nach dem Unterricht geht Grace mit mir hinaus. „Du hast dich da drin gut geschlagen. Du bist sehr stark, was wohl kein Wunder ist, wenn man Erzengelblut in den Adern hat. Jonah war auch stark."

„Ja." Ich dränge sie im Flur in die Ecke und senke meine Stimme. „Hast du ihn deshalb ins Feenreich gehen lassen?"

Schock zeichnet sich auf ihrem Gesicht ab, bevor er sich in Traurigkeit verwandelt. „Ihn gehen lassen? Ich habe Jonah angefleht, nicht zu gehen. Ich habe alles getan, was ich konnte, um ihn aufzuhalten. Am Ende habe ich sogar versucht, mit ihm zu gehen. Aber er wollte nicht auf mich hören. Er war entschlossen zu gehen, und zwar allein." Ihre Augen füllen sich mit Tränen, die sie zurückzublinzeln versucht. „Jeden Tag wünsche ich mir, ich hätte mich mehr angestrengt. Die Frage, ob ich mehr hätte tun können, bringt mich um."

Ihr Kummer ist so aufrichtig, dass ich mich schlecht fühle, weil ich sie überhaupt befragt habe. „Es tut mir leid. Ich musste es wissen."

Sie tupft sich mit den Fingerknöcheln über die Augen. „Das verstehe ich. Ich würde es auch wissen wollen, wenn es mein Bruder wäre."

Ich sehe Callan aus dem Augenwinkel und ergreife Graces Arm, um sie in die andere Richtung zu führen. „Gibt es sonst noch etwas, das du mir sagen kannst, zum Beispiel, warum er gegangen ist?"

„Um den Stab für den Orden zu beschaffen, damit wir in den Himmel zurückkehren und mit dem Wiederaufbau beginnen können", sagt sie, als wäre es selbstverständlich.

„Und um die Dämonen zurück in die Hölle zu schicken?"

„Das auch."

„Das klingt nicht nach meinem Bruder."

Sie schenkt mir ein freundliches Lächeln. „Ich bin sicher, er hat nicht geglaubt, dass es bei dir funktionieren würde. Dein Engelsblut schützt dich wahrscheinlich."

„Wahrscheinlich?" Das scheint mir ein ziemlich großes Risiko für ein *wahrscheinlich* zu sein. Eines, bei dem ich ernsthaft bezweifle, dass Jonah es eingehen würde, es sei denn, er hat sich in dem Jahr, in dem er auf der Seraphim Akademie war, sehr verändert. Was hat der Orden mit ihm gemacht?

Grace verschränkt ihren Arm mit meinem, während wir weitergehen. „Du wirkst in letzter Zeit so gestresst, Liv. Lass uns den nächsten Unterricht schwänzen und für eine Shopping-Therapie nach Angel Peak fliegen."

Vom Campus wegzukommen, hört sich gut an, besonders wenn ich dabei Callan loswerden kann. „Ist es dort sicher?"

„Auf jeden Fall. Der Angriff auf das Café ist schon Wochen her und die Sicherheitsvorkehrungen wurden seitdem verschärft. Kein Mensch kommt mehr in diese Stadt."

„In Ordnung, ich bin dabei, aber wir müssen uns unsichtbar machen, bevor wir losfliegen. Ich muss meinen Verfolger abhängen."

Sie folgt meinem Blick zu Callan. „Kein Problem."

Wir gehen nach draußen und vereinbaren einen Treffpunkt, da wir uns nicht sehen können, wenn wir unsichtbar sind und machen uns dann auf den Weg nach Angel Peak und lassen Callan zurück.

Man könnte jetzt denken, dass wir dort überfallen werden, aber das passiert nicht. Wir verbringen die nächsten Stunden damit, neue Kleider für den Sommer zu kaufen, bevor wir zum Campus zurückkehren. Das ist genau das, was ich brauchte, um mich nach ein paar stressigen Wochen zu entspannen, und ich bin so froh, dass Grace es vorgeschlagen hat. Ich bin immer noch misstrauisch, was ihr Engagement für den Orden angeht, aber ich weiß, dass sie eine echte Freundin ist.

Ich öffne die Tür zu meinem Schlafsaal, doch dann schlägt eine große Hand sie zu und schließt sie vor meiner Nase. Ich drehe mich um und schaue Callan an, denn wer sollte es sonst sein?

„Mach das nie wieder", knurrt er. Seine Hand liegt immer noch auf der Tür über mir und er lehnt sich dicht an mich heran.

Ich blicke zu ihm auf. „Du kannst mich nicht rund um die Uhr beschützen."

Der Hass in seinen Augen glüht mit einem inneren Licht. Wenn ich nicht aufpasse, wird er uns beide in Brand stecken. „Was, wenn dir etwas zustößt? Wie soll ich das deinem Vater erklären? Du weißt, dass es da draußen nicht sicher ist, für keinen von uns, aber am wenigsten für dich."

„Es ist nichts passiert. Es geht mir gut."

„Dieses Mal." Er packt mich an den Schultern, als wolle er mich zur Vernunft bringen. „Muss ich dich wieder mit einem Peilsender versehen?"

„Nein!"

„Dann sei nicht so verdammt schwierig!"

Sein Mund stürzt auf mich herab und die aufgestaute Lust, der Hass und die Wut vermischen sich in einem Kuss, der mich im besten Sinne entflammt. Ich kralle mich in seine breiten Schultern, sein blondes Haar, seinen starken Kiefer und erwidere den Kuss so lange, bis ich nach Luft schnappen muss.

Als wir uns zurückziehen, sehen wir beide schockiert und benommen aus von dem, was wir gerade getan haben. Callan tritt zurück und das bedrohliche Glühen um ihn herum lässt ein wenig nach.

„Ich habe deinem Vater mein Wort gegeben, und ich werde es halten", sagt er. „Er sorgt sich um dich und will sicherstellen, dass du in Sicherheit bist. Weißt du, wie glücklich du dich schätzen kannst, dass du jemanden hast der sich so sorgt? Anstatt es ihm vorzuwerfen, solltest du es akzeptieren und ihm erlauben, sich um dich zu kümmern, so gut er kann."

Ich zucke bei seinen unerwarteten Worten zurück. Ich bin es nicht gewohnt, dass sich jemand um mich sorgt, schon gar nicht mein Vater. So lange war ich auf mich allein gestellt, nur Jonah hat sich um mich gekümmert, und selbst er war nicht oft da. Jetzt habe ich eine Familie, die für meine Sicherheit sorgen will. Und Freunde. Und ... Callan. Was auch immer er ist.

Callans Stimme klingt streng, aber ich höre einen verborgenen Schmerz darunter. Ich erinnere mich daran, wie allein er beim Familientag war und ich schlucke meinen Stolz herunter. „In Ordnung. Ich werde versuchen, weniger schwierig zu sein, wenn es darum geht, mich beschützen zu lassen, wenn du zustimmst, dich dabei auch nicht wie ein Arschloch aufzuführen. Lass mir ein bisschen Freiraum, sonst verliere ich den Verstand."

„Ich werde alles tun, was ich für nötig halte, um dich zu beschützen. Glaub mir, mir gefällt das auch nicht. Ich würde mich lieber so fern wie möglich von dir halten."

„Der Kuss von eben beweist das Gegenteil." Ich kann nicht anders, als ihn zu verspotten. „Oder hast du den auch aufgenommen? War das wieder ein Trick?"

„Du bist diejenige mit der Aufnahme. Was hast du damit vor?"

„Nichts. Ich werde sie nicht benutzen. Ich will den anderen Jungs nicht wehtun." Ich lasse meine Hand langsam über seine Brust gleiten und spreche mit ihm wie mit einem Liebhaber. „Ich will nur dir wehtun. Ich will dir wirklich wehtun."

„Dann tu es doch endlich." Hunger steht in seinen Augen und wir wissen beide, dass es hier nicht um Rache geht. „Ich warte."

„Oh, es wird kommen." Ein neuer Plan formt sich in meinem

Kopf. Einer, der uns beide und die Mini-Überwachungskamera einbezieht. Ihn zu verführen wird nicht allzu schwer sein. Nicht bei der Menge an Lust, die von ihm ausgeht und all dem aufgestauten Verlangen in diesem Kuss. Er wollte den Glauben erwecken, dass er mich nur geküsst hat, weil ich meine Sukkubus-Kräfte bei ihm eingesetzt habe, aber bald werden alle wissen, dass er mich, den Halbdämon, ganz ohne mein Zutun will.

„Und es wird gut werden", sage ich, bevor ich in mein Zimmer gehe. „Wirklich gut."

Ich knalle ihm die Tür vor der Nase zu.

26

OLIVIA

In dieser Nacht kann ich nur schwer einschlafen, denn Callans Worte gehen mir nicht aus dem Kopf. Sie erinnern mich an eine Zeit, als ich sieben Jahre alt war und auf der Schaukel im Park spielte.

Ich hatte keine Angst, als ich durch die Luft flog. Jedenfalls nicht, bis ich sah, wie der Boden auf mein Gesicht zuraste. Alles passierte wie in Zeitlupe, wie in einem Film. Die Geräusche um mich herum wurden leiser, die Stimmen der anderen Kinder verblassten, während ich die Holzspäne unter der Schaukel immer näherkommen sah.

Doch in letzter Sekunde legten sich Arme um meine Brust und meine Beine und ich flog wieder nach oben, in einem Kreis. Silberne Flügel flatterten um mich herum und schwebten durch die Luft. Meine Angst verwandelte sich in Freude, als eine männliche Stimme sagte: „Es ist alles in Ordnung, ich habe dich. Du bist in Sicherheit."

Irgendetwas an der Stimme kam mir bekannt vor, obwohl ich sie nicht zuordnen konnte. Der Mann setzte mich auf dem Boden ab und trat zurück. Eine Sekunde lang sah ich die Umrisse seiner silbernen Flügel, aber dann waren sie wieder weg und ich fragte mich, ob ich mir das nur eingebildet hatte. „Das war ganz schön knapp.“

„Danke.“ Ich strich mein dunkles, wildes Haar hinter mein Ohr. Die Betreuer in der Schule sagten, man solle nicht mit Fremden reden, aber irgendetwas an diesem Mann ließ mich ihm sofort vertrauen. Er hatte braunes Haar, das weich aussah und seine Augen funkelten, als er mich anlächelte. Das Sonnenlicht schien auf ihn herabzustrahlen und sein Profil zu betonen und ich empfand ein Gefühl der Ehrfurcht, als ich ihn ansah.

„Sehr gerne geschehen, Olivia.“

Ich zuckte zusammen, als ich meinen Namen hörte und ein kleiner Stich der Angst durchfuhr mein Herz. Ich schaute mich auf dem Spielplatz um, aber niemand schenkte uns Aufmerksamkeit. Fast so, als könnten sie uns gar nicht sehen. Seltsam. „Bist du ein Sozialarbeiter?“

„Nein, bin ich nicht.“ Er wich zurück, um mir zu zeigen, dass er mir nicht wehtun würde. „Ich wollte nur nicht, dass du fällst.“

„Wer bist du?“, fragte ich.

„Mein Name ist Gabriel.“

„Bist du ein Engel?“

Er schenkte mir ein warmes Lächeln. „Ich bin jemand, der sich sehr um dich sorgt und immer dafür sorgen wird, dass du in Sicherheit bist.“

Das waren Worte, die ich in meinem jungen Leben noch nicht oft gehört hatte. Die Familie, bei der ich damals lebte, war ziemlich gut. Sie gaben mir regelmäßig etwas zu essen und mir war nie kalt, ich wurde nie vernachlässigt oder geschlagen. Aber sie liebten mich nicht. Ich wusste nicht, ob das jemals jemand getan hatte.

„Wie ein Schutzengel?“, fragte ich.

Ein weiteres Lächeln erhellte sein Gesicht. „Ja, so ähnlich. Bitte spring nicht mehr von der Schaukel, okay?“

Oh, ja. Ich hatte versucht zu fliegen. Ich wollte schon immer fliegen. Ich drehte mich zu den Schaukeln um, um zu erklären, warum ich heruntergesprungen war, aber als ich mich wieder zu meinem neuen Freund drehte, war er weg. Ich schaute mich im Park um, konnte ihn aber nirgends entdecken.

„Olivia!" Meine Pflegemutter rannte auf mich zu. „Da bist du ja."

Oh-oh. Sie sah sauer aus. „Ich war die ganze Zeit genau hier", versuchte ich zu erklären.

Sie packte mich an der Hand und zerrte mich aus dem Park in Richtung unseres Hauses. „Komm schon. Du kannst nicht im Park spielen, wenn du dich vor mir versteckst."

Ich hatte diesen Moment bis heute Abend vergessen. Das war das erste Mal, dass Gabriel mich besuchte. Jetzt weiß ich, dass er mich seit meiner Kindheit beschützt hat und dass er sich vielleicht doch immer um mich gekümmert hat.

Am nächsten Morgen lässt Uriel alle Klassen ausfallen und beruft eine Notversammlung ein.

„Worum geht es hier?", frage ich Marcus, als Araceli und ich neben ihm in der Aula sitzen.

Er schüttelt den Kopf. „Das weiß keiner, aber es kann nichts Gutes bedeuten."

Ein nervöses Gemurmel geht durch die Menge und der Saal füllt sich schnell. Ich entdecke Callan, der durch die Gänge geht, aber er setzt sich ein paar Reihen hinter mich. Bastien steht an der Seite der Bühne, die Hände hinter dem Rücken verschränkt. Kassiel und die anderen Lehrer stellen sich an den Wänden auf, fast wie Wächter.

Cyrus und Isaiah nehmen die Plätze neben Araceli ein. „Es hat einen weiteren Angriff gegeben", sagt Cyrus und beugt sich über Araceli, damit wir ihn alle hören können. „Das muss es sein."

Uriel kommt auf die Bühne des Auditoriums und sieht dabei ganz und gar wie das mächtige, unsterbliche Wesen aus, das er ist. Seine Augen mustern das Publikum, das schnell in Stille verfällt, dann spricht er. „Ich habe Sie heute aufgrund einer schwerwiegenden Nachricht hierhergerufen. Drei unserer Studenten, Gwen Svava, Favelyn Kyrja und Marila Thruth, wurden letzte Nacht auf die gleiche grausame Art und Weise in Angel Peak getötet wie bei dem letzten Angriff."

Bei den Namen fällt mir die Kinnlade herunter und ein entsetztes Gemurmel geht durch die Menge. Alle drei Namen gehören zu Walküren und jeder weiß, dass sie starke Kriegerinnen waren. Ich kannte keine von ihnen gut, obwohl ich Marcus einmal dabei zugesehen habe, wie er Gwen geheilt hat, Favelyn war in ein paar meiner Kurse und Marila war seit einer kurzen Zeit mit Tanwen zusammen, obwohl es Gerüchte gab, dass sie sich letzte Woche getrennt haben.

Cyrus beugt sich wieder vor und flüstert: „Ich habe es euch gesagt."

Wir alle werfen ihm einen strengen Blick zu, woraufhin er mit den Schultern zuckt, sich zurücklehnt und Isaiahs Hand nimmt.

Uriel ballt seine Hand auf dem Podium zu einer Faust und fährt fort. „Sie waren alle auf dem Rückweg vom Abendessen in Angel Peak, als sie zwischen dem Campus und der Stadt niedergeschossen wurden."

Oh, Scheiße. Das war nicht lange nachdem Grace und ich in Angel Peak waren. Ich fühle mich wie der größte Idiot aller Zeiten, weil ich Callan einfach stehen gelassen habe, besonders nach all meinen großen Worten, dass ich keinen Schutz brauche. Wenn ich zu ihm hinüberschauen würde, bin ich sicher, dass er mir mit grimmiger Selbstgefälligkeit zeigen würde, dass er recht hat. Stattdessen schaue ich zu Tanwen hinüber, die mit den anderen Walküren zusammensitzt. Ihre Augen glänzen vor nicht vergossenen Tränen, aber sie beißt die Zähne zusammen und ihr Gesicht ist starr. Sie und die anderen Walküren sehen aus, als wären sie bereit, loszuziehen und ihre gefallenen Schwestern zu rächen, sobald diese Versammlung vorbei ist.

„Seien Sie versichert, dass wir alles tun, was wir können, um diese Angriffe zu untersuchen und zu verhindern, dass sie sich wiederholen", sagt Uriel. „Bis wir jedoch sicher sind, dass es sicher ist, sperren wir den Campus ab. Bis die Bedrohung vorüber ist, darf niemand ohne meine Erlaubnis das Gelände betreten oder verlassen, auch nicht, um Angel Peak zu besuchen. Wir empfehlen Ihnen außerdem, immer eine Waffe bei sich zu tragen. Hilda kann Ihnen bei der Beschaffung einer Waffe behilflich sein, falls erforderlich. Bleiben Sie wachsam und wir werden diese Bedrohung überstehen, ohne weitere Leben zu verlieren". Er nickt den Zuhörern zu. „Sie können gehen."

Panik ergreift die Menge, als alle aufstehen und aus dem Auditorium stürmen. Ein paar weitere Leute werfen mir wütende oder ängstliche Blicke zu und mir wird klar, dass Uriel nie erwähnt hat, wen sie hinter den Anschlägen vermuten. Glauben einige Leute tatsächlich, dass ich so etwas tun könnte, oder schauen sie nur wegen meines Dämonenblutes zu mir? Wir wissen nicht einmal, ob Dämonen hinter diesen Angriffen stecken, aber wie könnten Menschen drei Walküren ausschalten?

Ich erspähe Grace, die sich mit ihrem Onkel Nariel vor dem Gebäude unterhält und bin erleichtert, dass sie in Sicherheit ist, obwohl sie gestern Abend mit mir zurückkam. Leute eilen über den Rasen, einige von ihnen tragen Waffen, andere stehen in Gruppen beieinander und stecken die Köpfe zusammen, während sie sich unterhalten. Das Gefühl der Sorge, das in der Luft liegt, ist ansteckend und ich fürchte, dass es nur noch schlimmer werden wird, vor allem, weil die Leute durchdrehen werden, nachdem sie wochenlang auf dem Campus eingesperrt waren.

Am nächsten Morgen findet der Unterricht wieder wie gewohnt statt, aber es fällt allen schwer, sich zu konzentrieren, wo doch gerade drei unserer Kommilitonen getötet wurden. Das Kampftraining ist besonders angespannt, da Hilda uns daran erinnert, immer eine Waffe bei uns zu tragen. Ich habe einen Dolch in meiner Tasche, aber wahrscheinlich muss ich mir irgendwann eine bessere Lösung einfallen lassen. Tanwen streitet sich mit Callan und der Rest der Klasse hält inne, um zuzusehen, vor allem, als sie die Zähne zusammenbeißt und mit voller Wucht auf ihn losgeht. Sie sind beide so geschickt im Kampf, dass es wie eine Aufführung aussieht, aber dann beginnt Tanwen, in einem wütenden Licht zu glühen, woraufhin Hilda ihr befiehlt, nach draußen zu gehen und sich zu beruhigen. Tanwen lässt ihr Schwert fallen, stapft nach draußen und wirft mir im Gehen einen bösen Blick zu.

In Feenkunde versucht Raziel, uns etwas über die Feenkriege beizubringen, die wir auch in Engelsgeschichte aus der Sicht der Engel behandeln, aber niemand hört wirklich zu, mich eingeschlossen. Während Lichtbeherrschung kaut unsere Professorin Eileen an ihren Nägeln und schaut mich ständig an, als ob ich sie jeden Moment angreifen könnte. In der Cafeteria kommt es während des Abendessens zu einer Schlägerei zwischen zwei Erelim und im Gemeinschaftsraum des Wohnheims sitzen die Leute in kleinen Gruppen und tratschen über das neueste Gerücht.

Und die Woche wird immer schlimmer und schlimmer. Mein Becher von Marcus ist verschwunden und ich kann ihn nirgendwo finden. Kassiel sagt unsere Stunde mit der Begründung ab, dass er den Campus über das Wochenende verlassen muss, was mich nicht stören sollte, aber ich finde unsere zusätzliche Stunde so tröstlich. Ich frage mich, ob er die Angriffe untersucht, oder ob er etwas anderes in Bezug auf Dämonen zu tun hat.

Dann erhalte ich eine Einladung zum nächsten Ordenstreffen und erinnere mich an die Aufgabe, die sie mir auferlegt haben. Ich bin immer noch keinen Schritt weiter, Aracelis Vater dazu zu bringen, sie zu besuchen. Ich bin immer noch nicht näher dran, ins Feenreich zu gelangen. Und ich bin immer noch nicht weitergekommen bei dem Versuch Jonah zu retten, verdammt noch mal.

27

KASSIEL

Nach einem kurzen Flug nach Los Angeles stehe ich in dem gläsernen Aufzug, der mich zur Penthouse-Wohnung meines Vaters bringt und blicke auf die sich ausbreitende Stadt unter mir. Ich erinnere mich an meinen letzten Besuch in dieser Stadt, als ich eine hinreißende Barkeeperin kennenlernte und sie mit auf mein Hotelzimmer nahm, was ich noch nie zuvor getan hatte. Ich erkannte Olivia als Sukkubus und sie rannte in Panik vor mir davon. Erst später, als ich sie in der Seraphim Akademie wiedertraf, verstand ich, warum.

Um meine Tarnung aufrechtzuerhalten, treffen Luzifer und ich uns immer in Los Angeles, statt in seinem Revier in Las Vegas. Diese Stadt ist ein heiß umkämpftes Gebiet zwischen Engeln und Dämonen, obwohl unsere beiden Arten sich heutzutage eher geschäftlich als kriegerisch messen. Luzifer hat überall in der Stadt Nachtclubs eröffnet, um die Kontrolle über die Stadt zu erlangen und als ich eintrete, sieht er sich gerade einen Bauplan an.

„Kassiel", sagt er mit seinem charmanten Lächeln. Er erhebt ein Glas in meine Richtung. „Möchtest du etwas trinken?"

„Nein, danke."

„Unsinn, du siehst aus, als könntest du einen Drink vertragen." Er geht hinter den glänzenden Bartresen und schenkt mir einen Whiskey on the rocks aus seiner Sammlung teurer Spirituosen in den silbernen Regalen ein. Er fragt nicht, was ich will und ich weiß, dass ich es nicht ablehnen kann.

Ich seufze, nehme den Drink aber an. Der Umgang mit Luzifer ist immer eine Herausforderung. „Ich habe Fortschritte bei dem Auftrag gemacht, den du mir erteilt hast."

„Tatsächlich?" Der König der Hölle lehnt sich gegen den Tresen und schwenkt seinen Drink. „Erzähl mir mehr."

„Ich habe den Orden des Goldenen Throns inzwischen vollständig infiltriert. Sie vertrauen mir und akzeptieren mich als einen der ihren. Ich glaube nicht, dass irgendjemand ahnt, was ich wirklich bin."

„Natürlich nicht. Es gibt einen Grund, warum ich dich ausgewählt habe." Seine grünen Augen leuchten vor Stolz. „Du lässt mich nie im Stich."

Als Antwort auf sein Lob neige ich den Kopf. „Wie du vermutet hast, sind sie hinter dem Stab der Ewigkeit her. Sie wissen, dass er sich im Feenreich befindet und sie haben letztes Jahr einen Jungen geschickt, um ihn zu holen, aber er ist nie zurückgekommen. Jetzt verdoppeln sie ihre Bemühungen, ihn zu bekommen."

„Diese Idioten." Er nimmt einen wütenden Schluck von seinem Getränk. „Michael und ich haben hart daran gearbeitet, den Krieg zu beenden und das Aussterben unserer Rassen zu verhindern und dennoch wollen alle wieder zu den alten Methoden des Hasses und der Gewalt zurückkehren. Und da Michael nicht mehr da ist und Gabriel in Ungnade gefallen ist, gibt es niemanden mehr, der die Engel unter Kontrolle halten kann."

Ich nehme einen Schluck von meinem Whiskey. Er ist verdammt gut und so wie ich Luzifer kenne, wahrscheinlich genauso alt wie ich selbst. Vielleicht brauchte ich ja doch einen Drink. „Sie glauben immer noch, dass du Michael getötet hast."

„Offensichtlich." Sein Lächeln ist geradezu böse. „Wer sonst, wenn nicht ihr Lieblingsschurke?"

Meine Finger verkrampfen sich um mein Glas. „Wenn ich diese Mission beendet habe, werde ich deinen Namen rein-waschen."

Er winkt abwehrend mit der Hand. „Darüber mache ich mir keine Sorgen. Deine aktuelle Aufgabe ist wichtiger. Wir können nicht zulassen, dass der Orden den Stab bekommt. Ebenso wenig wie einer unserer Leute, wenn wir ehrlich sind. Es ist das Beste, wenn er im Feenreich bleibt, aber wenn er irgendwie auf der Erde landet, möchte ich, dass er zu mir in Sicherheit gebracht wird."

„Ich werde mein Bestes tun." Ich leere mein Glas und stelle es auf dem Tresen ab. „Der Orden hat seinen Mitgliedern in diesem Jahr individuelle Aufträge erteilt und meiner ist es, eine Liste von Personen mit Feenblut auf der Erde zu erstellen. Die offensichtlichen und bekannten habe ich schon aufgenommen, aber ich wollte erst mit dir sprechen, bevor ich ein paar der unbe-kannteren und versteckten Leute hinzufüge, vor allem auf unserer Seite."

Er streicht sich über den Bart, während er nachdenkt. „Ja, wir müssen sicherstellen, dass du dem Orden etwas gibst, was er noch nicht weiß, um dich als wertvolles Mitglied zu beweisen. Ich werde meinen Assistenten beauftragen, dir die Informa-tionen bis morgen zu besorgen."

„Danke."

Er schenkt uns beiden einen weiteren Drink ein. „Was ist mit dem Halbengel-Hybrid-Mädchen? Ich habe gehört, dass du ihr Privatunterricht gibst."

Ich zögere. „Ja, und ich behalte sie im Auge, wie du es gewünscht hast."

„Und? Wie ist sie so?"

Ich wäge meine Worte sorgfältig ab. „Es fällt ihr schwer, anderen zu vertrauen, was angesichts ihrer Vergangenheit verständlich ist, aber sie ist besonnen und klug. Sie scheint auch keine Vorurteile gegen Dämonen zu haben."

„Gut. Sie könnte eine starke Verbündete sein. Die erste echte Mischung aus Engeln und Dämonen." Er starrt einen Moment lang in die Ferne, vielleicht erinnert er sich an etwas aus seiner Vergangenheit. „Fürs Erste solltest du deine Lektionen fortsetzen und auf sie aufpassen."

„Das werde ich. Ich nehme an, du hast von den jüngsten Angriffen in Angel Peak gehört."

„Ja, und ich habe bereits jemanden hingeschickt, der sich darum kümmert. Die Menschen werden von Tag zu Tag dreister."

„Gab es Angriffe in der Nähe der Hellspawn Akademie?"

„Bisher nicht, aber Baal hat die Sicherheitsvorkehrungen dort vorsorglich erhöht." Er wirbelt die Eiswürfel in seinem Glas herum. „Hast du sonst noch etwas zu berichten?"

„Im Moment nicht."

Er geht um die Bar herum und sieht mich an, dann klopft er mir auf die Schulter meines Anzugs. „Du siehst gut aus, Kassiel. Deine Mutter wäre stolz auf dich."

„Danke."

„Komm, jetzt, wo das Geschäftliche vorbei ist, sollten wir uns unterhalten. In der Nähe gibt es ein großartiges chinesisches Restaurant, in das wir gehen könnten. Oder wir könnten etwas bestellen. Es gibt jetzt Apps für alles, weißt du. Ich liebe dieses Zeitalter so sehr."

„Ich sollte wirklich zur Seraphim Akademie zurückkehren. Der Campus wurde nach dem letzten Angriff abgeriegelt." Nicht, dass es für mich schwierig gewesen wäre, mich hinauszuschleichen. In einer Hochschule für Lichtwesen hat es definitiv seine Vorteile, wenn man die Dunkelheit kontrollieren kann.

„Jetzt schon? Du bist doch gerade erst angekommen." Er legt eine Hand leicht auf meinen Arm. „Bleib wenigstens für eine Mahlzeit. Ich sehe dich nur noch so selten."

Meine Entschlossenheit schwankt. „Na gut. Ich bleibe zum Essen."

Es ist fast unmöglich, zum Teufel nein zu sagen.

Vor allem, wenn er dein Vater ist.

OLIVIA

Ich ziehe mein goldenes Gewand und meine Maske an, mache mich dann unsichtbar und fliege zum versteckten Eingang der Höhle. Hier draußen ist es völlig verlassen und eine Nebelschicht liegt über dem Wald, was dem Ort eine unheimliche Atmosphäre verleiht. Ich schaue mich um, weil ich befürchte, dass mich jemand angreifen könnte, obwohl ich weiß, dass die Tore des Campus vor Eindringlingen geschützt sind.

Der Felsbrocken öffnet sich für mich und ich gehe durch den dunklen Steintunnel ins verborgene Versteck des Ordens. Die meisten Bänke sind noch leer und ich setze mich auf eine von ihnen und warte. Der Anführer kommt herein und stellt sich vor den leeren Thron, während sich der Raum nach und nach mit weiteren Mitgliedern in goldenen Gewändern füllt.

„Willkommen", sagt der Anführer. „Dies sind beunruhigende Zeiten. Wir haben einen von uns verloren und müssen jetzt wachsamer denn je sein."

Ich sehe mich auf den Bänken um und bemerke einen leeren Platz. Eine der ermordeten Walküren muss dem Orden angehört haben.

„Solch sinnlose Gewalt beweist nur, wie dringend wir den Stab der Ewigkeit benötigen", fährt er fort. „Wie ich bereits erwähnt habe, wird euch allen in diesem Jahr eine besondere Aufgabe zuteil, um unser Ziel, den Stab zu erhalten, zu erreichen. Einige von euch haben ihre Aufgabe bereits erhalten, andere werden sie später in diesem Jahr erhalten. Hat irgendjemand seine Aufgabe erfüllt, aber noch nicht darüber berichtet?"

„Ich habe eine Liste aller Personen zusammengestellt, die ich auf der Erde finden konnte, die Feenblut haben", sagt ein anderes Mitglied, tritt vor und zieht einen Umschlag aus seinem Gewand.

„Ich habe dasselbe für meine Aufgabe getan", sagt ein anderes Mitglied.

„Gute Arbeit." Der Anführer signalisiert einem anderen Mitglied, dass er die beiden Dokumente einsammeln soll. „Wir werden beide Listen vergleichen und sehen, was ihr gefunden habt. Hat sonst noch jemand etwas zu berichten?"

Jemand anderes hebt die Hand. „Ich habe kleine Fortschritte gemacht, mich der Halbfee hier auf dem Campus anzunähern. Vielleicht können wir sie nutzen, um ins Feenreich zu gelangen."

Sie müssen Araceli meinen. Weißglühende Wut füllt meine Adern, während ich mir den Kopf darüber zerbreche, wer sich in letzter Zeit vermehrt in ihrer Nähe aufgehalten hat, aber es fällt mir niemand ein.

„Gut", sagt der Anführer. „Ein weiteres Mitglied arbeitet daran, ihren Vater dazu zu bringen, ebenfalls den Campus zu besuchen. Gibt es da irgendwelche Fortschritte?"

Verdammt, das bin ich. Zögernd trete ich vor. „Er wurde schon zweimal auf den Campus eingeladen, aber er scheint nicht interessiert zu sein."

„Versuch es weiter. Dränge ihn stärker. Tu alles, was nötig ist, um ihn hierher zu holen." Der Leiter blickt sich im Raum um. „Denkt daran, wir dulden kein Versagen unserer Mitglieder."

Ich nicke, trete zurück und schlucke schwer. Ein paar andere Leute berichten von ihren Versuchen, aber niemand hat wirkliche Fortschritte gemacht und ich bin abgelenkt durch den Gedanken, dass Araceli in Gefahr sein könnte. Ich werde sie warnen müssen, sobald ich zurück bin.

„Damit wären unsere Angelegenheiten für heute Abend geklärt. Lasst uns zu den Anwärtern in den Wald gehen und sehen, wer seine erste Prüfung bestanden hat. Das ist immer eine meiner Lieblingsprüfungen."

Der Anführer schreitet majestätisch aus der unterirdischen Kammer, gefolgt von den goldgewandeten Gestalten in Reih und Glied. Wir werden aufgefordert, uns an den Händen zu fassen und jemand macht uns alle unsichtbar. Vielleicht Grace? Sie ist auf jeden Fall stark genug, um es zu tun. Auch Nariel könnte es tun. Hm.

Wir verteilen uns auf der Lichtung, wo die Anwärter in weißen Gewändern warten und nervös mit den Füßen in der Erde scharren. Unser Anführer hält seine übliche Rede, dann treten er und einige andere Mitglieder vor, um die Gegenstände einzusammeln, die die Eingeweihten von den Professoren gestohlen haben.

Die erste Person hat eine Unterhose von Kassiel aus seinem Wäschekorb gestohlen und ein Mitglied zu meiner Linken seufzt leise, so dass ich annehme, dass er es ist. Das Gleiche ist letztes Jahr passiert und ich frage mich, ob das zu einer neuen Tradition geworden ist, oder ob alle auf dem Campus ein bisschen in Kassiel verliebt sind. Wenigstens bin ich nicht die Einzige.

Die zweite Person behauptet, eine Halskette von Eileen gestohlen zu haben, aber als eines unserer Mitglieder sie mit dem Licht der Wahrheit prüft, schütteln sie den Kopf. Zwei Gestalten in goldenen Gewändern packen den Anwärter an den Armen und zerren ihn aus dem Kreis, während der Rest von uns tatenlos dasteht. Ich fühle mich schäbig, weil ich zu ihnen gehöre.

Der dritte Anwärter hält stolz einen Becher hoch. „Das ist der Kaffeebecher des Halbdämons.“

Moment mal, was? Ich springe fast nach vorne und reiße sie dem Eingeweihten aus der Hand, kann mich aber gerade noch zurückhalten. Ich dachte schon, ich hätte den Verstand verloren, als ich im ganzen Wohnheim danach suchte, aber jemand hat sie mir tatsächlich gestohlen. Was soll der Scheiß?

„Der Halbdämon ist kein Professor“, sagt der Anführer.

„Nein, aber sie ist die gefährlichste Person auf dem Campus“, argumentiert der Eingeweihte. „Das sollte doch zählen.“

Ich kann mir ein Schnauben nicht verkneifen und schaue mich dann um, in der Hoffnung, dass mich niemand gehört hat. Andererseits, wenn ich herausfinde, wer sich in mein Zimmer geschlichen und meine Tasse gestohlen hat, werde ich für denjenigen sehr gefährlich werden.

Der Anführer nimmt ihn und untersucht ihn. „Das ist akzeptabel.“

Verdammt noch mal, das ist es nicht! Ich balle meine Fäuste in meiner Robe. Ich weiß, dass die Tasse zurückgegeben wird, aber es macht mich trotzdem wütend, vor allem, weil es bedeutet, dass ein Fremder in meinem Zimmer war. Ich werde die Sicherheitsvorkehrungen irgendwie erhöhen müssen, damit so etwas nie wieder passiert. Wieder einmal fühle ich mich schlecht, weil ich mich letztes Jahr in Uriels Büro geschlichen und sein Buch gestohlen habe. Es ist nicht ganz dasselbe, aber es war trotzdem ein Verstoß, auch wenn ich es tun musste, um in den Orden aufgenommen zu werden.

Können gute Absichten schlechte Handlungen rechtfertigen? Ich bin mir nicht sicher.

Verdammt sei der Orden. Sie zwingen die Menschen zum Stehlen, Betrügen und Manipulieren. Wenn wir nicht tun, was sie sagen, bedrohen sie die Menschen, die uns wichtig sind. Sie ermorden sogar ihre eigenen Leute, nur um zu bekommen, was sie wollen.

Ich muss sie aufhalten.

***

Sobald ich wieder im Wohnheim ankomme, wecke ich Araceli. „Hey, es ist wichtig.“

Sie reibt sich den Schlaf aus den Augen. „Was ist denn los?“

„Ich komme gerade von einem Ordenstreffen zurück.“

Das erregt ihre Aufmerksamkeit. Sie setzt sich im Bett auf. „Gibt es Neuigkeiten über Jonah? Oder über ihre Pläne?“

Ich steige neben ihr ins Bett. „Sie versuchen, weitere Leute mit Feenblut auf der Erde zu finden. Sie wollen, dass ich weiterhin versuche, deinen Vater zu erreichen. Und einer von ihnen hat gesagt, dass er oder sie es geschafft hat, näher an dich heranzukommen.“

Eine Erkenntnis zeichnet sich auf ihrem Gesicht ab. „Cyrus.“

Ich sehe sie im Mondlicht an, das durch ihre Balkonfenster fällt. „Was hat er getan?“

Sie schüttelt den Kopf. „Nichts allzu Schlimmes. Er war besonders nett zu mir im Unterricht, hat oft mit mir in der Cafeteria gegessen und er und Isaiah haben mich vor zwei Wochen, vor dem letzten Angriff, zum Einkaufen mitgenommen. Du warst bei deinem Treffen mit Kassiel, sonst hätten wir dich auch eingeladen.“

„Verdammt noch mal. Ich weiß, dass er im Orden ist, also muss er es sein.“ Ich habe Cyrus vorher nicht wirklich vertraut, aber jetzt ist er definitiv auf meiner Abschussliste. „Man darf dir nicht anmerken, dass du es weißt, sonst wissen sie, dass ich es dir erzählt habe. Mach einfach ein paar Tage lang so weiter und überlege dir dann etwas, um nicht in seiner Nähe zu sein.“

Ihr Gesicht verzieht sich. „Ich dachte, er wäre mein Freund. Ich hatte gehofft, die Leute würden sich mit mir anfreunden und mich so akzeptieren, wie ich bin. Aber es war alles eine Lüge."

Ich bin wieder einmal wütend. Araceli ist die beste Person, die ich kenne, aber so viele Leute sind zu engstirnig, um das zu erkennen. Jetzt wird sie davon überzeugt sein, dass jeder, der freundlich zu ihr ist, es nur mit Hintergedanken tut. Ich weiß, wie das ist ... so geht es mir auch.

Sie seufzt. „Andererseits haben sie wahrscheinlich gedroht, Isaiahs Hand abzuschneiden oder so, wenn er sich nicht darauf einlässt, also kann ich nicht allzu böse auf ihn sein."

„Gutes Argument." Es ist typisch für sie, Mitleid mit jemandem zu haben, der ihr Unrecht getan hat. Ich klopfe ihr über die Decken hinweg auf ihr Bein. „Das bedeutet nur, dass wir zusammenhalten müssen, um den Orden zu Fall zu bringen."

„Du solltest mit den Prinzen darüber reden. Sie sind doch Mitglieder, oder?"

Ich verziehe den Mund. „Ja, das sind sie."

„Es ist vielleicht an der Zeit, ihre Hilfe in Anspruch zu nehmen. Du hast ihnen doch verziehen und deine Rachepläne aufgegeben, oder?"

„Zwei von ihnen habe ich verziehen. Für Callan habe ich noch Pläne. Er muss für seine Taten büßen."

Sie starrt mich mit besorgtem Blick an. „Pass auf, dass du auf deinem Rachefeldzug nicht zu einem Tyrannen wie sie wirst. Du bist besser als das."

Aber ich bin nicht besser. Wirklich nicht.

OLIVIA

Am nächsten Abend breite ich nach dem Abendessen meine Flügel aus und fliege zum Glockenturm. Ich habe mir endlich eingestanden, dass es an der Zeit ist, die Prinzen zu konfrontieren.

Die drei sitzen in ihrem privaten Wohnzimmer, das leider nicht mehr rosa und glitzernd ist, obwohl noch ein paar Plüschtiere da sind. Alle drei schütteln den Kopf, als ich lande. Ich trage ein kurzes schwarzes Kleid und sie alle nehmen sich einen Moment Zeit, um zu bewundern, wie es meine Kurven umschmeichelt und geben mir damit einen kleinen Vorgeschmack auf ihre Lust.

„Olivia", sagt Marcus mit einem Lächeln. „Was machst du hier?"

Callan zieht die Augenbrauen hoch. „Bist du gekommen, um wieder umzudekorieren?"

Ich setze mich in einen der Sessel. „Wir müssen reden."

„Worüber?", fragt Bastien, der in dem anderen Sessel sitzt. Er klingt müde und ich bemerke, dass seine Augen blutunterlaufen sind. Hat er nicht genug Schlaf bekommen?

Ich schaue jeden der Jungs der Reihe nach an. „Wir müssen über den Orden sprechen. Ich weiß, dass ihr alle Mitglieder seid. Marcus hat es mir bestätigt."

Callan wirft Marcus einen bösen Blick zu, bevor er sich wieder mir zuwendet. „Und?"

„Und ich bin auch Mitglied. Ich habe sie letztes Jahr infiltriert, um herauszufinden, was mit meinem Bruder passiert ist. Jetzt setze ich alles daran, ihn aus dem Feenreich zurückzuholen, aber ich will auch den Orden zu Fall bringen."

„Du willst *was*?" Callans Augenbrauen drohen ihm aus dem Gesicht zu springen. „Bitte sag mir, dass ich dich falsch verstanden habe und du nicht so selbstmörderisch bist."

Ich schaue ihn finster an. „Ich weiß, dass es nicht einfach sein wird. Deshalb brauche ich eure Hilfe."

„Der Orden ist Tausende von Jahren alt", sagt Bastien. „Sein Einflussgebiet geht über diese Akademie hinaus, die hauptsächlich für Rekrutierungszwecke genutzt wird, und erstreckt sich auf alle Ebenen der Engelsgesellschaft. Sie sind in jeder Engelsgemeinschaft vertreten, arbeiten in den höchsten Rängen von Aerie Industries und wahrscheinlich auch im Erzengelrat."

„Ein Grund mehr, sie zu eliminieren", sage ich. „Sie kontrollieren die Dinge aus dem Schatten heraus und die meisten Engel merken es wahrscheinlich nicht einmal."

„Aber warum willst du den Orden zu Fall bringen?", fragt Callan.

Ich breite meine Hände aus. „Ist das nicht offensichtlich? Sie hassen Dämonen und sie manipulieren Leute. Das allein ist für mich schon Grund genug, sie zu Fall zu bringen. Aber sie haben letztes Jahr auch Darel getötet – war einer von euch daran beteiligt?"

„Natürlich nicht", sagt Bastien.

„Obwohl wir vermutet haben, dass der Orden dahintersteckt", murmelt Marcus.

Ich lehne mich vor. „Sie haben Jonah ins Feenreich geschickt, obwohl er nur ein Studienanfänger war. Sie haben uns gebeten, unethische Aufgaben zu erledigen und haben damit gedroht, unsere Angehörigen zu töten, wenn wir sie nicht erfüllen. Und sie wollen den Stab bekommen, um alle Dämonen zurück in die Hölle zu schicken. Was wird mit mir geschehen, wenn sie ihn bekommen? Werden sie mich auch in die Hölle schicken? Werden sie mich töten?"

Marcus legt eine Hand auf mein Knie. „Das werden wir nicht zulassen."

„Gut. Also werdet ihr mir helfen?"

„Ja", antwortet Marcus sofort, aber Callan und Bastien tauschen unsichere Blicke aus.

„Was?" Sie können nicht unsicher sein, nicht, nachdem sie aus erster Hand erfahren haben, wozu der Orden fähig ist. „Ihr zögert tatsächlich?"

„Wie genau willst du den Orden besiegen?", fragt Bastien.

„So weit bin ich noch nicht", gebe ich zu. „Im Moment versuche ich herauszufinden, wer die Mitglieder sind und zu verhindern, dass sie den Stab bekommen. Und ich will natürlich Jonah retten."

Callan steht auf, entfernt sich und reibt sich den Nacken. „Das hört sich so einfach an, aber die Sache ist gefährlicher, als du denkst. Wenn du ihnen in die Quere kommst, werden sie dich, ohne zu zögern töten."

Ich schaue ihm herausfordernd in die Augen. „Ich habe keine Angst. Du etwa?"

Marcus räuspert sich. „Wie können wir helfen?"

„Am wichtigsten ist, dass wir Jonah zurückbringen. Ich arbeite an einem Plan, um ins Feenreich zu gelangen, und ich glaube, ich kann uns alle verstecken, wenn wir erst einmal dort sind ..."

„Warte." Bastien hebt eine Hand, um mich zu unterbrechen. „Du willst ins Feenreich gehen?"

„Es ist die einzige Möglichkeit, ihn zu retten. Ich traue dem Orden nicht, dass sie es wirklich tun, du etwa? Denen geht es nur um den Stab."

Callan verschränkt seine Arme. „Wenn du einen Weg ins Feenreich findest, werden wir mit dir gehen."

„Danke." Ich atme tief ein. „Ansonsten müssen wir zusammenarbeiten und unser Wissen austauschen. Ich habe ein paar andere Mitglieder ausfindig gemacht – Cyrus und Grace zum Beispiel – und ich kann euch sagen, dass es meine Aufgabe ist, Aracelis Vater in die Akademie zu locken."

„Sie sagten mir, ich solle dafür sorgen, dass wir das Fußballspiel gegen die Hellspawn Akademie gewinnen, egal wie", sagt Marcus achselzuckend. „Wir sind im Fußball viel besser als sie, also sollte es kein Problem sein."

„Ich habe meine Aufgabe noch nicht bekommen", sagt Bastien. „Und ich kenne zwei der Anwärter in diesem Jahr, aber das hilft uns nicht weiter."

Wir sehen Callan an, der die Stirn runzelt, bevor er sagt: „Tanwen ist ebenfalls Mitglied."

„Okay, das ist gut zu wissen." Ich hatte bereits den Verdacht, dass Tanwen ein Mitglied sein könnte und der ist damit bestätigt. Ich überlege, ob ich ihnen von Kassiel erzählen soll, entscheide dann aber, dass es mir nicht zusteht, dieses Geheimnis zu teilen. „Lasst uns alle hier zusammenkommen, wenn wir können, und uns gegenseitig auf den neusten Stand bringen, wenn wir etwas Neues herausfinden." Ich stehe auf und schaue zwischen den dreien hin und her. „Danke."

Callan schaut finster drein und wendet sich ab, während Bastien sich in seinem Stuhl zurücklehnt und die Augen schließt, als könne er sie kaum noch offenhalten.

„Geht es dir gut, Bastien?", frage ich ihn.

„Ich bin nur müde." Er winkt mit der Hand, öffnet aber nicht die Augen. „Es ist nichts."

Es ist definitiv nicht nichts. Delilahs Worte kommen mir wieder in den Sinn. *Irgendwann wirst du diese Person töten, so wie du einen Menschen töten würdest.*

Bastien und ich haben vor ein paar Tagen miteinander geschlafen. Ich habe seit Monaten Sex mit ihm, benutze ihn für meine eigenen Bedürfnisse, und ich muss ihn langsam auslaugen. Marcus hinzuzuziehen war nicht genug. Ich war ein Narr zu glauben, ich könnte mit zwei Liebhabern überleben. Ich muss sofort einen weiteren Liebhaber finden, oder ich riskiere, sowohl Bastien als auch Marcus zu verlieren.

Marcus legt seinen Arm um mich. „Soll ich mit dir zurück in dein Wohnheim fliegen? Wir könnten einen Film gucken?"

Das würde ich gern. Es klingt wie eine normale Sache, die man mit seinem Freund macht. Aber es würde wahrscheinlich zu Sex führen und ich weiß nicht, ob Marcus das verkraften kann. Was ist, wenn ich ihn verletze, wie ich es mit Bastien getan habe?

„Nein, heute Abend kann ich nicht. Vielleicht ein anderes Mal."

Er beugt sich zu mir und küsst mich sanft. „Okay, ein andermal."

Bastien und Callan beobachten den Austausch – Bastien mit Interesse, Callan mit Abscheu.

Ich fliege zurück in mein Wohnheim, betrete das Wohnzimmer durch die Balkontür und schließe sie hinter mir. Ich muss morgen in die Bibliothek gehen, um das eine gute Buch über Lilim auszuleihen und zu sehen, ob ich etwas für Bastien tun kann. Braucht er nur Zeit, um sich zu erholen? Oder kann ich ...

Ich werde von einem Klopfen an der Balkontür aus meinen Gedanken gerissen. Ich springe auf, drehe mich um und greife nach meinem Dolch, aber es ist Callan.

Ich reiße die Schiebetür auf. „Willst du mir einen Herzinfarkt verpassen?"

Er schubst mich praktisch aus dem Weg, als er eintritt. „Du schadest Bastien, stimmt's? Und wahrscheinlich auch Marcus."

Ich reiße meinen Blick von ihm los, die Schuldgefühle schlagen mir auf den Magen. „Ja, das tue ich. Aber nicht mit Absicht."

„Ich nehme an, ich kann dir nicht sagen, dass du dich von ihnen fernhalten sollst."

„Ich würde es tun, wenn ich könnte." Ich fahre mir mit der Hand durch die Haare, während ich überlege. „Ich könnte wieder mit fremden Menschen schlafen, aber dann müsste ich den Campus verlassen."

„Nein. Kommt nicht in Frage."

„Na gut, dann muss ich eben mit anderen Leuten hier schlafen. Ich habe versucht, mich von Sexträumen und solchen Sachen zu ernähren, aber das hat nicht gereicht. Aber vielleicht finde ich ja jemand anderen ..."

„Wie viele Engel brauchst du, um zu überleben?"

„Drei, denke ich. Vielleicht auch vier. Wenn sie stark sind."

Er nickt mit einem grimmigen Ausdruck auf den Lippen. „Dann muss ich es wohl tun."

Ich trete einen Schritt zurück, der Mund steht mir offen. „Du?"

„Ich vertraue niemandem sonst, und ich bin die stärkste Person auf dem Campus, abgesehen von Uriel vielleicht."

„Aber ich hasse dich. Und du hasst mich."

„Ich habe auch geschworen, dich zu beschützen. Ich kann nicht zulassen, dass du wegläufst und irgendeinen Fremden fickst."

„Also wirst du mich stattdessen ficken?" Ich stoße ein Lachen aus, das ein wenig verrückt klingt. Wie bin ich nur in diesen Schlamassel geraten?

„Ich werde tun, was ich tun muss." Er packt mich am Vorderteil meines Kleides, um mich näher an sich zu ziehen, dann senkt sich sein Mund auf meinen. Es ist so heftig und plötzlich, dass ich meine Hände hochnehme, um seinen Hals zu umschließen, als ob ich ihn erwürgen wollte. Ich bin versucht, aber dann verlangt sein Kuss meine volle Aufmerksamkeit und irgendwie haben meine Finger begonnen, seine Kehle zu streicheln, anstatt sie zu würgen.

Seine große Hand gleitet nach unten und umfasst meine Brust durch das Kleid hindurch, dann kneift er mir so kräftig in die Brustwarze, dass ich nach Luft schnappe. Er stöhnt ein wenig bei diesem Geräusch und drückt mich zurück gegen die Kante der Couch.

Ich wende mich von ihm ab und gehe zu meiner Schlafzimmertür, denn ich weiß, dass er mir folgen wird. Als ich sie erreiche, erobert Callan meinen Körper erneut mit seinen Händen und seinem Mund, und ich drücke mich an ihn, unfähig, ihm zu widerstehen. Er greift hinter mich, dreht den Türgriff und wir fallen praktisch hinein. Jemand knallt die Tür zu und ich denke, dass ich es war, aber ich nehme kaum etwas wahr, außer seinem Mund auf meinem.

Callan hebt mich hoch und knallt mich heftig mit dem Rücken gegen die Tür. So hart wie sein Schwanz, der sich an mir reibt, während er mich hochhebt und meine Beine um seine Hüften schlingt. Wir verschlingen uns gegenseitig, mit Händen, Mund und Zähnen, und alle Gedanken verflüchtigen sich, als ich die Knöpfe an seinem Hemd öffne und es ihm vom Leib reiße. Als nächstes ist mein Kleid dran, das er hochreißt und mir über den Kopf zieht, und dann ist auch mein BH weg. Er öffnet den Reißverschluss seiner Jeans, ich schiebe mein Höschen beiseite und dann ist er auch schon in mir, mit seinem riesigen, steifen Schwanz. Ich kann nur keuchen, während ich mich an seinen Umfang gewöhne, doch er gibt mir kaum Zeit dazu.

Er gleitet in mich hinein und jeder Stoß fühlt sich an, als wolle er mich erobern, mich besitzen, mich beherrschen. Aber er hat sich mir hingegeben, einem Halbdämon, von dem er behauptet, dass er ihn hasst. Und obwohl es so aussieht, als hätte er die Kontrolle, bin ich diejenige, die die ganze Macht hat. Sex ist meine Domäne und nach einem Vorgeschmack auf diesen Sukkubus wird er nur noch mehr wollen. Das Problem ist, dass ich auch mehr von ihm will.

Er bewegt mich auf ihm auf und ab, stößt schnell in mich, als könne er sich nicht beherrschen. Ich schlinge meine Arme um seinen Hals und werfe meinen Kopf zurück und sein Mund erreicht meine Kehle und nimmt sie ebenfalls in Besitz. Wir sind beide von einer Art Wahnsinn besessen, der nichts mit meiner Sukkubus-Seite zu tun hat. Das sind ganz allein wir.

Unsere Körper bewegen sich heftiger und schneller, seine Hüften pressen mich gegen die Tür, so dass sie klappert. Es ist intensiv, grob und so unglaublich gut. Und genau das, was ich gebraucht habe. Nichts baut Stress so gut ab wie eine gute Runde heißer, schmutziger Sex, selbst mit dem Kerl, den man hasst. Oder vielleicht besonders mit dem Kerl, den man hasst.

Dann tritt er zurück, weg von der Tür und unsere Körper vereinen sich in der Mitte des Raumes. Er greift nach unten und packt meinen Hintern, schiebt mich höher, damit er einen günstigeren Winkel einnehmen kann, und ich schreie auf, aber nicht vor Schmerz. Jedenfalls nicht wirklich. Ich klammere mich an seinen muskulösen Körper, während er immer weiter in mich eindringt. Als mein Orgasmus mich wie ein Güterzug überrollt, versenke ich meine Zähne in seiner Schulter. Er stöhnt und gräbt seine Finger in meinen Arsch, während er sich immer wieder in mich vergräbt, bevor ich von seiner Kraft erfüllt werde. Sie ist so stark, dass ich umfallen würde, wenn er mich nicht aufrecht halten würde. Er ist stärker als Marcus und Bastien. Vielleicht sogar stärker als Kassiel. Das muss das Ergebnis seines doppelten Erzengelblutes sein.

Verdammt, daran könnte sich ein Sukkubus gewöhnen.

Natürlich würde das bedeuten, dass ich Callan wieder ficken müsste. Denn, oh Mist, ich habe gerade Callan gefickt. Oder genauer gesagt, er hat mich gefickt. Oh ja, er hat mich gut und heftig gefickt.

Aber verdammt, das war es wert.

OLIVIA

Als es vorbei ist, lässt Callan mich auf das Bett fallen und starrt auf mich herab, so dass mir schnell klar wird, dass wir wieder bei unseren alten Gewohnheiten angelangt sind. Er zupft an seinem Hemd, dann wirft er mir wortlos mein Kleid zu.

Schließlich schaffe ich es, „Danke" zu sagen.

Er sieht mich stirnrunzelnd an, als würde ihn das Wort verwirren. „Wie oft müssen wir das machen?"

„Alle paar Wochen, denke ich."

„Das kriege ich hin." Dann wischt er sich mit dem Handrücken den Mund ab. „Aber denk nicht, dass wir zusammen sind oder so. Wir ficken nur."

Ich strecke mich auf dem Bett aus, immer noch nackt und schweißgebadet. Seine Augen können nicht anders, als mich zu verschlingen. „Mir soll's recht sein. Ich will nichts anderes von dir. Nicht jetzt. Niemals."

„Eine Sache noch. Niemand darf davon erfahren, sonst ist es vorbei." Er greift mir fest an den Hintern und knetet die Wangen mit seinen Fingern. Ich frage mich, ob er ein Arschtyp ist. Vielleicht würde er seinen Schwanz gerne mal dort reinstecken. Ich werde schon wieder feucht, wenn ich nur daran denke.

Ich blicke zu ihm auf. „Was, du willst nicht, dass jemand weiß, dass du den Sukkubus fickst? Oder noch schlimmer, dass es dir gefallen hat? Dass du selbst jetzt noch mehr willst und kaum widerstehen kannst?"

Er lässt mich los und schüttelt den Kopf, dann stapft er zur Balkontür. Er reißt sie so heftig auf, dass der Türrahmen klappert, bevor er sich mit einem Blitz aus goldenen Flügeln hinabstürzt. Er lässt mich mit offener Tür zurück.

Ich stehe auf und schließe die Tür, dann gehe ich zu meinem Schreibtisch, wo ich die Mini-Überwachungskamera installiert habe, die sich einst in dem ausgestopften Lama befand. Nachdem dieser Eingeweihte meine Tasse gestohlen hat, habe ich mir vorgenommen, alles in meinem Zimmer aufzuzeichnen, wenn ich nicht da bin. Heute Abend habe ich sie nicht ausgeschaltet, als ich nach Hause kam.

Ich rufe die Aufnahme auf meinem Laptop auf. Sie zeigt alles von dem Moment an, als wir das Schlafzimmer betraten. Unser wilder Sex. Unser Gespräch danach. Der Ausdruck des wütenden Verlangens, als er ging. Es ist alles da, das perfekte Video, um ihn zu vernichten. Ich muss nur noch entscheiden, wann ich zuschlage.

***

Ein massiver Aufprall auf meinem Balkon reißt mich aus dem Schlaf. Mein Herz springt mir in bis die Kehle, während ich mich aufsetze. Ist Callan zurück? Oder werde ich angegriffen? Schnell greife ich nach meinem Dolch auf dem Nachttisch, springe aus dem Bett und bin froh, dass Hilda uns gesagt hat, wir sollten immer eine Waffe bei uns tragen.

Ich schleiche zur Wand und schalte ein kleines Licht auf

dem Balkon an, dann spähe ich durch die Vorhänge. Sobald ich deutlich sehen kann, was sich dort draußen befindet, zucke ich zusammen und lasse meinen Dolch fallen. Dann reiße ich schnell die Balkontür auf.

„Vater!", rufe ich und eile an seine Seite. Er ist auf meinem Balkon zusammengebrochen, völlig nackt und blutüberströmt. Aber das Schlimmste sind seine Flügel – sie sind verstümmelt worden, die silberfarbenen Federn fehlen und sind zerrissen, die Haut ist aufgeplatzt und die Knochen sind gebrochen. Vor lauter Blut kann ich mir den Schaden kaum ansehen, ohne mich zu übergeben. „Was ist passiert?"

„Hilf mir rein", bringt er mit zusammengebissenen Zähnen hervor.

Ich bücke mich, um ihm hochzuhelfen, und er stützt sich schwer auf mich, als wir in mein Schlafzimmer stolpern. Er kann seine Flügel nicht einziehen und stößt einen kleinen Schrei aus, als sie gegen die Türöffnung stoßen. Bei diesem Geräusch kullern mir die Tränen über die Wangen. Ich habe vielleicht keine perfekte Beziehung zu meinem Vater, aber ihn so verletzt zu sehen, bricht mir das Herz.

Ich helfe ihm auf das Bett, ohne mich darum zu kümmern, dass mein Laken ruiniert wird. Er kann nur auf der Seite liegen, die Flügel hängen hinter ihm herunter und bei jeder Bewegung durchströmt ihn neuer Schmerz und lässt ihn das Gesicht verziehen.

„Es tut mir leid", bringt er heraus. „Ich habe versucht, mich nach Angel Peak zu teleportieren, aber ich bin irgendwie hier gelandet."

„Ist schon gut. Ich werde Hilfe holen. Araceli ist eine Malakim, sie kann dich heilen."

„Nein. Das muss unter uns bleiben." Er versucht, sich ein wenig zu bewegen und stöhnt. „Ich werde heilen ... irgendwann."

„Wir können Araceli vertrauen." Ich ergreife seine große Hand und lehne mich dicht an ihn. „Ich bin gleich wieder da."

Ich stürme aus meiner Zimmertür und rufe Aracelis Namen, als ich in ihr Zimmer stürme. Sie springt mit einem wilden und verängstigten Gesichtsausdruck aus dem Bett. Sie hat ihre Hand bereits an ihrem Schwert. „Was?"

„Mein Vater. Er ist in meinem Zimmer und er ist schwer verletzt."

Sie braucht den Bruchteil einer Sekunde, um es zu begreifen, aber dann legt sie das Schwert zurück an seinen Platz neben dem Bett, schnappt sich ihren Morgenmantel und wirft ihn sich über, während sie vor mir aus dem Zimmer läuft.

In der Tür meines Schlafzimmers hält sie inne und erschrickt, als sie den nackten, blutverschmierten Engel auf meinem Bett liegen sieht. Eine Sekunde lang hält sie sich vor Entsetzen den Mund zu, dann sammelt sie ihre innere Kraft und reißt sich zusammen. Sie stürmt ins Zimmer, berührt Gabriels Arm und schließt die Augen, während ein warmes Glühen von ihren Händen ausgeht. Ich war noch nie so froh, eine Heilerin als Mitbewohnerin zu haben.

Während sie arbeitet, stehe ich in der Nähe und ringe mit den Händen. „Wurdest du angegriffen? Waren es die Menschenjäger?"

„Nein", flüstert er zwischen zwei Stöhnen. „Es war Azrael."

„Azrael? Warum?"

Vaters Kiefer ist fest zusammengebissen, aber er holt tief Luft und öffnet den Mund. Ich lehne mich nahe heran, um ihn zu verstehen. „Bestrafung. Für dich."

Seine Worte jagen mir einen Eissplitter ins Herz. Er hat mich gewarnt, dass so etwas passieren würde, aber *so etwas* hätte ich mir nie vorstellen können. Wie konnten sie einem der ihren so etwas antun?

Gabriels Augen schließen sich und seine Flügel erschlaffen.

Ich stürze nach vorne, weil ich das Schlimmste befürchte, aber mir wird klar, dass er nur schläft.

Araceli nimmt ihre Hände weg und schüttelt den Kopf. „Das ist zu kompliziert für mich. Ich habe ihn in einen Heilschlaf versetzt, aber um ihn vollständig zu heilen, brauchen wir jemanden, der viel stärker ist als ich. Raphael ist vielleicht der einzige Engel, der das kann."

„Raphael kommt nicht in Frage." Wenn das eine Bestrafung für mich war, dann muss der gesamte Erzengelrat eingeweiht sein. „Ich werde Marcus anrufen."

Das Telefon läutet und läutet, aber dann geht Marcus endlich mit verschlafener Stimme ran. „Liv? Was gibt's?"

„Ich brauche deine Hilfe in meiner Wohnung. Komm schnell."

„Ich bin gleich da."

Genau drei Minuten später steht er vor der Balkontür, in einem abgetragenen Beatles-T-Shirt und einer lockeren Pyjamahose. „Oh Scheiße", sagt er, als ich ihn hereinlasse und stürmt sofort an die Seite meines Vaters.

„Ich habe ihn in einen Heilschlaf versetzt, aber ich wusste nicht, was ich sonst tun sollte", sagt Araceli.

„Gute Idee." Marcus untersucht Gabriels Flügel und berührt sie leicht, während sein Gesicht einen entschlossenen Ausdruck annimmt. Ich habe Marcus bisher nur einmal bei der Arbeit gesehen, aber nicht bei etwas so Schlimmem wie diesem. „Er hat mit Dunkelheit versetzte Wunden. Wer auch immer das getan hat, hat dafür gesorgt, dass es eine lange und schmerzhafte Heilung sein wird. Diese Wunde muss aufwändig geheilt werden."

Ich weiß noch, wie schmerzhaft es war, als ich mich letztes Jahr mit einer mit Dunkelheit versetzen Klinge geschnitten habe. Ich kann mir gar nicht vorstellen, wie sehr mein Vater gelitten haben muss, als er ankam, daher bin ich Araceli dankbar, dass sie ihn betäubt hat und Marcus, dass er so schnell gekommen ist.

„Was kann ich tun?", frage ich.

„Wir werden Wasser brauchen. Sowohl zum Trinken als auch um seine Wunden zu reinigen."

Ich nicke. „Kein Problem."

Ich eile aus dem Zimmer und suche die nötigen Utensilien zusammen, darunter auch einige Handtücher aus unserem Badezimmer. Wir werden danach neue brauchen, aber das ist egal. Als ich zurückkomme, hat Marcus bereits damit begonnen, mit seinen glühenden Händen langsam über Vaters Flügel zu streichen. Ich stehe in der Tür und fühle mich machtlos. Callan ist erst vor ein paar Stunden gegangen und seine Kraft durchdringt mich immer noch, so dass ich mich unbesiegbar fühle, aber ich bin kein Heiler. Alles, was ich tun kann, ist, ihnen Platz zu machen und zu hoffen, dass mein Vater dies ohne allzu große bleibende Schäden übersteht.

MARCUS

Heilen ist so ähnlich wie Gitarre spielen, habe ich gelernt. Sicher, jeder Malakim kann es tun, auch ohne Ausbildung, so wie jeder Idiot eine Gitarre in die Hand nehmen und darauf herumklimpern kann, um Töne hervorzubringen. Aber es bedarf eines jahrelangen Studiums, um ein echter Heiler zu werden. Man muss die einzelnen Körperteile kennenlernen und wissen, wie sie zusammenwirken, so wie ein Gitarrist die Noten und Akkorde lernen muss und wie man sie zu einem Lied kombiniert. Du musst so oft wie möglich üben. Und um wirklich darin gut zu sein, muss man ein angeborenes Talent haben.

Mein Vater ist der beste Heiler der Welt. Ich habe selbst gesehen, wie er jemanden von den Toten zurückgebracht hat. Meine Heilkünste stellen nur einen Bruchteil dessen dar, was er tun kann und ich werde meine ganze Kraft und mein ganzes Training einsetzen müssen, um Gabriel zu heilen. Selbst wenn Araceli hier ist, um zu helfen.

„Wie kann ich helfen?", fragt Araceli, die an meiner Seite steht.

„Das Beste, was du tun kannst, ist, ihn die ganze Zeit über im Schlaf zu halten. Ich werde versuchen das zu heilen, was seinen Körper Wochen oder vielleicht Monate kosten würde, um von selbst zu heilen." Ich gehe auf die andere Seite des Bettes, um einen besseren Blickwinkel zu haben, während Araceli ihre Hände auf Gabriels Kopf legt. Olivia steht in der Ecke des Schlafzimmers und ich wünschte, sie müsste das nicht sehen, aber ich weiß, dass sie auch nicht gehen will. Ich kann es ihr nicht verübeln. Wenn es mein Vater wäre, würde ich auch bleiben wollen.

Gabriels Flügel sind zerfetzt worden. Es gibt kein anderes Wort dafür. Ich habe noch nie etwas so Schreckliches gesehen und ich spüre die Dunkelheit in den Wunden. Es ist offensichtlich, dass mit Dunkelheit versetzte Waffen benutzt wurden. Andernfalls wäre Gabriel in der Lage, die Wunden in ein paar Stunden selbst zu heilen, so mächtig wie er ist.

Ich benutze mein Licht, um zuerst seine Knochen zu heilen, sie zu flicken und wieder ganz zu machen, während ich die Dunkelheit herausziehe. Während die Muskeln und Sehnen wieder zusammenwachsen, schnappe ich mir ein paar Lappen und wasche das Blut ab. Es sind aber nicht nur seine Flügel, die geheilt werden müssen. Sein Schlüsselbein wurde bei dem Angriff gebrochen und auch seine Schultern haben Schaden erlitten. Es wird Stunden dauern, das alles wieder in Ordnung zu bringen.

Einige Zeit später setze ich mich auf den Teppichboden, lehne mich mit dem Rücken an die Bettkante und nehme einen großen Schluck Wasser. Meine Hände sind blutverschmiert und ich habe getan, was ich konnte, aber ich brauche eine Pause, bevor ich weitermachen kann. Dabei gibt es noch so viel zu tun.

„Geht es dir gut?", fragt Olivia und kniet sich neben mich.

„Ich bin nur müde. Ich bin mir nicht sicher, ob ich die Kraft habe, das alles heute Abend zu schaffen, aber ich werde es versuchen."

Araceli legt eine Hand auf meinen Kopf und runzelt die Stirn. „Du bist erschöpft, Marcus. Du brauchst eine Pause. Ich kann versuchen weiter zu heilen, während du dich erholst."

„Das wird nicht ausreichen. Um solche Wunden zu heilen, braucht man viel Energie und Lebenskraft. Sobald die Sonne aufgeht, wird es leichter werden. Vor allem, wenn wir mehr Heiler zur Hilfe holen."

„Das können wir nicht tun", sagt Liv. „Er wollte nicht einmal, dass ich Araceli hinzuziehe."

„Ist schon gut. Vielleicht kannst du mir etwas zu essen besorgen. Oder einen Kaffee."

„Das wird nicht reichen", sagt Araceli.

„Kannst du Marcus etwas Energie verleihen?", fragt Liv sie.

„Nein, so funktioniert das nicht wirklich. Es tut mir leid."

Liv beißt sich auf die Lippe. „Vielleicht nicht, aber ... Warte mal, ich will etwas ausprobieren."

Sie setzt sich neben mich auf den Teppich und nimmt meine Hände, dann beugt sie sich zu mir und küsst mich sanft. Zuerst bin ich überrascht, aber es ist unmöglich, Livs weichen Lippen zu widerstehen und vielleicht brauchen wir beide ein wenig Trost nach der harten Nacht, die wir hinter uns haben.

Ein Strom der Kraft durchströmt mich und ich spüre, dass er von Olivia ausgeht. Von ihrem Kuss. Energie knistert in meinen Adern wie ein Stromschlag und sie fühlt sich anders an als meine eigene. Gewaltig. Verführerisch. Mächtig.

Es ist, als würde man zehn Energydrinks auf einmal trinken. Ich setze mich auf und sehe Liv voller Ehrfurcht an. „Was hast du getan?"

„Ich bin mir nicht ganz sicher. Ich hatte das Gefühl, mit Callans Energie überzuquellen und wollte unbedingt versuchen, etwas davon an dich weiterzugeben. Ich wusste nicht, ob es funktionieren würde. Hat es funktioniert?"

„Ja." Dann wird mir bewusst, was sie sagt und mir fällt die Kinnlade herunter. „Callans Energie?"

„War er das, der vorhin hier war?", fragt Araceli und zieht die Augenbrauen hoch."

„Verdammt, Mädel. Ich dachte, ihr könntet euch nicht ausstehen."

Sie verzieht das Gesicht. „Das können wir auch nicht, aber du hättest Bastien heute Abend sehen sollen. Ich habe ihm geschadet, weil ich mich so oft von ihm ernähre und Marcus wäre es genauso ergangen, deshalb ist Callan eingesprungen, um die beiden zu schützen. Er tut es mehr für sie als für mich, da bin ich mir sicher."

Ich glaube nicht, dass das wahr ist. Callan mag vorgeben, dass er sich nicht für Olivia interessiert, aber auf seine eigene, verdrehte Art tut er es doch. Sonst würde er sie nicht so quälen oder dafür sorgen, dass sie in Sicherheit ist. Selbst als er sie schikanierte und verriet, glaubte er, es sei in ihrem besten Interesse.

„Bist du sauer, weil ich mit ihm geschlafen habe?", fragt Liv.

„Nein", sage ich und versuche, mein Stirnrunzeln loszuwerden. „Ich war nur überrascht."

Und eifersüchtig.

Mist.

Warum bin ich eifersüchtig? Ich kann nicht erwarten, dass sie nur mit mir schläft. Sie ist schließlich ein Sukkubus. Ich wusste, dass das passieren würde, als ich mich mit ihr eingelassen habe und sie hat nie versucht, es zu verbergen. Ich dachte, ich käme damit klar und eine Zeit lang war das wohl auch so. Aber seit den Winterferien, als sie weiterhin mit Bastien Sex hatte, aber nicht mit mir, habe ich mit diesem Gefühl zu kämpfen. Es fühlte sich so an, als ob sie ihn mir vorzog. Dann hat sie ihm zuerst verziehen, was es noch schmerzhafter machte. Jetzt schläft sie mit Callan, von dem sie behauptet, dass sie ihn hasst. Liegt ihr überhaupt etwas an mir?

Als ich aufwuchs, war ich immer einer von einem Dutzend von Raphaels Söhnen. Er kam ab und zu vorbei und machte mir Geschenke, überschüttete mich mit Liebe und Aufmerksamkeit ... aber dann ging er wieder. Er ging immer wieder. Trotzdem hielt ich ihn für den tollsten Mann, den ich jemals getroffen hatte und ich wollte alles tun, um ihm zu gefallen. Als ich älter wurde, stellte ich fest, dass er seine vielen anderen Söhne mit denselben Geschenken und der gleichen Liebe überhäufte und versprach, sie öfter zu besuchen. Ich war in keiner Weise etwas Besonderes. Ich war nur eines von seinen vielen Kindern.

Ich fange an, auch bei Olivia so zu empfinden.

Ich schenke ihr ein schwaches Lächeln. „Ich kann nicht erwarten, dass du nur für mich Gefühle hast."

„Das einzige Gefühl, das ich für Callan habe, ist Abscheu. Aber er ist sehr mächtig, also kann er dir hoffentlich helfen." Sie lehnt sich an der Bettkante zurück und schließt die Augen.

„Und jetzt bist du erschöpft und musst dich wieder stärken", sagt Araceli mit einem Seufzer.

Liv winkt sie ab. „Es geht mir gut. Heilt einfach meinen Vater. Bitte."

Ja, genau. Das ist der Grund, warum wir hier sind. Ich stehe wieder auf und wende mich meinem Patienten zu, der schon viel besser aussieht, obwohl noch viel Arbeit vor ihm liegt. Ich reibe meine Hände aneinander und spüre, wie die Energie von Callan und Olivia meine Haut durchdringt, vielleicht ist auch ein wenig von Bastiens Kraft dabei. Gestärkt durch Livs Gabe stürze ich mich mit neuem Elan in die Heilung.

Sie schnappt sich ein Kissen und eine Decke und döst auf dem Boden, während Araceli und ich den Rest der Nacht durcharbeiten und nur kurze Pausen für Snacks und Wasser einlegen. Gemeinsam schaffen wir es, Gabriel vollständig zu heilen, bevor das Sonnenlicht durch die Glasschiebetüren fällt. Ich bin versucht, wie ein Hund auf einen sonnigen Fleck Teppich zu kriechen und dort einzuschlafen.

Araceli lehnt mit geschlossenen Augen am Kopfende des Bettes, aber ich weiß, dass sie nicht schläft, denn ihre Hände glühen noch immer über Gabriels Kopf.

„Es ist vollbracht", sage ich und lasse mich neben dem Bett nieder.

Eine halb schlafende Liv krabbelt an meine Seite und schlingt ihre Arme um mich. „Danke, dass du ihn geheilt hast."

Ich lehne meinen Kopf an ihren und schließe die Augen. „Für dich tue ich alles."

OLIVIA

Ein lautes Klopfen an der Tür des Wohnheims lässt mich hochschrecken.

Ich blinzle mir den Schlaf aus den Augen. Nachdem die Heilung abgeschlossen war, sind wir alle drei auf dem Boden eingeschlafen und mein Vater liegt immer noch auf dem Bett, obwohl seine Flügel inzwischen nicht mehr zu sehen sind und sein nackter Körper mit einer Decke zugedeckt wurde. Durch die Glastür sehe ich, dass die Sonne schon hoch am Himmel steht, ich schaue auf die Uhr und erschrecke. Wir haben den halben Tag verschlafen. Kein Wunder, dass jemand gekommen ist, um nach uns zu suchen.

Es klopft erneut laut an die Haustür. „Liv, bist du da drin?", ruft eine Stimme.

„Es ist Callan", flüstere ich zu Araceli und Marcus, die ebenfalls aufgewacht sind.

Vater erhebt sich stirnrunzelnd. „Er darf nichts davon wissen."

Ich bin so froh, ihn wach zu sehen, dass ich zu ihm eile und ihn in die Arme schließe. Er hält mich einen Moment lang fest, dann klopft Callan wieder an die Tür. Ich rufe: „Bin gleich da."

Vater steht auf, wickelt die Decke wie eine Toga um sich und blickt zwischen Marcus und Araceli hin und her. „Ich danke euch. Ich stehe tief in eurer Schuld."

„Geht es dir gut?", frage ich.

„Schon viel besser, dank dir und deinen Freunden. Ich gehe nach Hause und ruhe mich aus."

„Ich werde morgen nach Ihnen sehen", sagt Marcus.

„Das wäre sehr nett", antwortet Gabriel. Dann verschwindet er.

„Bleibt hier drin und seid leise", sage ich zu Araceli und Marcus. Ich schnappe mir einen Bademantel, um mein blutbeflecktes Nachthemd zu bedecken, dann schließe ich meine Schlafzimmertür und gehe hinaus.

Ich mache die Tür auf und sehe einen rotgesichtigen Callan. Ich glaube, wenn ich noch ein paar Sekunden länger gewartet hätte, hätte er seine Erelim-Kräfte eingesetzt, um durch die Tür zu stürmen.

„Was ist los?" Seine Augen blicken sich suchend hinter mir um, als ob in meinem Wohnzimmer eine Gefahr lauern würde. „Warst du den ganzen Tag hier drin? Du hast deinen Morgenunterricht verpasst."

„Ich habe vergessen, meinen Wecker zu stellen." Ich zucke mit den Schultern und gähne. „Ich schätze, du hast mich gestern Abend ganz schön erschöpft."

Seine Augen verengen sich und ich bin mir ziemlich sicher, dass er es mir nicht abkauft. „Zieh dich an. Du willst doch nicht zu spät zu deinem nächsten Unterricht kommen."

„Ja, Sir." sage ich zu ihm, bevor ich ihm einen Kuss auf die Wange drücke. „Danke, dass du nach mir siehst. Es ist schön zu wissen, dass du dich sorgst."

Er tritt zurück und sieht überrascht aus, aber dann verzieht er angewidert die Lippen. „Mach dir bloß keine falschen Hoffnungen."

„Ja, ja." Ich verdrehe die Augen, aber mein Kuss hat ihn abgelenkt. „Und jetzt raus hier, damit ich duschen gehen kann."

Ich knalle ihm praktisch die Tür vor der Nase zu, bevor ich zurück in mein Zimmer eile. Marcus ist weg, zweifellos auf dem Weg zurück in sein Zimmer, um sich auszuruhen und Araceli ist wieder auf dem Boden eingeschlafen. Gott segne meine süße Freundin. Sie hat nicht gezögert, meinem Vater zu helfen, obwohl er nicht viel getan hat, um ihre Freundlichkeit zu verdienen.

Sie wacht auf und grinst mich müde an. „Alles in Ordnung?"

„Ja, obwohl wir den Unterricht verpasst haben."

„Das kann schon mal passieren", sagt sie mit einem Achselzucken und einem Gähnen.

Ich helfe ihr auf und nehme sie in den Arm. „Danke. Und jetzt leg dich schlafen."

„Mach ich." Sie zögert, ihr Gesicht ist besorgt. Sie hält meine Hand etwas länger fest als nötig und ich merke, dass sie ihre Malakim-Kräfte auf mich anwendet. „Aber was ist mit dir? Ich kann spüren, wie schwach du bist. Du hast Marcus deine ganze Energie für die Heilung zur Verfügung gestellt. Jetzt musst du dich wieder ernähren."

„Ich lasse mir etwas einfallen. Mach dir keine Sorgen um mich. Ruh dich einfach etwas aus, okay?"

„In Ordnung." Mit einem weiteren lauten Gähnen schlurft sie aus meinem Zimmer und zurück in ihr eigenes.

Ich würde auch gerne ein Nickerchen machen, aber draußen wartet ein ungeduldiger Engel darauf, mich zu meinem nächsten Kurs zu begleiten. Vater will nicht, dass jemand erfährt, was passiert ist und das bedeutet, dass ich zu meiner normalen Routine zurückkehren muss. Ich dusche schnell, um mir das Blut aus den Haaren zu waschen, dann überfällt mich eine Welle der

Erschöpfung und des Hungers. Verdammt. Ich werde mich definitiv bald ernähren müssen. Aber von wem? Ich kann Bastien nicht noch einmal benutzen, nicht, solange er so schwach ist. Marcus ist definitiv auch nicht in der Lage, mich zu ernähren, nicht, nachdem er seine ganze Energie in die Heilung meines Vaters gesteckt hat. Ich habe erst letzte Nacht mit Callan geschlafen. Ich muss mir schnell eine andere Möglichkeit einfallen lassen.

Ich durchstöbere die Küche und finde eine Banane, die ich zusammen mit einer Flasche Gatorade verschlinge. Araceli trinkt es gerne nach einer harten Heilungsstunde. Jetzt verstehe ich auch, warum.

Ich gehe hinaus und nicke Callan zu, als er neben mir in den Gleichschritt fällt. Draußen halte ich einen Moment inne und genieße die Sonne. Es ist das Ende des Sommers, der Tag ist heiß und ich fühle mich sofort ein wenig stärker. Ich sollte es zumindest schaffen, meine Kurse zu überstehen.

Ich überstehe den Ishim-Kurs, gerade so, ohne jemanden zu bespringen. Der Hunger ist überwältigend und ich kann mich nicht entscheiden, ob ich für eine zweite Runde zu Callan zurückgehen und hoffen soll, dass er damit fertig wird, oder ob ich mich vom Campus schleichen soll, um trotz der Gefahr einen kurzen Ausflug in eine Menschenstadt zu machen. Jetzt muss ich erst einmal meine nächsten beiden Kurse überstehen.

Unglücklicherweise ist mein nächster Kurs Engelskunde und es erfordert eine ernsthafte Lektion in Selbstbeherrschung, eine ganze Stunde durchzuhalten, ohne Kassiel die Kleider vom Leib zu reißen. Keine leichte Aufgabe, wenn ich schon so ziemlich jedem die Kleider vom Leib reißen und ihre sexuelle Energie mit einem Strohhalm aussaugen möchte. Sobald der Unterricht vorbei ist, werde ich schnell in eine nahegelegene Bar gehen. Ich kann nicht länger warten.

Als der Unterricht vorbei ist, springe ich geradezu von meinem Platz auf, aber dann ruft Kassiel: „Olivia, können wir uns einen Moment unterhalten? Ich würde gerne mit Ihnen über Ihren letzten Aufsatz sprechen."

Nein, ich kann wirklich nicht, möchte ich am liebsten schreien, aber dann wüssten die anderen Studenten, dass etwas nicht stimmt, also balle ich meine Fäuste und atme tief durch, bevor ich zu ihm hinübergehe.

Ich stelle mich neben seinen Schreibtisch, während er die Tafel mit einem feuchten Lappen abwischt und die letzten Studenten den Raum verlassen. Sobald die Tür zufällt, wirbelt er herum. „Du musst dich ernähren, nicht wahr?"

„Ist das so offensichtlich?"

„Sehr, zumindest für jemanden, der schon viele Lilim getroffen hat."

Ich schenke ihm ein nervöses Lachen. „Ich komme schon klar. Ich bin gerade auf dem Weg, jemanden zu finden, an dem ich mich stärken kann."

„Wen? Einen menschlichen Fremden?" Er kommt auf mich zu, seine grünen Augen glühen vor Verlangen. „Du weißt, dass es nicht sicher für dich ist, den Campus zu verlassen."

„Bleib sofort stehen." Ich halte meine Hand hoch, um ihn davon abzuhalten, noch näher zu kommen. Verdammt sei er und sein englischer Akzent und sein sexy Dreitagebart und sein perfekter Körper in seinem maßgeschneiderten Anzug. Wir wissen beide, dass das nicht passieren darf, aber es kostet mich jegliche Kraft, ihm zu widerstehen, vor allem, wenn seine Lust so zwischen uns beiden schwebt.

Er kommt noch einen Schritt näher. „Lass mich dir helfen."

Ohne es zu merken, weiche ich von ihm zurück und lehne

mich gegen die Tür des Klassenzimmers. Die Kälte des Holzes dringt durch mein Shirt, aber sie trägt nicht dazu bei, mein Verlangen zu stillen. „Du bist mein Lehrer. Wenn wir erwischt werden, verlierst du deinen Job."

„Wir werden vorsichtig sein." Er hält mir seine Hand hin. Ich müsste sie nur noch ergreifen, aber ich halte mich zurück. „Mir ist es lieber, wenn du dich von mir ernährst als von einem Fremden. Dann weiß ich wenigstens, dass du in Sicherheit bist."

„Ich bin so hungrig, ich könnte dir wehtun." Die Überzeugungskraft in meiner Stimme schwindet. Ich drücke mich immer noch gegen die Tür, aber meine Entschlossenheit lässt allmählich nach. Und ich bin mir ziemlich sicher, dass Kassiels Entschlossenheit in demselben Moment verschwunden ist, in dem ich den Raum betreten habe.

„Ich komme schon zurecht. Vertrau mir."

Ich erinnere mich an die Kraft, die ich beim Sex von ihm bekommen habe und beschließe, dass er wahrscheinlich recht hat. Immerhin ist er über hundert Jahre alt.

Ich lege meine Hand in seine Handfläche und er schließt seine Finger um sie. „Und das Risiko?"

„Annehmbar." Sein Mund senkt sich zu meinem, berührt ihn aber noch nicht. „Außerdem glaube ich nicht, dass ich warten kann, bis du deinen Abschluss gemacht hast. Kannst du etwa?"

Ich antworte, indem ich den Abstand zwischen unseren Lippen verringere. Warten ist keine Option mehr.

Kassiels Lippen pressen sich auf meine, weich und nachgiebig, aber keiner von uns kann es langsam angehen. Unsere Zungen treffen sich in einem sinnlichen Tanz, während seine Hände über meinen Körper wandern und sein Verlangen mich überflutet. Es ist die erotischste Vorspeise aller Zeiten. Er will mich so sehr, wie ich ihn will, auch wenn er nicht von meinem Bedürfnis nach Nahrung angetrieben wird. Ich stöhne anerkennend als Reaktion auf sein Verlangen und presse mich an ihn, unfähig, meinen Körper still zu halten. Die Reibung unserer Körper aneinander steigert mein Bedürfnis nur noch mehr.

Er vergräbt seine Finger in meinem Haar, während er meinen Mund erforscht. Als er meinen Kopf zurückzieht und eine Hand sich in meinen Locken verheddert, keuche ich auf. Mein Brustkorb hebt sich, während ich darauf warte, dass er seine Lippen auf meinen Hals legt. Er lässt sich Zeit, leckt und knabbert an meinem Kiefer entlang, dann an meinem Ohrläppchen, bevor er endlich zu meinem Hals übergeht.

Ich bleibe nicht untätig, während er sich vergnügt. Meine Hände wandern über seinen Körper und schieben ihm die Jacke von den Schultern. Er schüttelt sie ab, ohne seine Lippen von meinem Hals zu nehmen.

Kassiels durchtrainierter Körper ist meinen Händen jetzt eine Schicht näher. Ich verliere etwas von der anfänglichen hektischen Energie, als er mein Schlüsselbein mit Aufmerksamkeit überschüttet. Er will sich anscheinend Zeit lassen, aber ich bin hier am Verhungern. Mit eifrigen Fingern löse ich seine Krawatte und reiße sie ihm vom Hals. Dann taste ich nach den Knöpfen seines Hemdes und knöpfe sie so schnell wie möglich auf, während mein Kopf immer noch in seinem Griff liegt.

„Ich wünschte, wir müssten uns nicht beeilen", haucht er gegen meinen Hals.

„Nächstes Mal gehen wir es langsam an", sage ich, ohne nachzudenken. Aber jetzt scheint es offensichtlich, dass es ein nächstes Mal geben wird. Es muss eins geben. Diese Sache zwischen uns ist zu mächtig, um ihr zu widerstehen.

Er schlingt seine Arme um mich, packt meinen Hintern und zieht mich so nah heran, wie es nur geht, ohne dabei nackt zu sein. Ich hebe meine Beine und schlinge sie um seine Taille, wobei ich seine Schultern als Stütze benutze. Als ich in seinen Armen liege, geht Kassiel mit uns durch den Raum, ohne mich anzusehen. Seine Lippen liegen wieder auf meinen, seine Zunge ist in meinem Mund und er neckt mich.

„Bitte", flüstere ich in seinen Mund. „Ich brauche dich."

Er setzt mich auf die Kante seines Schreibtisches, dann fegt er alles darauf auf den Boden. Bücher. Notizblöcke. Stifte. All das.

Ich konnte alle Knöpfe bis auf den einen aufmachen. Ich greife danach. „Zieh es aus."

Er grinst schelmisch, als er an sich herunterschaut. „Was? Du willst meine Brust sehen, wo deine doch so bedauernswert bedeckt ist?"

Ich nicke. „Ja, *Professor*, wenn ich bitten darf."

Er tritt zurück und kümmert sich um den letzten Knopf, dann wirft er sein Hemd auf den Boden neben seine Jacke. Ich bin fasziniert vom Anblick seiner straffen Bauchmuskeln und seiner kräftigen Brust, zusammen mit den dunklen Haaren, die den Weg in seine Hosen weisen.

Ich lecke mir über die Lippen. „Ich will dich schmecken."

Als er das hört, verändert sich sein Gesichtsausdruck und ich schwöre, ich sehe den Teufel in ihm. Er greift nach seiner Gürtelschnalle. „Wie könnte ich meiner besten Studentin etwas abschlagen?"

Für einen Sukkubus ist ein Blowjob wie ein Dessert vor dem Abendessen. Jeder sexuelle Akt hat einen Geschmack und Blowjobs sind süß, köstlich. Reichhaltig. Kein Mensch kann von einem Dessert allein leben, so kann ich auch nicht von Blowjobs leben. Aber verdammt, ich liebe es, mich verwöhnen zu lassen.

Kassiels Gürtel fällt mit einem Klirren auf den Boden und seine schwarze Hose fällt einen Moment später zusammen mit seinem Boxerslip. Er ist steif, so steinhart, wie es für einen Mann nur möglich ist und ich hatte ganz vergessen, wie perfekt sein Schwanz ist. Ich nehme ihn in den Mund und er stöhnt auf, seine

Lust und Anziehung nähren meinen unstillbaren, nagenden Hunger.

Ich könnte mir Zeit lassen und versuchen, ihn ganz in meinen Mund, in meine Kehle zu stecken. Ich könnte jedes Schlecken auskosten, ihn necken, ihn mit großen Augen und flatternden Wimpern in die Augen sehen. Aber ich bin verdammt hungrig. Seine geballten Hände in meinen Haaren spornen mich an, schneller zu werden, fester zu saugen und ihn so schnell wie möglich zum Äußersten zu treiben.

„Olivia, stopp", befiehlt er und zieht mich von ihm herunter.

Ich bin so hungrig nach mehr, dass es mir schwerfällt, mich nicht wieder an ihm festzuhalten, aber ich atme tief durch und beruhige mich. Das war nur eine Vorspeise. Die richtige Mahlzeit wird schon bald kommen. Aber ich hoffe, er beeilt sich.

Ich öffne meine Bluse und entblöße meinen rosa Spitzen-BH. Das Gewicht von Kassiels Blick fühlt sich an wie Hände, die meine Haut streicheln. Ich weiß genau, was er mit seinen Händen anstellen kann und ich kann es kaum erwarten, es wieder zu erleben.

„Zieh deinen BH aus", sagt er.

Ich öffne meinen BH, und meine Brüste quellen hervor. Er grinst, wieder mit dem Teufel in den Augen und vergräbt sein Gesicht dann zwischen ihnen. Mit seinen Händen auf meinem Hintern zieht er mich an sich heran, setzt sich auf den Schreibtisch und umschließt meine Brüste, während er mit seiner Zunge erst die eine, dann die andere Brustwarze umspielt.

„Ich kann nicht mehr länger warten", sage ich. „Bitte, Kassiel."

Meine Hose rutscht mir bis zu den Knöcheln, bevor ich überhaupt merke, dass er sie aufgeknöpft hat. Mein Innerstes entzündet sich und mein früheres Verlangen fühlt sich an wie die Schwärmerei eines Teenagers, als Kassiels Finger zwischen meine Beine wandern und meinen Kitzler finden. Er weiß genau, was er tun muss, damit ich mich winde, stöhne und mich an ihn klammere, während sich ein Orgasmus in mir aufbaut.

Doch dann stößt er mich zurück auf den Tisch und klettert über mich, wobei er meine Beine um sich schlingt. Sein Schwanz gleitet leicht in mich hinein und füllt mich bis zum Anschlag aus. Wir stoßen beide einen tiefen Seufzer aus, als wir nach so langer Zeit des Wartens wieder zueinander finden. Während er seine Hände flach auf den Tisch neben meinem Kopf legt, beginnt er in einem langsamen Rhythmus, der mich auf die beste Art und Weise quält, indem er ganz in mich hinein- und wieder herausgleitet, so dass ich wirklich jeden Augenblick davon spüre. Ich klammere mich an seinen Hintern und treibe ihn an, will mehr von ihm, verspüre ein intensives Verlangen, alles zu nehmen, was er mir geben kann. Ich will alles.

Und er gibt es mir. Er bewegt sich schneller. Tiefer. Heftiger.

Er drückt mich gegen den Schreibtisch, während er über mir schwebt, seine grünen Augen besitzergreifend, wie ein dunkler Lord, der seine Dame betört. Er gibt mir genau das, was ich brauche und ich gebe mich ihm völlig hin. Winzige Explosionen jagen meinen Körper hinauf und meine Beine hinunter, als mein Orgasmus mich erfasst. Mein leises Stöhnen wird immer lauter und lauter, während sich meine inneren Muskeln um seinen Schwanz zusammenziehen. Als er kommt, ruft er mit heiserer Stimme meinen Namen und drückt mich so fest an sich, wie er nur kann.

„Das war so viel besser, als ich es in Erinnerung hatte“, sagt er, bevor er mir einen langen Kuss gibt. Ich kann nicht anders, als ihm zuzustimmen, als er aufsteht und nach seiner Hose greift.

„Ich ziehe mich an und verschwinde, bevor noch jemand reinkommt“, sage ich und stehe schnell auf. Ich schäme mich nicht für das, was wir getan haben, aber jetzt, wo es vorbei ist und ich wieder bei klarem Verstand bin, mache ich mir Sorgen, dass er erwischt werden könnte. Ich könnte es nicht ertragen, wenn er die Akademie verlassen würde. Nicht jetzt. Nicht, solange er einer der wenigen Leute ist, denen ich vertrauen kann.

„Es ist in Ordnung. Ich habe heute keinen Unterricht mehr." Er greift nach seinem Hemd und beginnt es langsam zuzuknöpfen. „Was ist passiert? Gestern sahst du noch nicht so hungrig aus."

Ich hebe meine Kleidung vom Boden auf. „Ich musste meine Energie an jemand anderen abgeben. Es ist eine lange Geschichte."

„Du hast jemandem deine Energie gegeben?" Er zieht eine Augenbraue hoch. „Wie?"

„Ich bin mir nicht ganz sicher. Ich dachte, es wäre eine Sukkubus-Kraft, die ich noch nicht kannte."

„Nein, das ist es nicht. Zumindest habe ich noch nie davon gehört. Aber du bist die Tochter eines Erzengels. Vielleicht ist das deine einzigartige Kraft."

Meine Augen weiten sich. Aus irgendeinem Grund habe ich das noch gar nicht in Betracht gezogen. Alle Erzengel und Erzdämonen haben eine einzigartige Kraft, genau wie jeder, der ihr Blut in sich trägt. So kann mein Vater teleportieren und Jonah konnte sein Aussehen verändern. Mir war nur nie klar, dass ich auch eine haben würde. Ich nehme an, das liegt daran, dass ich mich die längste Zeit nicht wie die Tochter eines Erzengels gefühlt habe. Aber jetzt tue ich es.

Ich werde Delilah das nächste Mal, wenn ich sie sehe, danach fragen müssen.

OLIVIA

In dieser Nacht schleiche ich mich unsichtbar vom Campus. Es ist mir egal, ob es nicht erlaubt ist, ob es gefährlich ist oder ob Uriel es herausfindet und ich Ärger bekomme – ich muss nach meinem Vater sehen.

Als ich an seinem Haus ankomme und eintrete, sitzt Gabriel auf der Couch. Es sieht nicht so aus, als hätte er sich bewegt, seit er vorhin angekommen und zusammengebrochen ist. Er hat immer noch die gleiche blutige Decke um sich gewickelt.

„Vater?", frage ich leise, als ich mich ihm nähere.

Er öffnet seine Augen und schenkt mir ein schwaches Lächeln. „Hallo, Tochter."

„Wie geht es dir?"

„Besser als bei unserem letzten Treffen", sagt er mit finsterer Miene und schafft es dann, sich auf der Couch aufzusetzen. Er blickt an sich herunter, als ob er gerade gemerkt hätte, dass er splitternackt und mit getrocknetem Blut bedeckt ist.

Ich halte meinen Blick abgewandt. „Du solltest duschen und dich anziehen. Ich werde dir etwas zu essen machen."

„Wahrscheinlich eine gute Idee." Er schafft es, aufzustehen, nimmt sich einen Moment Zeit, um sein Gleichgewicht zu finden und macht sich dann auf den Weg in sein Schlafzimmer. Eine Minute später höre ich das Geräusch von fließendem Wasser und hoffe, dass er da drin allein zurechtkommt.

Nachdem ich in die Küche gegangen bin, öffne ich den Kühlschrank und starre bestürzt auf die Ablageflächen. Bis auf etwas verschimmelten Käse und welkem Salat ist er völlig leer. Vater verbringt wohl nicht mehr viel Zeit hier, seit ich wieder an der Akademie bin.

Ich krame in der Schublade und finde die Speisekarte der Pizzeria in Angel Peak und bestelle eine Supreme-Pizza und eine BBQ-Hähnchen-Pizza. Ich habe keine Ahnung, was Gabriel mag, aber ich denke, dass ich damit alle Möglichkeiten abdecken kann.

Als Vater zurückkommt, sieht er hundertmal besser aus, obwohl er Tränensäcke unter den Augen hat, die vor seiner Bestrafung noch nicht da waren. Außerdem ist er nicht mehr nackt. Niemand will seinen Vater nackt sehen, auch wenn er nur ein paar Jahre älter aussieht als man selbst.

„Der Kühlschrank war leer, also habe ich Pizza bestellt,“ erkläre ich ihm, als wir uns wieder auf die Couch setzen. „Ich hoffe, das ist in Ordnung.“

„Ich bin im Moment für alles dankbar.“ Mit einem Stirnrunzeln lässt er sich in die Kissen sinken. „Es tut mir leid, dass ich gestern Abend in einem derartigen Zustand vor deinem Zimmer aufgetaucht bin. Ich habe versucht, hierherzukommen, aber Teleportieren funktioniert, indem man sich vorstellt, wohin man gehen will, und ich konnte wohl nicht aufhören, an dich zu denken.“

„Ich bin froh, dass du zu mir gekommen bist. Wenn du das nicht getan hättest, wärst du immer noch verletzt und hättest

Schmerzen." Ich erschaudere, wenn ich daran denke, in welchem Zustand er sich gestern Abend befand. Hat er wirklich geglaubt, er könnte das allein bewältigen? Engel sind wirklich die hochmütigste Rasse auf der Welt. „Bist du hier sicher? Angesichts all der Angriffe in der Nähe?"

„Dieses Grundstück ist so gesichert, dass niemand ohne Einladung von einem der drei Eigentümer – du, ich und Jonah – hineinkann. Deshalb bin ich hierhergekommen, um mich zu erholen."

„Was ist passiert? Wie konnte Azrael dich so schwer verletzen?"

„Der Rat der Erzengel hatte eine Sitzung, um über meine Bestrafung zu entscheiden. Ich wusste, dass sie kommen würde, deshalb habe ich dich gewarnt und Callan gebeten, dich zu beschützen. Ich hoffe, er hat seine Sache gut gemacht?"

„Ja, er war die ganze Zeit nervtötend beschützend."

„Gut." Vater schließt die Augen und atmet tief ein, bevor er weiterspricht. „Wenigstens weiß ich, dass du in dieser Akademie sicher bist. Besonders jetzt."

„Was meinst du damit?"

„Ich bin kein Mitglied des Erzengelrats mehr."

Mir dreht sich der Magen um. „Wegen mir?"

„Wegen dem, was ich mit deiner Mutter getan habe und weil ich darüber gelogen habe. Sie sind der Meinung, dass ich nicht länger eine Machtposition bekleiden sollte."

„Das ist totaler Blödsinn. Du hast nichts falsch gemacht."

„Sie sind da anderer Meinung."

Ich schlucke schwer und stelle die Frage, die mich mein ganzes Leben lang beschäftigt hat. „Bereust du, es getan zu haben?"

„Nicht eine Sekunde lang." Er legt seine Hand auf meine. „Ich würde tausend dieser Strafen auf mich nehmen, wenn es bedeutet, dich als meine Tochter zu haben."

Ich drücke seine Hand, während die Emotionen mir die Kehle zuschnüren. Ich bin es nicht gewohnt, mich so zu fühlen und versuche, es abzuschütteln, bevor ich anfange zu weinen oder so. Zum Glück klingelt es in diesem Moment an der Tür und bewahrt mich vor einem peinlichen Moment.

Ich schnappe mir ein paar Teller und Servietten und kehre dann zur Couch zurück. Vater sieht aus, als wäre er zu einem Teil der Kissen geworden und ich bin mir nicht sicher, ob er die Energie hat, sich zum Esstisch zu bewegen. Dann essen wir eben ganz entspannt auf dem Sofa.

„Danke, dass du das bestellt hast", sagt er, während er seinen Teller mit ein paar Stücken füllt. „Woher wusstest du, dass BBQ-Hähnchenpizza meine Lieblingspizza ist?"

„Ich wusste ich nicht – es ist auch meine Lieblingspizza."

Er lächelt mich an und ich finde es schön, mit meinem Vater auf der Couch zu sitzen und Pizza zu essen, wie eine ganz normale Familie. Aber der Moment ist ruiniert, als er seine Geschichte fortsetzt.

„Wie gesagt, der Erzengelrat hat mich rausgeschmissen, aber das war ihnen noch nicht genug. Sie wollten ein Exempel an mir statuieren, um zu zeigen, dass auch ein Erzengel nicht über dem Gesetz steht. Azrael forderte, dass ich für zwanzig Jahre ins Penumbra-Gefängnis geschickt werden sollte, was die normale Strafe für mein Verbrechen ist."

„Zwanzig Jahre?", frage ich und verschlucke mich fast an meiner Pizza. „Das ist so lang!"

„Ja, obwohl Ariel dafür plädiert hat, dass ich eine geringere Strafe bekommen sollte, weil ich ein Erzengel bin, und einige der anderen haben zugestimmt."

„Gut." Weitere Punkte für Jonahs Mutter. „Was genau ist das Penumbra-Gefängnis?"

„Es ist ein Gefängnis für alle Übernatürlichen hier auf der Erde, die ein Verbrechen begehen, egal ob sie Engel, Dämonen oder sogar Feen sind – obwohl die Feen auf der Erde so selten sind, dass wir nicht sehr viele ihrer Art als Insassen haben. Im Feenreich regeln sie ihre Bestrafung selbst, so wie sie es für richtig halten."

„Schicken sie dich in dieses Gefängnis?"

Er nimmt sich ein Glas Wasser und trinkt einen Schluck, bevor er fortfährt. „Nein. Raphael argumentierte, dass ich als Anführer der Ishim zu wertvoll sei, um eingesperrt zu werden. Der Rat will keine wütende und rebellische Gruppe von Spionen und Attentätern in seinen Reihen. Azrael stimmte widerwillig zu, denn er weiß, dass es stimmt, da er selbst ein Ishim ist. Er hat schon einmal versucht, das Amt des Ishim-Anführers einzunehmen, aber unsere Artgenossen waren mir gegenüber loyal. Als der Erzengelrat mir Michaels Position anbot, dachte Azrael, er würde endlich das Amt des Ishim-Anführers übernehmen können. Stattdessen lehnte ich den Posten ab und er wurde der Anführer aller Engel. Und er lässt es sich nicht nehmen, mich daran zu erinnern."

„Er klingt wie ein echtes Arschloch", murmele ich, was Vater zum Lachen bringt. Ich schenke ihm ein kleines Lächeln. „Tut mir leid, aber es ist wahr."

„Oh ja, er ist definitiv ein Arschloch, es ist nur komisch, es jemanden laut aussprechen zu hören." Er kichert leise, während er sich ein weiteres Stück Pizza nimmt. „Jedenfalls schlug Uriel vor, mich nicht ins Gefängnis zu schicken, sondern die alte Strafe anzuwenden, bei der man jemandem die Flügel mit einer mit Dunkelheit infundierten Waffe zerstört. Sie wurde seit vielen Jahren nicht mehr angewandt, da sie als so barbarisch gilt, aber die anderen Erzengel waren damit einverstanden."

„*Uriel* hat das vorgeschlagen?" Ich dachte, Bastiens Vater sei ein ziemlich anständiger Kerl. Furchteinflößend, wie alle Erzengel, aber er hat sowohl Jophiel als auch Baal davon überzeugt, dass ich an der Seraphim Akademie bleiben darf. Ich kann nicht glauben, dass er so etwas Schreckliches vorschlagen würde.

„Es klingt hart, ich weiß, aber wenn du darüber nachdenkst, hat er mir eigentlich einen Gefallen getan. Diese Strafe war unglaublich schmerzhaft und sie wussten, dass ich lange brauchen würde, um mich davon zu erholen, aber es ist immer noch besser als eine lange Gefängnisstrafe. Auf diese Weise kann ich dich wenigstens noch sehen. Und Azrael, dieser kranke Mistkerl, hat es genossen, mich zu bestrafen."

Ich habe den Kerl noch nie getroffen, aber ich hasse ihn jetzt schon. Aber es ist ein anderer Hass als der, den ich für Callan empfinde. Er sitzt mir tief in den Knochen, weil er jemanden verletzt hat, den ich liebe.

„Allerdings haben sie mir meine Macht als Erzengel genommen. Ich bin jetzt im Grunde nur noch ein normaler Engel."

Ich schüttle den Kopf, mir ist der Appetit vergangen. „Ich kann nicht glauben, dass sie dir so etwas Schreckliches angetan haben."

„Das war es wert. Wenn sie mich nicht bestraft hätten, wären sie vielleicht stattdessen hinter dir her gewesen. Das konnte ich nicht zulassen." Er stößt einen langen Seufzer aus. „Dein ganzes Leben lang haben deine Mutter und ich uns Sorgen gemacht, dass man dich umbringen würde, wenn jemand von dir erfährt. Deshalb haben wir dich so lange versteckt und werden immer alles tun, um dich zu beschützen."

Diese Emotionen sind wieder da und treibt mir die Tränen in die Augen. Ich huste ein wenig in meine Serviette. „Hat es jemals andere wie mich gegeben?"

„Nein. Natürlich hatten schon viele Engel und Dämonen eine Beziehung, aber alle anderen Schwangerschaften endeten mit einer Fehlgeburt. Du bist die Einzige, die überlebt hat."

Meine Augen weiten sich. „Aber ... warum?"

Er schüttelt den Kopf. „Wir haben keine Ahnung. Wir haben

immer angenommen, dass es daran liegt, dass deine Mutter und ich beide sehr mächtig sind, aber ich vermute, es wird immer ein Rätsel bleiben. So wie manche Menschenpaare jahrelang unfruchtbar sein können und dann plötzlich schwanger werden. Vielleicht ist es Schicksal. Oder Glück. Wer kennt schon den Willen des Universums?"

Ich nehme mir eine Minute Zeit, um das zu verdauen, dann werde ich wieder wütend, dass mein Vater dafür bestraft wurde, dass er mich bekommen hat. „Engel und Dämonen leben jetzt in Frieden. Warum sollte man die alte Regel beibehalten, dass die beiden Rassen nicht zusammen sein können? Das muss sich ändern."

„Ich bin ganz deiner Meinung. Aber mit Azrael an der Spitze fürchte ich, dass es nie dazu kommen wird."

„Ich wünschte, du hättest den Job angenommen." Der Gedanke, wie viel Gutes er jetzt bewirken könnte, anstatt sich in diesem Haus zu verstecken, ist zum Verzweifeln.

„Manchmal tue ich das auch, aber ich hätte deine Sicherheit nie auf diese Weise gefährdet."

„Aber jetzt, wo ich öffentlich bekannt bin, könntest du ihn nicht herausfordern?"

„Wahrscheinlich nicht. Azraels Macht hat zugenommen, seit er an der Spitze des Rates steht und er hat auch viele Leute wie Jophiel, die ihm gegenüber loyal sind. Selbst wenn ich noch Mitglied des Rates wäre, wäre es äußerst schwierig, ihn seines Amtes zu entheben."

Gabriel gähnt und ich beschließe, dass es an der Zeit ist, das Gespräch zu beenden, auch wenn es schön war, zur Abwechslung mal so offen mit meinem Vater zu sprechen. Ich nehme unsere Teller, bringe sie in die Küche und nehme mir vor, morgen für ihn einkaufen zu gehen. Er kommt hinter mir in die Küche, aber sein Körper ist steif. Hat er immer noch Schmerzen?

Ich lege ihm eine Hand auf die Schulter. „Ich sollte jetzt

gehen, damit du dich ausruhen kannst. Marcus wird morgen nach dir sehen und ich komme wieder, sobald ich kann. Bitte pass auf dich auf."

Ehe ich mich versehe, liege ich in seinen Armen. Tränen treten durch meine geschlossenen Augen hervor. Das ist die liebevollste Umarmung, die ich je von ihm bekommen habe.

„Ich liebe dich, Olivia."

Mein Atem schnürt mir die Kehle zu. „Ich liebe dich auch ... Papa."

So habe ich ihn noch nie genannt. Er war immer Vater, ein formeller Name für unsere formelle Beziehung, aber vielleicht fangen wir an, die Formalitäten hinter uns zu lassen und eine richtige Familie zu werden. Ich würde mir das wünschen.

34

OLIVIA

Mit dem Herbstbeginn fangen die Bäume an, sich zu verfärben und der Campus erstrahlt in neuer Schönheit. Es ist kaum zu glauben, dass das Studienjahr schon in wenigen Monaten vorbei sein wird.

Unsere Fußballmannschaft hat ein Spiel an der Hellspawn Akademie und ich frage Uriel, ob ich hingehen darf, aber er lehnt ab und sagt, dass es wegen der jüngsten Anschläge zu gefährlich sei. Unser Team gewinnt und damit ist Marcus' Ordensaufgabe erfüllt, auch wenn ich traurig bin, dass ich ihn nicht spielen sehen oder die Akademie besichtigen kann. Irgendwann werde ich sie mal besuchen, aber nicht jetzt. Ich habe sowieso wichtigere Dinge, um die ich mich kümmern muss.

Vater – Papa? – hat sich vollständig erholt, aber steht praktisch unter Hausarrest und darf Angel Peak nicht verlassen. Ich besuche ihn heimlich, wenn ich kann, und wir verbringen ein paar entspannte Abendessen miteinander. Ich überlege, ob ich mit ihm über den Orden und meinen Plan, Jonah zu retten, sprechen soll, aber er hat in letzter Zeit so viel durchgemacht, dass ich beschließe, lieber zu warten, bis ich etwas Konkreteres weiß. Außerdem ist es nicht so, dass er an mich geglaubt hat, als ich es das letzte Mal erwähnt habe.

In Feenkunde fängt Raziel schließlich an, über magische Gegenstände und Reliquien wie meine Halskette zu sprechen. „Einige Feen haben die Fähigkeit, Gegenstände mit Magie zu versehen, sie sind als Zauberkünstler bekannt. Es ist eine seltene und mächtige Fähigkeit, die meist in Verbindung mit anderer Magie, auch der von Engeln und Dämonen, eingesetzt wird. Raphael hat zum Beispiel einmal mit einem Zauberkünstler zusammengearbeitet, um eine Decke zu erschaffen, die jeden heilen konnte, der sie auf sich legte. Leider ging dieses Relikt während des Großen Krieges verloren."

Er fährt fort, über einige der Gegenstände zu sprechen, die die Feen geschaffen haben und ich lasse meinen Stift kreisen, während meine Gedanken abschweifen. Am Ende des Tages habe ich ein Treffen mit Delilah und ich möchte sie fragen, was in der Nacht, als mein Vater verletzt wurde, mit mir passiert ist.

„Auf diese Weise bewegten sich auch Engel, Dämonen und Feen zwischen den Welten", sagt Raziel und lenkt meine Aufmerksamkeit erneut auf sich. „Feen-Zauberkünstler schufen spezielle Schlüssel, die Portale zu den anderen Welten öffnen können. Die meisten öffnen Portale zwischen zwei Welten, das heißt zwischen Erde und Himmel. Ein paar seltene Schlüssel können Portale zwischen allen Welten öffnen. Der berühmteste von ihnen ist natürlich der Stab der Ewigkeit."

Jetzt hat er meine volle Aufmerksamkeit. Es ist über einen Monat her, seit die Jungs versprochen haben, mir zu helfen, den Orden zu bezwingen und Jonah zu finden, aber es ist nicht das Geringste passiert, außer dass sie mich gebeten haben, mehr Zeit mit ihnen im Glockenturm zu verbringen. Die Bitte kam seltsamerweise von Callan. Er war ein totaler Idiot, aber er erklärte mir, dass er sein Versprechen gegenüber meinem Vater ernst nimmt und dass er es zu schätzen wüsste, wenn ich ihm helfen würde, indem ich wann immer ich kann in seiner Nähe bleibe.

„Der Stab ist eine der mächtigsten Reliquien, die es gibt." Raziel reibt sich aufgeregt die Hände. Es macht ihm offensichtlich Spaß, darüber zu sprechen. Ich frage mich, ob er dem Orden angehört. „Er wurde in Zusammenarbeit mit Michael und Luzifer von einem Zauberer namens Culann erschaffen und kann als Schlüssel zwischen allen Welten genutzt werden. Aber er nutzte auch ihre Macht als Führer, um unsere beiden Rassen auf die Erde zu schicken und Himmel und Hölle vor jedem zu verschließen, der versuchen könnte, ein Portal dorthin zu öffnen."

„Kann es auch umgekehrt eingesetzt werden, um alle Dämonen zurück in die Hölle zu schicken?", fragt Jeremy. Dabei sieht er mich mit zusammengekniffenen Augen an. Arschloch.

„Ja, und es könnte auch uns alle in den Himmel zurückschicken. Nicht, dass irgendjemand dorthin gehen wollen würde. Beide Welten waren schon ziemlich dezimiert, als Michael und Luzifer das Erden-Abkommen unterzeichneten. Unsere einzige Hoffnung auf ein langfristiges Überleben war der Umzug in diese Welt."

Ein Mädchen, das ich nicht kenne, hebt die Hand. „Könnten wir nicht versuchen, den Himmel wiederaufzubauen?"

Raziel schenkt ihr ein trauriges Lächeln. „Vielleicht werden wir das eines Tages tun. Im Moment konzentrieren wir uns darauf, unsere Bevölkerung auf der Erde wieder aufzubauen und einen Weg zu finden, sowohl mit Dämonen als auch mit Menschen in Harmonie zu leben."

„Wo ist der Stab jetzt?", fragt jemand anderes.

„Keiner weiß es. Michael und Luzifer haben ihn nach dem Erden-Abkommen versteckt, damit er nicht in die falschen

Hände gerät. Natürlich braucht man sowohl einen Erzengel als auch einen Erzdämon – oder vielleicht eines ihrer Kinder – um seine volle Macht zu entfalten, aber es ist eher unwahrscheinlich, dass jemand zwei von ihnen findet, die sich auf so etwas einlassen."

Er fährt fort, uns von verschiedenen Feenrelikten zu erzählen, aber Bastien und ich haben unser Referat zu diesem Thema bereits beendet und er spricht über Dinge, die ich bereits weiß. Ich rutsche in meinem Sitz hin und her, weil ich es kaum erwarten kann, mich mit Delilah zu treffen und dabei fällt mein Stift vom Tisch. Als ich mich bücke, um ihn aufzuheben, stelle ich fest, dass er unter mir hindurch und in die Reihe zu meiner Rechten gerollt ist. Ich strecke meinen Körper, um nach dem Stift zu greifen, und sehe dabei etwas Goldenes in Jeremys Tasche. Ich schnappe mir meinen Stift und stoße gleichzeitig gegen seine Tasche, gerade stark genug, um einen besseren Blick auf die goldene Maske darin zu erhaschen.

Schnell setze ich mich wieder aufrecht hin und stoße mir dabei den Ellbogen an. Bastien wirft mir einen fragenden Blick zu, aber ich schüttle nur den Kopf. Ich hätte wissen müssen, dass Jeremy im Orden ist. Er ist definitiv ein Befürworter ihrer Ideen.

Als der Unterricht vorbei ist, schnappt sich Jeremy seine Tasche und tritt auf dem Weg nach draußen absichtlich gegen meinen Stuhl. Ich kann es kaum erwarten, den Orden und dieses Arschloch zu Fall zu bringen.

***

„Ist dein Vater wieder verreist?", frage ich Bastien mit einem Augenzwinkern, als er mich in den Salon führt.

Er schmunzelt. „Nein, das ist er leider nicht. Aber ich kann heute Abend zu dir ins Wohnheim kommen."

„Das wäre schön." Wir bleiben vor der Tür stehen und ich

strecke meine Hand aus, um sein markantes Kinn zu berühren. Ich habe ihm ein paar Wochen Erholungspause gegönnt, aber jetzt ist er wieder bei Kräften und ich kann es kaum erwarten, heute Abend etwas Zeit allein mit ihm zu verbringen.

Er nimmt meine Hand und küsst meine Finger in einer für ihn überraschend zärtlichen Geste. Dann lässt er meine Hand los und geht weg, als hätte sie ihm nichts bedeutet. *Oh, Bastien, du wirst dich nie ändern.*

Ich trete in den Salon und lächle Delilah an, die ein ärmelloses schwarzes Etuikleid trägt, das ihre wohlgeformten Arme und Beine betont. Wie immer bin ich für den Bruchteil einer Sekunde von ihrer Schönheit überwältigt, doch dann erhole ich mich und nehme ihr gegenüber Platz.

„Du siehst viel besser aus", sagt Delilah.

Ich gieße mir einen Tee ein. „Danke. Auf deinen Rat hin habe ich mir zusätzliche Liebhaber zugelegt und ernähre mich jetzt regelmäßiger."

„Gut. Du solltest dich mindestens einmal in der Woche stärken. Denk daran, je öfter du dich ernährst, desto weniger musst du bei jeder Mahlzeit zu dir nehmen."

„So wie wenn man ein paar Mahlzeiten auslässt und sich vollstopft, bis man sich kaum noch bewegen kann?"

„Genau. Es ist viel besser, sich regelmäßig zu ernähren, sowohl für dich als auch für deine Liebhaber." Ein freches Lächeln umspielt ihre dunkelroten Lippen. „Und wenn du zwei deiner Liebhaber überreden kannst, zu einer Mahlzeit zusammenzukommen, ist es noch besser."

Zwei auf einmal? Das klingt fantastisch, aber ich bin mir nicht sicher, ob meine Jungs damit einverstanden wäre. Ich nehme einen Schluck von meinem Tee und starre ins Leere.

„Hast du etwas auf dem Herzen?", fragt Delilah. „Du wirkst beunruhigt."

„Vor ein paar Wochen habe ich etwas von meiner Energie auf

einen meiner Liebhaber übertragen. Ist das eine Sukkubus-Kraft, über die wir noch nicht gesprochen haben?"

Sie hält mitten im Schluck ihres Tees inne. „Nein, das ist es nicht. Eigentlich sollte das gar nicht möglich sein. Es muss deine einzigartige Kraft sein, die du durch deine ... besondere Abstammung hast."

„Das dachte ich mir schon."

Sie lehnt sich mit einem stolzen Lächeln zurück. „Jetzt, wo du dich öfters ernährst, wachsen deine Kräfte, obwohl ich vermute, dass irgendetwas das plötzliche Auftauchen dieser Kraft ausgelöst hat."

„Jemand, der mir viel bedeutet, wurde verletzt und das war die einzige Möglichkeit, ihm zu helfen."

„Ja, das erklärt es. Sei aber vorsichtig mit einer solchen Kraft. Gib nicht zu viel deiner Kraft ab, sonst läufst du Gefahr, zu schwach zu werden."

„Das verstehe ich."

„Gibt es sonst noch etwas, das du besprechen möchtest?", fragt sie.

Ich zögere. „Warst du jemals im Feenreich?"

Ihr Gesicht verändert sich, ihre Wimpern senken sich, während sie in ihre Teetasse starrt. „Ja, obwohl es schon viele Jahre her ist. Ich hatte dort mal einen Geliebten namens Culann."

„Derjenige, der den Stab der Ewigkeit geschaffen hat?"

„Genau der. Leider haben wir uns vor einiger Zeit zerstritten und ich habe ihn seit vielen Jahren nicht mehr gesehen, da es jetzt so schwierig ist, ins Feenreich zu gelangen."

Ich lehne mich auf meinem Platz vor. „Weißt du, wie man dorthin kommt?"

„Ja, ich weiß es. Man braucht ein spezielles Relikt, das man Schlüssel nennt, um ein Portal ins Feenreich zu öffnen, aber die meisten dieser Schlüssel sind im Laufe der Jahre zerstört worden oder befinden sich im Besitz der Feen selbst. Manche Schlüssel können auch nur von Feen benutzt werden. Jetzt einen zu bekommen, wäre fast unmöglich." Sie tippt mit den Fingern auf ihre Teetasse. „Ich hatte mal einen, aber der ist jetzt schon lange weg. Wahrscheinlich ist es besser so, denn ich habe kein Interesse daran, dem Hochkönig noch einmal gegenüberzutreten und er würde es bestimmt bemerken, wenn ich sein Land betreten würde."

Klingt, als bekämen wir nicht so bald einen Feenschlüssel, verdammt. Ich erinnere mich, dass Raziel uns im Unterricht vom Hochkönig erzählt hat und frage mich, woher Delilah ihn kennt. „Stimmt es, dass der Hochkönig seine Frau getötet hat?"

„Oh ja. Titania war eine mächtige Feenkönigin, konnte ihm aber keine Kinder gebären. Oberon wollte unbedingt einen Sohn und hatte zahlreiche Affären in der Hoffnung, einen zu bekommen, und natürlich, weil er seinen Schwanz nicht in der Hose behalten konnte. Als Vergeltung verfluchte Titania ihn, nur Töchter zu zeugen. Als er herausfand, was sie getan hatte, tötete er sie. Doch der Fluch blieb bestehen."

„Er klingt furchtbar." Apropos schreckliche Männer ... „Was ist mit Azrael? Kennst du ihn?"

„Du stellst heute eine Menge interessanter Fragen." Sie stellt ihre leere Teetasse ab. „Ja, ich bin ihm begegnet, aber du solltest dich besser von ihm fernhalten. Bevor er der Anführer der Erzengel wurde, war er ihr Attentäter. Sie nennen ihn nicht umsonst den Todesengel und er führt einen persönlichen Rachefeldzug gegen Dämonen, da er glaubt, wir hätten seinen Sohn getötet. Nicht, dass es dafür Beweise gäbe, wohlgemerkt."

„Er scheint auch einen Rachefeldzug gegen meinen Vater zu führen", murmle ich.

„Sie hatten schon immer eine Art Rivalität, so hat man mir

erzählt." Sie erhebt sich, legt ihre Hand auf meinen Kopf und streicht mir sanft über das Haar. „Sei vorsichtig. Auf beiden Seiten gibt es Leute, die dich die ganze Zeit beobachten."

„Dich eingeschlossen?"

Das bringt sie zum Lächeln. „Ich ganz besonders."

35

KASSIEL

Jedes Mal, wenn ich mit Olivia schlafe, setze ich alles aufs Spiel. Meinen Job. Meine Mission. Mein Herz.

Aber ich kann mich nicht davon abhalten, es immer wieder zu tun.

Ich rede mir ein, dass ich es tue, weil sie mich braucht. Oder weil Luzifer will, dass ich sie beschütze, und dazu gehört auch, dafür zu sorgen, dass sie gut ernährt wird. Ich lasse mir alle möglichen Ausreden einfallen, um mein Gewissen zu beruhigen, wenn wir uns allein treffen. In meinem Klassenzimmer. In meinem Büro. In meinem Zimmer.

Nach unserem letzten Mal sitzt sie in meinem Bett und ich fahre mit meiner Hand ihren Rücken auf und ab. Sogar ihr Rücken ist schön, mit seiner weichen, glatten Olivenhaut. Ich drehe mich auf die Seite und drücke ihr einen Kuss auf die Hüfte.

Sie lächelt mich über ihre Schulter an. „Ich sollte jetzt gehen. Wir haben beide morgen Unterricht."

„Erinnere mich nicht daran." Ich lehne mich zurück und

stütze meinen Kopf auf mein Kissen. „Du könntest aber auch bleiben. Wenn du willst."

Sie schüttelt den Kopf. „Das tue ich nicht und ich erlaube auch niemandem, bei mir zu übernachten. Das ist eine meiner Regeln."

Wahrscheinlich klug. Ich weiß, dass sie auch mit anderen Männern schläft, aber das stört mich nicht, da ich mit Lilim aufgewachsen bin. Ihre Engelsfreunde hingegen könnten eifersüchtig werden, wenn sie einen anderen Mann bei sich im Bett hat.

Es war auch nicht schwer, herauszufinden, wer ihre anderen Liebhaber sind. Die Prinzen hängen um sie herum, als wären sie ihre persönlichen Leibwächter, selbst nach dem, was sie ihr letztes Jahr angetan haben. Aber drei Engel sind nicht genug, nicht einmal solche mit Erzengelblut. Olivia braucht mich auch.

Außerdem muss ich viel zu früh aufstehen. Verdammt seien diese Engel und ihre Vorliebe für das Morgengrauen. Ich gähne und Olivia hält inne, während sie ihr Kleid anzieht und schaut mich dann mit besorgter Miene an.

„Geht es dir gut? Keine Schwäche oder Erschöpfung?"

Ich lache leise und setze mich auf. „Du brauchst dir keine Sorgen um mich zu machen. Ich kämpfe nur mit diesem Zeitplan der Engel. Es fällt mir immer noch schwer, nachts zu schlafen."

Sie mustert mich mit ihren Augen. „Bist du sicher?"

„Liv, ich bin kein junger Dämon. Ich komme damit klar, dass du dich von mir ernährst."

„Ich weiß, aber die anderen haben Erzengelblut, und dennoch wurden sie von mir geschwächt. Du nicht."

„Ah, ich verstehe." Ich halte inne, während ich über meine nächsten Worte nachdenke. Ich habe dieses Geheimnis schon lange niemandem mehr anvertraut, aber ich vertraue Olivia und sorge mich mehr um sie als um irgendeine andere Frau seit vielen Jahren. „Wie ich schon sagte, du brauchst dir keine Sorgen zu machen. Ich habe das dämonische Äquivalent von Erzengelblut."

„Dein Vater ist ein Erzdämon?", fragt sie, runzelt dann aber die Stirn, als sie sich an unser Gespräch erinnert. Es gibt keinen Erzdämon unter den Gefallenen, nicht wirklich.

„Mein Vater ist Luzifer."

Ihr Mund öffnet und schließt sich, öffnet und schließt sich erneut, bevor sie schließlich fragt: „Luzifer?" Sie starrt mich an. „Wie, *der* Luzifer?"

„Genau der." Ich mustere ihr Gesicht und versuche, sie zu durchschauen. Wird sie in Panik geraten? Wegrennen? Schreien? Die Leute neigen zu ziemlich heftigen Reaktionen, wenn ich ihnen offenbare, dass ich der Sohn des Teufels bin. „Wie fühlst du dich dabei?"

„Wow. Dann brauche ich mir wohl wirklich keine Sorgen um dich zu machen." Sie stößt ein leises Lachen aus. „Kein Wunder, dass du so mächtig bist und so viele Insiderinformationen über ihn hast. Ich hoffe, du kannst mir irgendwann mal mehr erzählen."

Ich ziehe eine Augenbraue hoch. „Das ist alles? Du erfährst, dass mein Vater der mächtigste Dämon der Welt und der größte Schurke aller Zeiten ist und du willst einfach nur mehr über ihn erfahren?"

„Wie sollte ich mich sonst fühlen? Dein Vater hätte Azrael sein können, den ich viel mehr hasse als Luzifer." Sie legt den Kopf schief, als sie darüber nachdenkt. „Ich meine, ich hasse Luzifer überhaupt nicht. Ich habe keine Gefühle für ihn, weder gute noch schlechte."

„Vielleicht kann ich deine Meinung darüber ändern." Ich nehme ihre Hand und streichle sie sanft. „Vielleicht kannst du ihn eines Tages kennenlernen."

„Das würde ich gerne." Sie hält inne. „Vielleicht. Die eigentliche Frage ist: Was hält er von mir?"

„Er glaubt, du könntest eine Verbündete sein und hat mich gebeten, dich zu beschützen."

„Möchte er meine Mutter bestrafen?"

„Das glaube ich nicht."

Sie atmet tief aus. „Das ist eine Erleichterung. Nach dem, was sie meinem Vater angetan haben, war ich besonders besorgt."

„Dämonen sind in diesen Dingen viel weniger streng. Uns geht es schließlich um persönliche Freiheit."

Sie nickt. „Es sind die Engel, die auf die alten Traditionen fixiert sind. Wir müssen einen Weg finden, die Dinge zu ändern, damit Dämonen und Engel zusammen sein können, wenn sie wollen."

„Es ist schwer, uralte Gesetze und tausende von Jahren des Hasses zu überwinden. Wir leben erst seit etwas mehr als dreißig Jahren in Frieden. Irgendwann werden wir es schaffen."

„Das hoffe ich." Sie beugt sich zu mir herunter und gibt mir einen Kuss, bevor sie zu meinem Balkon geht. „Wir sehen uns morgen im Unterricht."

Dann macht sie sich unsichtbar und fliegt zurück in ihr Wohnheim. Ich lehne mich im Bett zurück und starre durch die offene Schiebetür in den Nachthimmel, während ich die Dunkelheit in mich aufsauge. Als ich in der Hölle geboren wurde, befanden sich Engel und Dämonen im Krieg, beide mit der Absicht, die andere Rasse auszulöschen. Jetzt unterrichte ich an einer Engelsschule und schlafe mit dem ersten Engel-Dämonen-Hybriden. Der Wandel wird kommen, ob die Engel oder die Dämonen dazu bereit sind oder nicht – und ich habe das Gefühl, dass Olivia den Auftakt dazu bilden wird.

36

OLIVIA

Eine Woche später sind Araceli und ich auf dem Weg zum Abendessen in die Cafeteria, als es einen lauten Knall und eine Erschütterung des Erdbodens gibt. Wir erstarren und wirbeln herum, um die Quelle des Geräuschs zu ermitteln. Es kommt zwar nicht aus unmittelbarer Nähe, aber es war definitiv auf dem Campus.

„War das eine Explosion?", fragt Araceli.

Ich ziehe meinen Kapuzenpulli hoch. „Ich glaube schon. Es kam aus der Richtung des Sees."

Wir sprinten beide ohne Rücksicht auf die Gefahr in Richtung des Geräusches und entdecken Hilda vor der Turnhalle.

„Alle zu mir!", ruft sie allen Studenten zu, die in der Nähe sind, und einige andere laufen zu ihr. Mit einer Geste fordert sie sie auf, in die Turnhalle zu gehen, während sie draußen Wache hält.

Ein weiterer Knall erfüllt die Luft, dieses Mal ist es näher und ich höre ein paar nervöse Schreie. Wow, bin ich froh, dass Hilda uns alle dazu gebracht hat, Waffen zu tragen. Ich halte meinen Dolch schon in der Hand, während Araceli ihr Schwert aus der Scheide zieht.

Es blitzen goldene und weiße Federn auf, dann lässt sich Callan mit seinem riesigen Barbarenschwert neben mir nieder. „Du solltest im Wohnheim sein", schnauzt er mich an.

„Wenn die Akademie angegriffen wird, wollen wir helfen."

„Ihr wollt euch umbringen lassen, so wie ich das sehe", knurrt er, während er mit uns in den Gleichschritt fällt.

„Glaubst du, es sind die Menschen?", fragt Araceli.

„Möglicherweise", sagt Callan, bevor er mich anschaut. Er denkt wahrscheinlich auch, dass es Dämonen sein könnten.

Marcus und Bastien landen neben uns und ich bin erleichtert, dass es ihnen gut geht.

„Ich habe die Gegend kurz abgesucht und es sieht so aus, als ob sie sich vorerst zurückgezogen haben", sagt Marcus. „Aber es scheint, dass sie das, was die Explosionen verursacht, werfen können."

„Das könnte erklären, wie sie es an den Toren vorbeischleusen", sagt Bastien. „Sie sind im Moment sowohl für die Menschen als auch für die Dämonen verschlossen."

„Wir sollten irgendwo in Deckung gehen, bis es vorbei ist", sagt Callan.

„Auf keinen Fall", sage ich. "Willst du die Akademie nicht verteidigen?"

„Natürlich will ich das, aber dein Schutz ist viel wichtiger."

„Und ich werde kämpfen", sage ich und stapfe in Richtung der Tore. „Also musst du wohl bei mir bleiben."

„Ich würde nirgendwo anders sein wollen", sagt Marcus und ergreift meine Hand, um sie kurz zu küssen. Callan murrt, aber er und die anderen begleiten mich in Richtung des Waldes.

Eine Gruppe von Engeln fliegt über uns hinweg und ich erkenne Kassiels schwarz-silberne Flügel. Die Professoren müssen auf dem Weg sein, die Sache zu untersuchen. Ich frage mich, ob Uriel schon dort ist. Was werden wir wohl vorfinden, wenn wir die Tore erreichen?

Wir schleichen durch den Wald, die Waffen griffbereit, aber es ist stockdunkel und ich bin die Einzige, die überhaupt etwas sehen kann, also geht es nur langsam voran. Der Mond ist heute Nacht auch nicht zu sehen. Ein perfekt getimter Angriff auf die Engel.

„Wenn sie nicht auf den Campus gelangen können, warum bewegen wir uns dann so, als könnten sie es?", flüstert Araceli.

„Und wenn sie es doch können?", fragt Callan. „Was ist, wenn wir uns irren? Wir müssen auf alles vorbereitet sein."

Wir hören ein Rascheln im Wald und machen uns angriffsbereit, doch dann taucht Tanwen hinter einem Busch auf, ihre Augen leuchten und sind voller Entschlossenheit. Sie hält einen Streitkolben fest in der Hand, ihr strohfarbener Pferdeschwanz peitscht hinter ihr, während sie sich zielstrebig vorwärtsbewegt. Sie wirft uns einen kurzen, prüfenden Blick zu und geht dann weiter.

Ein schwarzes Objekt kommt eilig auf uns zu, knapp oberhalb der Baumgrenze. Es ist so dunkel, dass wahrscheinlich nur ich es mit meiner Dämonensicht wahrnehmen kann. Ich blinzle und beobachte, wie es herumfliegt, aber es ist zu klein, um ein Engel zu sein und es bewegt sich auf eine Weise, die mir fast bekannt vorkommt.

„Vorsicht!", schreie ich und mein Herz krampft sich zusammen, als mir klar wird, dass es eine Drohne ist – und dass sie hinter den Explosionen stecken muss. Ich packe Tanwen am Arm und reiße sie zur Seite, gerade als die Drohne ein Objekt fallen lässt. Eine Bombe.

Als alle in Deckung gehen, hebt Callan eine Hand und feuert einen Strahl aus brennendem Licht auf die Bombe ab. Sie explodiert mit einem furchtbaren Geräusch und einem hellen Blitz, so dass Dreck und Blätter um uns herumwirbeln. Langsam stehen wir alle wieder auf, während Callan den Dreck von seinem Hemd abstreift. Dieser tapfere Idiot.

„Sie setzen Drohnen ein", sagt Bastien mit einer gewissen Bewunderung in der Stimme. „Das ist genial."

Callan wirft ihm einen strafenden Blick zu. „Du klingst, als wärst du auf ihrer Seite."

„Mach dich nicht lächerlich. Aber du musst zugeben, dass es klug ist. Sie können nicht durch die Tore kommen, also benutzen sie Drohnen. Sie sind sicherlich mit Kameras ausgestattet."

„Nicht sehr schlau", sagt Marcus, während er seine Flügel ausfährt. „Sonst wüssten sie, dass der Himmel unser Gebiet ist."

Ich suche den Nachthimmel ab, aber die Drohne ist verschwunden. „Es muss noch weitere geben. Araceli, du solltest zurückfliegen und allen sagen, dass sie in Deckung gehen sollen."

Sie zögert, aber dann nickt sie. „Wird gemacht."

Der Rest von uns hebt ab und fliegt zu den Toren. Vor uns sehen wir andere Engel mit Lichtkugeln fliegen, die ihnen helfen, in der Dunkelheit zu sehen. Und sie außerdem zu Zielscheiben machen.

Ein Schuss aus einer automatischen Waffe durchdringt die Nacht und einer der Engel geht zu Boden. Ein stechender Schmerz durchzieht meine Brust, als ich bete, dass es nicht Kassiel ist, der getroffen wurde. Marcus stürzt auf den Engel zu, vermutlich um ihn zu heilen. Einer der Engel vor uns beschießt die Drohne mit Erelim-Licht, aber es kommen noch weitere und sie beginnen, auf uns zu schießen. Mit einem Gebrüll breitet Callan seine Flügel aus und stellt sich mit ausgebreiteten Armen den entgegenkommenden Drohnen. Ein weißer Lichtblitz breitet sich um ihn herum aus, sowohl über als auch unter ihm und das Gewehrfeuer prallt an ihm ab. Er hat einen riesigen Schild geschaffen, um uns alle zu schützen.

Das muss seine Erzengel-Kraft sein. Ich habe noch nie von einem anderen Engel gehört, der so etwas kann.

Die Engel fliegen nach vorne, um die Drohnen anzugreifen, denn es ist ungewiss, wie lange Callan seinen Schild aufrechterhalten kann. Es wird schnell zu einem totalen Chaos, mit blitzenden Flügeln, Schwertern, die auf die Geräte einschlagen und Lichtblitzen, die mich weiße Flecken sehen lassen. Ich habe noch nie zuvor an einem solchen Kampf teilgenommen – im dritten Jahr der Kampfausbildung lernen wir Dinge wie den Luftkampf – und es ist chaotisch. Ich stürze mich mit meinem Dolch auf die nächstgelegene Drohne, aber dann schubst mich jemand heftig und ich verfehle sie. Ich werfe einen Blick zurück und entdecke Jeremy, der mit einem bösen Grinsen über mir schwebt.

„Zwei Fliegen mit einer Klappe", sagt er, bevor er sich aus dem Staub macht.

Die Drohne feuert eine Reihe von Schüssen ab, als ich mich zur Seite drehe und ich schreie auf, als mich etwas Heißes und Scharfes trifft, das meinen Arm mit unerträglichen Schmerzen durchzuckt. Dann gibt es einen Lichtblitz und ich werde zur Seite geschleudert, bevor die Drohne explodiert. Eine weitere Drohne erscheint an meiner Seite, aber die Person, die mich gerettet hat, schwingt ihren Streitkolben und bringt sie zu Fall. Tanwen.

„Das war knapp", sagt sie und schwebt mit ihren weißen Flügeln an meiner Seite. Um uns herum ist der Kampf zu Ende, die Drohnen sind entweder besiegt oder fliegen davon. „Bist du in Ordnung?"

Ich untersuche meinen Arm, der ziemlich stark blutet, aber zumindest scheint keine Kugel darin zu stecken. Marcus oder Araceli werden ihn heilen können, sobald sie die Gelegenheit dazu haben. „Sie hat mich erwischt, aber ich bin okay. Danke, dass du mich gerettet hast."

„Was für ein Krieger wäre ich, wenn ich die Schwächsten unter uns nicht beschützen würde?", sagt Tanwen mit einem hochmütigen Schnauben. „Außerdem habe ich gesehen, was dieses Arschloch Jeremy getan hat. Nicht cool."

Nein. Irgendwann werde ich mich mit ihm auseinandersetzen müssen. Als ob ich noch mehr Scheiße auf meiner To-Do-Liste gebrauchen könnte.

Bastien fliegt zu uns rüber. „Sie sind weg, aber wir haben die Bestätigung, dass es die Dämmerungsjäger waren. Ihr Symbol ist auf den Drohnen abgebildet."

Tanwen hält ihren Streitkolben fest umklammert, ihre Augen glühen vor Wut. „Wir müssen sie zur Strecke bringen. Sie müssen für ihre Taten bezahlen."

Bastien schüttelt den Kopf. „Der Direktor hat alle Studenten zurück in ihre Wohnheime beordert, während die Professoren das hier zu Ende bringen."

„Ich werde nicht zurückgehen, solange sie noch da draußen sind!"

„Ich weiß, dass du Gerechtigkeit für deine Freunde willst, aber das ist nicht der richtige Zeitpunkt", sage ich zu ihr.

„Nicht nur meine Freunde. Diese Bastarde haben auch meine Mutter getötet." Mit einem energischen Schlag ihrer leuchtend weißen Flügel hebt sie ab.

Ich seufze, als ich sie davonfliegen sehe und wende mich dann wieder Bastien zu. „Was haben die Dämmerungsjäger vorgehabt?"

„Sie wollten nur unsere Verteidigung testen, glaube ich." Er runzelt die Stirn, als er über den Wald blickt. „Ich fürchte, das ist erst der Anfang."

37

OLIVIA

Nach dem Angriff der Dämmerungsjäger werden die Sicherheitsvorkehrungen rund um die Schule verstärkt und nachts regelmäßige Patrouillen vor den Toren durchgeführt. Mein Vater kümmert sich persönlich um die Sicherheit von Angel Peak und ich fühle mich etwas besser, weil ich weiß, dass er die Sache im Griff hat.

Drei Engel wurden bei dem Angriff schwer verletzt, darunter auch Hilda, aber dank Marcus und der anderen Heiler haben sie sich schnell erholt. Ansonsten ist zum Glück kein wirklicher Schaden entstanden. Trotzdem scheint es der falsche Zeitpunkt für eine Geburtstagsfeier zu sein, also beschließe ich, nur eine kleine Zusammenkunft im Glockenturm zu veranstalten, bei der absolut keine Geschenke erlaubt sind. Stattdessen stelle ich ein kleines Gefäß auf, um Geld für die Familien der Menschen zu sammeln, die von den Dämmerungsjäger getötet wurden.

„Was macht sie denn hier?", flüstert Araceli mir zu, als Tanwen eintritt.

„Sie hat mir während des Angriffs geholfen, also habe ich sie eingeladen", sage ich achselzuckend.

Tanwen stopft ein Bündel Geldscheine in das Spendenglas und kommt dann zu mir herüber. „Alles Gute zum Geburtstag, Liv."

„Ich hole mir ein Bier", sagt Araceli, wobei ich den Eindruck habe, dass sie einfach nur wegwill. „Willst du auch eins?"

„Gerne", antwortet Tanwen.

Ich beschließe, es einfach offen anzusprechen. „Du bist dieses Jahr viel netter zu mir, und du hast mich vor Jeremy beschützt. Was ist los? Ich dachte, du hasst mich."

„Nein, ich hasse Menschen." Sie rümpft die Nase und es ist ärgerlich, wie süß sie dabei aussieht. „Aber ich glaube, ich habe gemerkt, dass ich letztes Jahr total zickig zu dir war und das war nicht cool. Du hast dich dafür auch gerächt. Also sind wir jetzt hoffentlich quitt."

Mir fällt die Kinnlade herunter, während ich ihre Worte verarbeite. „Ja, wir sind quitt. Aber wenn du Dämonen nicht hasst, warum bist du dann im Orden?"

Sie blickt sich schnell um, ihr Gesicht ist besorgt. „Sag das nicht so laut! Und woher weißt du das?"

Ich ziehe sie in eine Ecke, wo uns niemand hören kann. „Ich gehöre auch zum Orden."

Sie blinzelt mich an. „Du? Sie haben dich aufgenommen, obwohl sie herausgefunden haben, dass du zum Teil ein Dämon bist?"

„Ich war auch überrascht. Vielleicht haben sie mich behalten, weil Gabriel mein Vater ist?" Ich zucke mit den Schultern. „Wie auch immer, ich bin dabei, aber nur um meinen Bruder zu finden. Was ist mit dir?"

Sie beißt sich auf die Lippe und zum ersten Mal sieht sie tatsächlich ein wenig besorgt aus. „Ich arbeite gegen sie."

„Warum?"

Sie hält inne, aber dann beschließt sie wohl, mir zu vertrauen. „Meine Schwester ist in einen Dämon verliebt."

„Oh." Damit hatte ich nicht gerechnet. „Wow."

„Sie soll die nächste Anführerin der Walküren werden, aber da ihre Beziehung mit dem Gestaltenwandler verboten ist, zögert sie die Übernahme der Aufgabe immer wieder hinaus." Tanwen zupft an ihrem Pferdeschwanz. „Zuerst bin ich dem Orden beigetreten, weil alle anderen Walküren es taten. Jetzt bleibe ich, um ihre Pläne gegen die Dämonen zu vereiteln, für meine Schwester. Und weil ihr Freund ein ziemlich guter Kerl ist. Seine Familie ist auch nett. Sie haben mir die Augen dafür geöffnet, dass Dämonen und Engel gar nicht so verschieden sind. Die meisten von uns wollen die gleichen Dinge."

„Ich weiß, was du meinst. Mein Vater wurde dafür bestraft, dass er mit meiner Mutter zusammen war. Es war furchtbar."

„Deshalb mache ich mir auch Sorgen um meine Schwester. Die Engel sind in dieser Hinsicht sehr streng, viel strenger als die Dämonen. Das Gesetz muss sich ändern, wenn wir jemals wahren Frieden zwischen den beiden Rassen erreichen wollen."

Ich nicke. „Ich stimme dir voll und ganz zu."

„Ich nehme an, du glaubst auch nicht an den Mist des Ordens?", fragt sie.

„Nein." Ich zögere, beschließe aber, ihr zu vertrauen, da sie mir vertraut hat. „Ich bin zuerst beigetreten, um meinen Bruder zu finden, woran ich immer noch arbeite. Jetzt will ich sie daran hindern, den Stab zu bekommen und schließlich einen Weg finden, sie auszuschalten."

„Was auch immer du vorhast, ich bin dabei." Sie reicht mir ihre Hand und ich ergreife sie. Tanwen, meine Verbündete? Vielleicht sogar ... eine Freundin? Es ist schwer zu glauben, aber sie schenkt mir ein grimmiges Lächeln, bevor sie sich auf den Weg macht, um mit Callan zu reden.

Mein Vater taucht mit einem Haufen Pizzen auf, als wäre er ein Pizzabote. Alle lachen und jubeln. Er umarmt mich und fängt dann an sie zu servieren, während ich mich im Raum nach den Menschen umsehe, die mir am wichtigsten sind und lächle. Der Einzige, der fehlt, ist Kassiel, aber er hat mir vorhin einen Geburtstagsorgasmus geschenkt, um das wieder gutzumachen. Ich konnte ihn ja nicht gerade zu der Party einladen. Nicht ohne eine Menge Fragen aufzuwerfen.

Als die Party sich dem Ende zuneigt, stößt Callan vor dem Badezimmer zu mir. „Ich habe meine Ordensaufgabe bekommen", sagt er leise.

„Was ist es?"

Er schaut hinter uns, wo Grace, Cyrus und Isaiah auf der Couch sitzen und über etwas lachen. „Sie wollen, dass ich Isaiah verprügle, um Cyrus dafür zu bestrafen, dass er seine Mission nicht erfüllt hat."

Meine Hand fährt zu meinem Mund, um mein Keuchen zu verbergen. Cyrus' Aufgabe war es, sich Araceli zu nähern, aber seit ich davon erfahren habe, geht sie ihm aus dem Weg. Der Orden muss es bemerkt haben. „Das ist ja furchtbar. Wirst du es tun?"

Sein Gesicht verfinstert sich. „Nein, natürlich nicht. Glaubst du wirklich, dass ich die Art von Mann bin, die das tun würde?"

Ich denke darüber nach. Er beherrscht die Akademie und schüchtert alle ein. Er hat mich schikaniert, allerdings dachte er, es sei in meinem Interesse. Aber er hat mir nie wirklich wehgetan oder so. „Nein, ich weiß, dass du nicht so bist." Dann kommt mir ein weiterer Gedanke, der mich dazu bringt, nach seinem Hemd zu greifen. „Aber wenn du es nicht tust, werden sie dich als nächstes bestrafen. Jemanden, den du liebst. Vielleicht deine Mutter."

„Sie können es versuchen, aber ich lasse mich nicht einschüchtern", knurrt er. „Außerdem werden wir sie doch sowieso zur Strecke bringen, oder?"

Früher schien er immer unschlüssig zu sein, ob er sich gegen den Orden stellen sollte, aber jetzt offensichtlich nicht mehr. Er ist bereit, das Richtige zu tun, auch wenn es gefährlich ist. Das letzte bisschen Eis in meinem Herzen schmilzt und ich umarme ihn und lege meinen Kopf an seine Brust. „Ja, das werden wir."

Er versteift sich und klopft mir unbeholfen auf den Rücken, wahrscheinlich weil er Angst hat, dass uns jemand sehen könnte. Aber das ist mir egal. Ich kann endlich zugeben, dass ich Callan nicht hasse, nicht mehr. Ich glaube auch nicht, dass er mich hasst. Wenn er es täte, würde er mich nicht so heftig beschützen und er würde mich nicht so leidenschaftlich küssen. Ich bedeute ihm etwas, auch wenn er es nicht zugeben will.

Wenn ich nach Hause komme, werde ich unser Sexvideo vernichten. Ich bin fertig mit Rache.

Araceli hat recht, ich bin besser als das. Oder zumindest möchte ich es sein.

OLIVIA

Als ich mein Schlafzimmer erreiche, werde ich bereits erwartet. Ich halte meinen Dolch fest umklammert, als ich den Lichtschalter betätige.

„Lilith?", frage ich, so schockiert, dass ich meine Waffe fallen lasse.

Sie hat es sich auf meinem Bett bequem gemacht, als wäre es ihr eigenes, während sie im Dunkeln auf ihrem Handy spielt. Sie sieht lächelnd zu mir auf. „Hallo, Tochter."

Wie kann man den Erzdämon der Lilim beschreiben? Sie ist so schön, dass es fast weh tut, sie anzusehen und gleichzeitig so verführerisch, dass man gar nicht anders kann, als sie anzustarren. Wir haben die gleiche olivfarbene Haut, dunkelbraune Locken, grüne Augen und verführerische Kurven. Wenn man uns nebeneinander sieht, könnte man meinen, wir seien Schwestern, aber sie hat diese einzigartige, großherzige Kraft. Und ähnlich wie bei den Erzengeln kann man auch bei ihr die vielen tausend Jahre, die sie schon gelebt hat, spüren, wenn man ihr in die Augen sieht.

„Was machst du hier?" Unbeholfen bücke ich mich und hebe den Dolch auf, dann schließe ich die Tür hinter mir.

„Es ist dein Geburtstag. Ich bin gekommen, um dir ein Geschenk zu überreichen."

„Ich habe dich seit Jahren nicht mehr gesehen!" Mein Schock verwandelt sich langsam in Wut. „Wo warst du denn die ganze Zeit?"

Lilith erhebt sich wie eine Königin aus dem Bett und erinnert mich an das erste Mal, als ich sie traf, als ich sechs Jahre alt war.

„Bist du eine Prinzessin?", fragte ich mit Ehrfurcht in meiner Stimme.

Sie lachte. „Eher eine Königin."

„Eine böse Königin?"

Ein verruchtes Lächeln umspielte ihre roten Lippen. „Manche würden das sagen. Aber du hast nichts von mir zu befürchten."

„Meine Abwesenheit tut mir leid, aber sie war unvermeidlich", sagt sie jetzt.

„Ich habe dich nicht mehr gesehen, seit ich achtzehn war." Sie verschwand, gleich nachdem sie meine Sukkubus-Ausbildung beendet hatte, und alles, was ich danach bekam, waren ein paar Geburtstagskarten und Postkarten von verschiedenen Orten der Welt. Selbst als die Welt erfuhr, dass ich ein Halb-Sukkubus war, kam sie nicht zu mir. Das tat nur Gabriel.

„Ich wollte nicht so lange wegbleiben, aber jemand, der mir sehr am Herzen liegt, ist verschwunden. Seitdem bin ich auf der Suche nach ihr." Lilith stellt sich vor mich und streicht mir mit dem Handrücken über die Wange. „Aber ich habe dich im vergangenen Jahr viele Male besucht. Du wusstest es nur nicht."

Sie holt etwas aus ihrer Tasche und steckt es an. Ein goldener Ring mit Rubinen darauf. Während sie das tut, verwandelt sich ihr Aussehen. Ihr Haar und ihre Haut werden dunkler. Ihre Nase und ihr Mund verschieben sich leicht. Das Einzige, was bleibt, sind ihre Augen. Sogar ihre Präsenz und ihre Kraft werden ein wenig gemindert. Eine perfekte Verkleidung.

„Delilah?" Ich trete zurück und mir wird ganz mulmig zumute. „Du warst es die ganze Zeit?"

„Ja, dank eines Feenrelikts von Culann." Sie gestikuliert zu meinem Hals. „Ähnlich wie deine Halskette erlaubt es mir, mich zu tarnen. Er hat die hier auch für mich gemacht, weißt du."

Ich kann kaum verarbeiten, was sie sagt, weil ich so viele andere Fragen habe. „Warum hast du dich denn getarnt? Ist Delilah echt?"

„Ich habe mich getarnt, weil ich nicht einfach als Lilith auf eurem Campus auftauchen konnte. Delilah ist eine meiner Verkleidungen, genau wie Laylah. Sie existiert nicht, aber alles, was ich dir bei unseren Treffen gesagt habe, war wahr."

Laylah ist der Name, den ich benutzen soll, wenn jemand nach meiner Mutter fragt. Mir wurde gesagt, dass Dämonen den Namen vielleicht gehört haben, aber nicht genau wissen, wer sie ist – anders als der Name Lilith, den jeder kennt.

„Aber warum hast du dich vor mir versteckt?"

Sie blickt zu Boden, ihre Wimpern sind gesenkt. „Ich hatte Angst, dass du sauer sein würdest, weil ich so lange weg war. Ich wollte dich als Freundin oder Gleichaltrige kennenlernen, nicht als deine abwesende Mutter. Es tut mir leid."

Ich seufze, aber es ist schwer, ihr gegenüber wütend zu bleiben. Ich denke, das ist wahrscheinlich Teil ihrer Magie. Vielleicht bin ich aber auch einfach nur so froh, meine Mutter wiederzusehen und zu wissen, dass sie in den letzten Monaten für mich da war.

Ich öffne meine Arme für sie. „Ich bin froh, dich zu sehen, Mutter."

Sie tritt näher und umarmt mich fest, und ich atme den Rosenduft ihre Haares ein. Ja, sie riecht sogar fantastisch.

Mit einem Stirnrunzeln ziehe ich mich zurück. „Warum hast du mir nicht von meinem Bruder erzählt?"

Sie winkt leicht mit der Hand. „Asmodeus ist Tausende von Jahren alt. Er ist dein Bruder, aber seine Anliegen sind ganz andere als deine. Er hat früher für mich in der Hölle regiert und es fällt ihm schwer, sich auf der Erde einzugewöhnen. Ich dachte, ich würde euch eines Tages einander vorstellen, wenn ihr beide bereit seid. Im Moment weiß er noch nicht, dass ihr verwandt seid. Ich habe ihm nie von dir erzählt, zu deinem eigenen Schutz."

„Gibt es noch andere?"

„Ja. Einige leben. Andere nicht." Traurigkeit zeichnet sich auf ihrem Gesicht ab. „Einige sind verschwunden."

„Verschwunden?"

Sie nimmt mein Gesicht in ihre Hände und küsst mich auf die Stirn. „Ich werde es dir alles zu gegebener Zeit erklären, ich verspreche es. Aber jetzt muss ich meine Reise fortsetzen. Nachdem du dein Geschenk geöffnet hast, natürlich." Sie hebt etwas, das in einen dunklen Seidenschal eingewickelt ist, vom Bett auf und drückt es mir vorsichtig in die Hand. Ich entferne den Stoff und finde zwei Dolche, von denen einer in reinem weißem Licht leuchtet und der andere in tiefschwarzer Dunkelheit pulsiert.

„Diese Dolche haben mir viele Jahre lang gute Dienste geleistet, aber ich möchte, dass du sie jetzt bekommst."

Ich halte einen in jeder Hand, spüre ihr Gewicht und wie perfekt sie in meiner Hand liegen. Als wären sie nur für mich gemacht worden. „Ich verstehe die mit Dunkelheit versetzte Klinge, aber warum hast du auch eine mit Licht versetzte Klinge?"

„Manchmal geht die größte Bedrohung von einem der Unseren aus."

Ich nicke und denke an meinen Vater und Azrael. Die

Dolche haben eine Gürtelscheide und Lilith hilft mir, sie zu befestigen, so dass die Dolche auf beiden Seiten meiner Hüften ruhen.

„Perfekt." Sie klatscht in die Hände. „Jetzt wo ich weiß, dass du sie hast, fühle ich mich gleich viel besser."

„Danke."

„Ich werde versuchen, dich öfter zu besuchen. Ich verspreche es." Ihr Handy macht ein Geräusch und sie schaut darauf, dann lacht sie kurz auf. „Tut mir leid, ich bin total süchtig nach diesem Star Wars Spiel und meine Energie ist wieder voll."

„Du ... was? Du magst Star Wars?"

„Oh ja. Ich habe den ersten Film im Kino gesehen und seitdem liebe ich es." Sie zwinkert mir zu. „Ich bin ein echter Fan."

Wow. Das ist etwas, das ich über meine Mutter nicht wusste ... und nicht erwartet habe.

Wir umarmen uns noch einmal und sie küsst mich auf die Wange, bevor sie aus meiner Tür hinausgeht und sich in die Nacht davonschleicht. Ohne Flügel muss sie einen anderen Weg vom Campus finden, aber ich habe keinen Zweifel daran, dass sie es schaffen wird.

Sie ist meine Mutter – eine uralte Dämonin, Anführerin aller Lilim, Königin der Lust ... und ein Star Wars-Fan. Wer hätte das gedacht?

39

BASTIEN

Das Studienjahr ist fast vorbei, und es ist Zeit für unser vorletztes Ordenstreffen. Dieses Mal gehen wir als Gruppe – Callan, Marcus, Olivia und ich. Nachdem wir im Glockenturm die goldenen Roben und Masken angelegt haben, halten wir uns an den Händen, damit Olivia uns alle unsichtbar machen kann. Das Fliegen ist schwierig und fühlt sich ziemlich albern an, als ob wir uns an den Händen halten und Lieder singen würden oder so. Gut, dass uns niemand sehen kann.

Der Wald ist ruhig und dunkel zu dieser frühen Morgenstunde, als wir auf dem weichen Boden landen. Olivia führt uns vorwärts, ihre Hand hält meine fest umklammert. Sie fühlt sich in meiner Hand klein an und ich reibe meinen Daumen beruhigend über ihren Handrücken, während wir darauf warten, dass sich der Felsbrocken öffnet. Dabei wird mir klar, dass dies kein normales Verhalten für jemanden ist, der sich nicht für sie interessiert.

Ich kann es nicht länger verleugnen. Ich habe Gefühle für sie entwickelt.

Wie seltsam.

Während ich über diese neue Entwicklung nachdenke, lassen wir unsere Hände los und geben unsere Unsichtbarkeit auf, dann gehen wir den Korridor hinunter bis zur Höhle am Ende. Wir teilen uns auf und setzen uns zu den anderen Ordensmitgliedern auf die Bänke. Nach und nach kommen weitere hinzu, bis wir alle anwesend sind und unser Anführer mit seiner Krone aus dem Schatten tritt.

Er faltet seine Hände ineinander. „Ihr solltet inzwischen alle eure Aufgaben erhalten haben. Einige von euch haben sie erfüllt. Andere nicht." Sein Blick schweift über die Menge und obwohl wir sein Gesicht nicht sehen und seine Stimme nicht hören können, ist sein Unmut an der Neigung seines Kopfes abzulesen. „Denkt daran, dass es Konsequenzen haben wird, wenn ihr versagt."

„Ich habe meine Aufgabe diese Woche erfüllt", ergreife ich das Wort.

„Ausgezeichnet. Komm nach vorne."

Ich trete näher und öffne ein kleines, durchsichtiges Gefäß. Darin befindet sich eine tiefschwarze, Dunkelheit ausstrahlende Feder, die einst im Büro meines Vaters stand. Meine Aufgabe war es, sie zu stehlen, obwohl ich mir nicht sicher bin, was sie bewirkt. Uriel sagte mir, es sei eine von Luzifers Federn und ich kann nicht verstehen, warum der Orden sie haben will.

Ich halte sie dem Anführer hin, der sie vorsichtig am Ende festhält und sie gegen das Licht hält. Schatten haften daran wie Nebel und der gesamte Raum wirkt ein wenig dunkler.

„Das hast du gut gemacht", sagt er mit einem Nicken. „Dies, meine Freunde, ist eine Feder aus Luzifers Flügeln, gestohlen aus dem Büro von Direktor Uriel." Ein paar Leute schnappen nach Luft, einige zucken zurück, andere beugen sich vor, als wollten sie einen besseren Blick darauf werfen. „Diese Feder hat viele interessante Eigenschaften, aber wir sind nur an einer davon interessiert. Sie kann uns zum Stab der Ewigkeit führen."

Leises Gemurmel geht bei dieser Aussage durch den Raum. „Wie funktioniert es?", fragt jemand. Ich glaube, es ist Olivia.

„Die Feder wird versuchen, ihren Meister zu finden. Hier auf der Erde würde sie zu Luzifer fliegen. Im Feenreich hingegen wird sie den Stab suchen, der einen Hauch von Luzifers Essenz enthält."

„Was ist mit Jonah?" Das ist Marcus, da bin ich mir sicher. „Kann sie ihn auch finden?"

„Ich hoffe, er ist bei dem Stab, aber wenn nicht, werden wir tun, was wir können, um ihn zu finden. Aber wir müssen uns auf unser Ziel konzentrieren."

Ein anderes Mitglied nickt. „Jonah kannte die Risiken, als er sich freiwillig meldete. Er würde wollen, dass wir die Suche nach dem Stab zu unserer Priorität machen."

Gefühllos, aber praktisch. Ich würde das Gleiche sagen, wenn ich an diese törichte Mission glauben würde. Es fällt mir immer noch schwer zu verstehen, warum Jonah den Stab überhaupt holen wollte, vor allem nachdem er Olivia getroffen hat. Warum sollte er seine Schwester einem Risiko aussetzen?

„Aber wie kommen wir ins Feenreich?", fragt jemand anderes. Callan vielleicht.

„Haben wir einen Schlüssel?", fragt die Person, die ich für Olivia halte.

„Wir haben keinen, aber die Feen, die zum Meisterschaftsspiel kommen, werden mindestens einen haben, vielleicht auch mehrere. Es gibt auch einen Weg, ohne Schlüssel ins Feenreich zu gelangen, indem man Feenblut benutzt."

Ich habe Gerüchte dieser Art gehört, und es erklärt, warum sie Araceli so sehr wollen, aber wenn es wahr ist, muss es ein streng gehütetes Geheimnis unter den Feen sein.

Der Anführer des Ordens fährt fort. „Wir werden morgen

beim Spiel ein paar Feen entführen. Die Eingeweihten werden die Aufgabe bekommen, sie zu foltern, damit sie für uns ein Portal ins Feenreich öffnen. Wenn es ihnen nicht gelingt, bin ich sicher, dass einer von uns sehr überzeugend sein kann. Ihr erhaltet eure Anweisungen nach diesem Treffen." Er hält inne und sieht sich im Kreis um, wobei sein Blick für eine Sekunde auf jedem von uns ruht. „Wenn alles gut geht, werden wir den Stab in ein paar Tagen gefunden haben. Wir haben viele Jahre gebraucht, um an diesen Punkt zu gelangen, und bald wird sich unsere harte Arbeit auszahlen – und die Dämonen werden in die Hölle zurückkehren."

Einige Mitglieder des Ordens beginnen zu klatschen, und einen Moment später kommen weitere hinzu, so dass ich ebenfalls applaudiere, damit ich nicht auffalle. Dann werden wir alle entlassen, verlassen die Höhle und verschwinden in den Wald. Wir vier teilen uns auf und treffen uns dann wieder am Glockenturm.

„Wie konntest du ihnen diese Feder geben?", fragt Olivia, kaum dass ich gelandet bin.

„Ich wusste nicht, was sie bewirkt." Ich schaue finster drein und bin wütender auf mich selbst als auf sie. Ich hätte mir mehr Mühe geben sollen, um herauszufinden, warum sie sie haben wollten.

Sie lässt sich auf die Couch fallen und stützt ihren Kopf in die Hände. „Jetzt können sie den Stab finden und wir sind immer noch keinen Schritt weiter, Jonah zu aufzuspüren oder ins Feenreich zu gelangen."

„Wir müssen die Entführung stoppen und die Feen dann überzeugen, uns mit ihnen ins Feenreich gehen zu lassen, in der Hoffnung, dass Jonah bei dem Stab ist", sagt Marcus. „Oh, und die Feder vom Orden stehlen."

Callan verdreht die Augen. „Das hört sich so einfach an."

„Zumindest müssen wir den Entführungsversuch verhindern", sagt Olivia. „Wir können auch versuchen, die Feder zu bekommen."

Auf einmal gibt es einen heftigen Windstoß und Tanwen landet auf dem Balkon. „Wenn ihr etwas vorhabt, will ich dabei sein."

Marcus schaut uns an und dann wieder unbeholfen zu ihr. „Äh ... ich bin mir nicht sicher ..."

Olivia steht auf. „Ist schon okay. Tanwen ist auf unserer Seite. Sie hat zugestimmt, uns zu helfen, den Orden zu Fall zu bringen."

Callan fällt die Kinnlade herunter. „Was?"

Tanwen schüttelt ihr blondes Haar. „Es ist wahr. Ich will die Bastarde zu Fall bringen und ich habe Insiderinformationen, die euch helfen können – wenn ihr mir im Gegenzug helft, die Dämmerungsjäger zu bekämpfen."

Ich nicke, als die Wahrheit ihrer Worte meine Ofanim-Sinne kribbeln lässt. „Sie spricht die Wahrheit."

„Dann sind wir mit dieser Abmachung einverstanden", sagt Callan und verschränkt seine Arme.

Tanwen antwortet mit einem kurzen Nicken. „Als ich in mein Zimmer zurückkam, warteten dort Anweisungen auf mich. Ich soll eine leichte Tasche mit Vorräten und Essen für ein paar Tage Reise packen und dann in der Halbzeitpause zu ihnen in die Ordenshöhle kommen. Jemand anderes muss sich um die Entführung kümmern. Wahrscheinlich ein Ishim."

„Vielleicht Grace oder Nariel", spekuliere ich. Wir wissen, dass Grace Mitglied ist, und es ist nur logisch, dass ihr Onkel ebenfalls dem Orden angehört. Außerdem neigt der Orden dazu, seine Mitglieder durch Unsichtbarkeit zu verbergen, ein Trick, den nur wenige mächtige Ishim beherrschen.

Callan reibt sich das Kinn. „Tu alles, was sie verlangt haben und halte uns auf dem Laufenden, wenn sich irgendetwas ändert. Offensichtlich vertrauen sie dir mehr als uns, da wir nicht zu dieser Mission eingeladen wurden, daher wirst du unsere Informantin sein."

„Verstanden", sagt Tanwen.

„Marcus kann ein Auge auf Jeremy werfen, da sie beide in der Fußballmannschaft sind." Callans Augen mustern die Gruppe. „Der Rest von uns wird sich aufteilen und den anderen Mitgliedern folgen, von denen wir wissen, dass sie im Orden sind oder die wir im Verdacht haben. Grace. Cyrus. Nariel."

„Und Professor Kassiel", fügt Tanwen hinzu. „Er ist ein Mitglied."

„Woher weißt du das?", frage ich.

„Bei der letzten Prüfung im letzten Jahr, als der Dämon entkam, herrschten Chaos und Kämpfe, und seine Maske verrutschte leicht. Ich habe ihn erkannt."

„Kassiel arbeitet auch daran, den Orden zu Fall zu bringen", sagt Olivia. „Wir können ihm vertrauen."

„Woher weißt du das?", fragt Marcus.

Sie zögert und überlegt, was sie sagen soll. „Er und ich haben Ende letzten Jahres einen Pakt geschlossen, den Orden zu stoppen. Er hat seine eigenen Gründe dafür, die ich nicht teilen möchte. Ich wollte ihn bitten, uns morgen zu helfen."

„Das gefällt mir nicht", sagt Callan.

Marcus zuckt mit den Schultern. „Wenn Olivia sagt, wir können ihm vertrauen, dann können wir das auch."

Ich verschränke meine Arme. „Dir ist klar, dass wir uns damit gegen den Orden stellen und sie es erfahren werden. Es wird kein Zurück mehr geben."

„Deshalb müssen wir Erfolg haben", sagt Olivia, deren Augen vor Entschlossenheit glühen. „Es ist unsere einzige Chance, den Orden davon abzuhalten, an den Stab zu kommen und zugleich meinen Bruder zu retten. Scheitern ist keine Option."

OLIVIA

Es ist der Tag des letzten Turnierspiels gegen die Feen und ich trete zurück, um mich im Spiegel zu betrachten. Ich trage eine neue schwarze Jeans, die meinen Hintern umwerfend aussehen lässt, mit den Dolchen meiner Mutter an meinen Hüften. Ein langes, lockeres rotes Shirt bedeckt sie und auch meinen Hintern, was wahrscheinlich auch besser so ist. Ich kann es nicht gebrauchen, dass mich jemand mit seiner Lust ablenkt. Dann überprüfe ich noch einmal meine Halskette und vergewissere mich, dass sie fest sitzt. Wir werden sie heute brauchen.

Als es an unserer Tür klopft, beeile ich mich, da ich denke, dass es einer der Prinzen sein muss, oder vielleicht Tanwen. Doch als ich sie öffne, stehe ich vor einem Mann mit markanten Gesichtszügen und einer Kapuze über dem Kopf, obwohl wir drinnen sind.

„Oh, hallo. Ist Araceli da?"

Araceli kommt in diesem Moment aus ihrem Zimmer und ihr Gesicht wechselt von Verwirrung über Unglauben zu Freude. „Papa?"

Er schenkt ihr ein zaghaftes Lächeln. „Ich habe deine Nachrichten erhalten. Es tut mir leid, dass ich es nicht zum Familientag geschafft habe, aber ich war zu der Zeit am anderen Ende der Welt. Ich hoffe, es ist in Ordnung, dass ich jetzt hier bin."

„Es ist großartig." Sie kommt herüber und ich sehe, dass ihre Augen feucht sind. „Danke, dass du gekommen bist."

„Ich bin so froh, dich zu sehen, meine kleine Pflaume." Die beiden umarmen sich und dabei rutscht seine Kapuze zurück und ich sehe spitze Ohren und das leuchtend lila Haar, das etwas dunkler ist als das von Araceli.

„Ich gebe euch zwei ein paar Minuten Zeit, um euch zu unterhalten", sage ich, bevor ich mich in mein Zimmer zurückziehe. Ich bin froh, dass sie wieder zueinander finden, aber gleichzeitig auch besorgt. Ausgerechnet jetzt habe ich meine Ordensaufgabe erfüllt, aber das bringt Aracelis Vater in Gefahr.

Als ich die Tür schließe, höre ich, wie sich Aracelis Vater entschuldigt. Auch wenn die Tür geschlossen ist, höre ich sie deutlich sprechen, wenn auch in gedämpfter Form.

„Es tut mir so leid, dass ich nicht so oft da war", sagt er. „Ich bin viel gereist, um für die Engel zu arbeiten, aber das ist keine Entschuldigung. Ich schätze, die wahre Antwort ist, dass ich mich jedes Mal, wenn ich dich sah, schuldig fühlte."

„Schuldig ... aber warum?", fragt Araceli.

„Hat dir deine Mutter nie erzählt, warum wir uns getrennt haben?"

Ich höre Aracelis Antwort nicht, aber ich vermute, die Antwort ist nein, denn dann redet ihr Vater weiter.

„Muriel wollte ein weiteres Kind, aber ich war dagegen. Nach dem, was meine Leute mir angetan haben und wie schwer es für dich war, hielt ich es nicht für fair, ein weiteres Kind so etwas durchmachen zu lassen. Ich verließ deine Mutter in der Hoffnung, sie würde einen anderen Mann finden, der ihr ein reines Engelskind schenken könnte. Eines, das nicht darunter leidet, dass es Feenblut hat, so wie du."

„Deshalb habt ihr euch getrennt?", fragt Araceli laut.

„Ja und seitdem plagen mich Schuldgefühle. Ich liebe deine Mutter und ich wollte, dass sie glücklich ist, auch wenn das bedeutet, dass sie mit jemand anderem als mit mir zusammen ist. Ich hatte gehofft, dass du noch ein Geschwisterchen bekommen würdest."

„Das wird nicht passieren. Sie will niemand anderen. Und um mich brauchst du dir keine Sorgen zu machen. Sicher, die anderen Engel haben mich als Kind wie eine Aussätzige behandelt, aber das hat mich nur stärker gemacht." Sie hält einen Moment inne. „Ein Geschwisterchen wäre allerdings cool. Würdest du das jemals in Erwägung ziehen?"

„Ich weiß es nicht. Das hängt davon ab, ob Muriel mich jemals wieder zurücknehmen würde."

„Das würde sie. Du solltest mit ihr reden."

„Vielleicht."

Ich fühle mich wie ein Arschloch, weil ich ihre Privatsphäre missachtet habe, also gehe ich auf den Balkon und sehe zu, wie das Spielfeld für das Fußballspiel aufgebaut wird. Kurze Zeit später betritt Araceli mein Zimmer. „Liv? Magst du ein bisschen mit uns plaudern?"

„Klar."

Als wir ins Wohnzimmer gehen, sagt sie: „Mein Vater hat mir einige Informationen gegeben, die uns helfen werden, ins Feenreich zu gelangen."

„Ich bin Fintan", sagt er höflich und bietet mir seine Hand an.

Mein Herz rast, als ich seine Hand schüttle. Das ist es. Er wird mir sagen, wie ich Jonah finden kann. "Haben Sie zufälligerweise einen Schlüssel ins Feenreich?"

„Das tue ich nicht, so leid es mir tut. Früher hatte ich einen, aber er wurde mir weggenommen, als ich vom Feenreich exkommuniziert wurde. Die meisten Schlüssel sind verloren oder zerstört worden, und die übrigen sind gut bewacht oder versteckt. Aber es gibt andere Wege dorthin." Er mustert mich mit freundlichen, intelligenten Augen. „Araceli sagt, du hast ein Feenrelikt."

Ich berühre leicht meine goldene Halskette. „Das habe ich."

„Darf ich sie sehen?"

Ich zögere, beuge mich dann aber vor, damit er sie sich näher ansehen kann. Ich weigere mich, sie abzulegen, nicht einmal für den Vater meiner Freundin.

„Ja, das wird funktionieren. Es ist sehr alt und sehr stark. Da es nicht dafür gemacht ist, Portale zu öffnen, braucht man das Blut einer Fee, um es zu aktivieren."

Ich starre ihn mit offenem Mund an. „Das ist alles, was wir brauchen – Aracelis Blut und meine Halskette?"

„Ja. Araceli muss sie mit ihrer Feenmagie aktivieren, während sie sich vorstellt, wohin sie reisen will. Da sie noch nie im Feenreich war, ist es am besten, wenn ich sie jetzt für ein paar Minuten hinbringe. Dann hat sie einen Ort, den sie sich vorstellen kann."

„Wir gehen ins Feenreich?", fragt Araceli und ihre Augen tanzen vor Aufregung.

„Wenn ihr möchtet", sagt er lächelnd. „Gibt es einen bestimmten Ort, den du besuchen möchtest? Den Sommerhof vielleicht, um deine eigene Art zu sehen?"

„Wissen Sie, wo der Stab der Ewigkeit aufbewahrt wird?", frage ich.

Fintan schüttelt den Kopf. „Nein, darüber weiß ich nichts."

Ich seufze. „Dann ist es wohl egal. Wir werden nicht wissen, wo wir den Stab oder Jonah finden, bis wir die Feder vom Orden bekommen haben."

„Bring uns einfach an einen sicheren Ort", sagt Araceli.

„Das werde ich." Er räuspert sich. „Glaub mir, ich will nicht erwischt werden. Wenn sie herausfinden, dass ich euch ins Feenreich gebracht habe, werden sie mich umbringen."

Wir machen Platz in der Mitte unseres Wohnzimmers, dann schnappt sich Araceli ein Messer und reicht es ihrem Vater. Er schneidet sich in die Hand und drückt dann seine blutige Handfläche gegen meine Halskette. Dabei murmelt er ein paar Worte in einer Sprache, die ich noch nie gehört habe und hält mir seine andere Hand hin. Nach ein paar Sekunden öffnet sich ein Portal, das dem von den Feen ähnelt, nur etwas kleiner ist.

Fintan lässt seine Hand sinken und wischt sie mit einem Geschirrtuch ab. Die Wunde hat sich bereits geschlossen, als er damit fertig ist. „Lasst uns gehen."

Fintan geht als Erster durch das Portal und Araceli zeigt mir aufgeregt und albern einen Daumen nach oben, bevor sie ihm folgt. Ich atme tief ein und trete durch das Portal, was ein Kribbeln auf der Haut verursacht, so, wie wenn einem der Fuß einschläft. Die Welt verschwimmt und dann stehe ich mitten in einem überwucherten Wald. Alles ist grün, und um uns herum ertönen Vogelrufe und das Rauschen des Windes in den Bäumen.

„Wo sind wir?", fragt Araceli.

„In einem Wald im Sommerhof in der Nähe der Anwesen meiner Familie. Ich dachte mir, wenn sie uns erwischen, werden sie wahrscheinlich gnädiger sein als andere Feen, aber da könnte ich mich auch täuschen." Er geht ein paar Schritte und berührt die Seite eines dicken, knorrigen Baumes. „Als ich sieben Jahre alt war, schnitzte ich hier meine Initialen ein. Es ist ein Ort, den ich mir leicht vorstellen kann, wenn ich hierherreisen muss und nur wenige Leute wagen sich noch in diesen Wald."

Araceli starrt auf die Initialen am Baum und nickt. „Ich glaube, ich kann es mir vorstellen."

„Gut. Jetzt öffne ein Portal zurück zu deinem Wohnheim."

Er weist sie an, was sie sagen soll, dann schneidet sie sich in die Hand, wirft mir einen entschuldigenden Blick zu und berührt meine Halskette. Ein Portal öffnet sich und wir kehren zurück in unser Wohnheim.

„Ich habe es geschafft", sagt sie lachend.

„Das hast du gut gemacht, kleine Pflaume." Stolz leuchtet in seinen Augen. „Deine Feenmagie ist stärker, als du denkst."

Sie schüttelt den Kopf. „Ich habe gar keine Feenmagie."

„Natürlich hast du welche." Er lächelt sie an, doch dann wird es zu einem Stirnrunzeln. „Apropos Magie, sei vorsichtig, wenn du Engelsmagie in der Feenwelt anwendest. Jemand in der Nähe könnte es spüren." Er dreht sich zu mir um. „Deine Halskette sollte dich aber davor schützen, entdeckt zu werden, solange du sie trägst."

Ich nicke. „Danke, dass Sie uns helfen."

„Das ist das Mindeste, was ich tun kann. Sollen wir jetzt zum Meisterschaftsspiel gehen? Ich war seit Jahren nicht mehr bei so einem Spiel und ich würde es mir gerne mit meiner Tochter an meiner Seite ansehen."

Ich werfe einen Blick auf Araceli. „Ehrlich gesagt, ist es hier nicht sicher für Sie. Es ist wahrscheinlich das Beste, wenn Sie gehen."

„Ich soll gehen?", fragt er und blinzelt uns beide an.

Araceli nickt traurig. „Es tut mir leid, Papa. Ich würde mir das Spiel auch gerne mit dir ansehen. Vielleicht können wir uns in den Ferien länger sehen?"

„Das wäre schön." Er küsst sie auf die Wange. „Seid vorsichtig, wenn ihr ins Feenreich geht. Ich würde mit euch gehen, aber ich fürchte, ich würde euch nur noch mehr in Gefahr bringen. Denkt daran, die Feen sind mächtige Verbündete, aber schreckliche Feinde. Am wichtigsten ist, dass ihr euch nicht erwischen lasst. Ich mache mir Sorgen, was sie mit euch machen würden."

„Wir werden vorsichtig sein", sagt sie.

Sie führt ihn hinaus und ich umklammere meine Halskette ganz fest. Wir sind so nah dran. Jetzt müssen wir nur noch die Feder bekommen. Oh, und nebenbei den teuflischen Plan des Ordens aufhalten. Ein Kinderspiel.

41

OLIVIA

Das Publikum jubelt, als die Fußballmannschaft der Seraphim Akademie auf das Spielfeld läuft und ich werfe Marcus kurz einen anerkennenden Blick zu, bevor ich mich wieder den Zuschauern widme. Araceli und ich sitzen mit Grace und Cyrus auf der Tribüne und haben ein Auge auf sie, falls sie sich aus dem Staub machen. Bis jetzt scheinen sie vor allem Isaiah anzufeuern, der neben Marcus auf dem Feld steht. Jeremy ist auch in der Mannschaft, obwohl ich ihn nicht mit den anderen Spielern mitlaufen sehe. Hmm.

„Ich hole mir eine Limonade, möchte jemand etwas?", frage ich und werfe Araceli dabei einen strengen Blick zu. Sie nickt mir als Antwort zu.

„Nein danke", sagt Grace.

Ich mache mich auf den Weg zum nächsten Essensstand und entdecke Callan, der an einer Wand gelehnt steht. Er kommt auf mich zu, während ich eine Limonade kaufe.

„Jeremy ist verschwunden", erzähle ich ihm leise.

Er nickt kurz und lässt seinen Blick über das Feld schweifen.

„Ich werde Bastien bitten, sich darum zu kümmern. Hast du sonst noch etwas gesehen?"

„Nein, noch nicht."

„Was ist mit Nariel?", fragt er.

Ich deute mit der Hand auf eine Seite der Tribüne. „Kassiel sitzt bei ihm und einigen der anderen Professoren."

„Ich hoffe, wir können ihm vertrauen."

„Können wir." Wir haben uns alle kurz vor Beginn des Spiels getroffen und den Plan durchgesprochen, dann haben wir unsere neuen Informationen darüber ausgetauscht, wie wir ins Feenreich gelangen können. Wir sind alle vorbereitet auf diverse Szenarien. Jetzt müssen wir nur noch abwarten.

Ich schnappe mir meine Limonade und gehe zurück zu meinen Freunden. Die Feen-Mannschaft ist jetzt auch auf dem Spielfeld und das Spiel beginnt gleich. Wir glauben, dass bis zur Halbzeit nichts passieren wird, aber wir wollen auf alles vorbereitet sein. Unser Plan ist es, zu versuchen, die Entführung zu verhindern, doch falls wir scheitern, werden wir mit Tanwen in den Wald gehen und den Orden dort aufhalten.

Wir sehen uns das Spiel an und jubeln der Engels-Mannschaft zu, die es schafft, sich gegen die Feen zu behaupten. Von Jeremy gibt es allerdings noch immer keine Spur. Cyrus verbringt die ganze Zeit damit, entweder Isaiah anzufeuern, darüber zu reden, wie heiß er ist, oder die neuesten Gerüchte und Klatschgeschichten über den Angriff der Dämmerungsjäger zu verbreiten. Grace jubelt mit ihm und nickt zu seiner neuesten Geschichte. Sie lassen sich nicht anmerken, dass sie etwas vorhaben.

Als die Halbzeit naht, steht Cyrus auf. „Ich gehe auf die Toilette. Ich bin gleich wieder da."

Araceli wirft mir einen kurzen Blick zu und springt dann auf. „Ich muss auch pinkeln. Ich begleite dich."

Sie gehen gemeinsam zu den Toiletten, während ich mit Grace zurückbleibe und das Spiel beobachte. Aber Araceli und

Cyrus brauchen länger als erwartet und ich kann nicht anders, als einen Blick zurückzuwerfen, um nach ihnen zu sehen.

„Alles in Ordnung?", fragt Grace.

„Ja, bestens." Ich zucke lässig mit den Schultern. „Die Schlange auf der Toilette muss lang sein, was?"

Gerade als ich nach ihnen sehen will, ertönt hinter uns ein gewaltiger Knall und eine Drohne fliegt über uns hinweg. Die Leute schreien und ducken sich und jemand brüllt: „Die Drohnen sind zurück!"

Professoren und andere Engel, die für die Sicherheit zuständig sind, begeben sich sofort in die Luft, während andere in Deckung gehen. Alle auf der Tribüne stehen auf und versuchen, Schutz zu finden, während alle Spieler auf dem Spielfeld in Sicherheit gebracht werden, darunter auch die Feen. Es herrscht das totale Chaos.

Scheiße, ein Angriff der Dämmerungsjäger ist das Allerletzte, was wir jetzt gebrauchen können. Allerdings könnte es den Orden zumindest davon abhalten, eine der Feen zu entführen. Ich breite meine Flügel aus und erhebe mich in die Luft, um zu helfen, wo ich kann. Dabei sehe ich, wie Hilda die Drohne mit brennendem Licht bestrahlt und sie blitzartig explodiert. Andere Engel fliegen umher und suchen nach weiteren, aber nach der anfänglichen Panik scheint es nur eine Drohne gewesen zu sein.

Als Kassiel an mir vorbeifliegt, greife ich mit großen Augen nach seinem Arm. „Das war ein Ablenkungsmanöver!"

„Ich glaube, du hast recht." Er blickt sich um. „Ich kann Nariel nicht mehr finden. Ich bin ihm gefolgt, aber er muss sich davongemacht haben und unsichtbar geworden sein."

„Grace auch. Ich habe sie in dem Chaos verloren, als alle in Panik gerieten. Verdammt!"

Ich suche die Menge ab, die sich schnell auflöst, aber ich sehe weder Araceli noch Cyrus. Jetzt ist wirklich alles schiefgelaufen.

„Zeit für Plan B", sage ich zu Kassiel, der daraufhin nickt.

Dank Tanwen wissen wir, wo sich der Orden trifft. Wir müssen versuchen, sie dort aufzuhalten. Ich hoffe nur, dass alle anderen das auch merken, denn ich habe keine Möglichkeit, sie in diesem Chaos zu finden.

Ich mache mich unsichtbar und als ich mich nach Kassiel umdrehe, ist auch er schon verschwunden. Wahrscheinlich ist er in einen Schatten oder so geschlüpft. Ich fliege in Richtung Wald und lande in der Nähe des Felsblocks, um mir mein goldenes Gewand und meine Maske anzuziehen.

Als ich in der Höhle ankomme, ist dort bereits eine Gruppe versammelt, einige in Gold, andere in Weiß. Hinter einer geschlossenen Tür schreit schon jemand. Es ist genau wie im letzten Jahr, als sie wollten, dass wir einen Dämon foltern. Das habe ich ihnen vermasselt und nun ist es an der Zeit, es dieses Jahr wieder zu tun.

Als ich eintrete, öffnet sich die Gefängnistür und jemand zerrt einen zitternden Anwärter aus dem Raum. Hinter ihnen sind drei Personen an Stühle gefesselt. Araceli. Ihr Vater. Und die weibliche Feen-Wächterin vom Frühlingshof, die ich beim letzten Spiel getroffen habe.

Mein Blut beginnt zu brodeln, als ich die blutverschmierte Stirn meiner besten Freundin sehe. Dafür werden diese Arschlöcher bezahlen.

„Stopp", schreie ich, aber es klingt seltsam, weil die Maske meine Stimme verzerrt. Ich ziehe meinen mit Dunkelheit versetzten Dolch heraus und lasse den hellen an meiner Hüfte ruhen. Er wird hier nicht helfen. „Lasst die Gefangenen frei!"

„Das können wir nicht tun", sagt der Anführer, der neben der Gefängnistür steht. Er winkt mit der Hand und einige der anderen Goldmaskierten stürmen auf mich zu und packen meine Arme. Ich hole zum Angriff aus und sie weichen zurück, aber einem gelingt es, mir die Maske abzunehmen und mein Gesicht zu enthüllen.

Alle starren mich an, aber ich bin offiziell fertig mit diesem Katz- und Mausspiel. Ich richte mich zu meiner vollen Größe auf und justiere den Griff an meinem Dolch. „Zwingt mich nicht, meine Sukkubus-Kräfte einzusetzen."

Ein paar Leute schnappen nach Luft, vor allem die Anwärter. Ich dachte mir, wenn ich mich auf meine dämonische Seite konzentriere, würde ich eher eine Antwort bekommen.

„Leg deine Waffe weg", sagt der Anführer, während die anderen Mitglieder ihre Waffen ziehen und mich umringen. „Du wirst noch verletzt werden. Du musst begreifen, dass dies der einzige Weg ist, um ins Feenreich zu gelangen ... und um deinen Bruder zu finden."

Wie kann dieses Arschloch es wagen, meinen Bruder zu benutzen, um Folter zu rechtfertigen. Ich bin damit fertig, gute Miene zum bösen Spiel zu machen. Ich habe meine Sukkubus-Kräfte schon lange nicht mehr auf diese Art eingesetzt, seit ich aufgehört habe, Fremde zu verführen, aber jetzt strecke ich die Hand aus und wecke die Lust des Anführers. Früher musste ich die Person dazu berühren, aber jetzt nicht mehr. Ich bin so wütend, dass meine Kraft wie eine Bombe aus mir herausschießt und auch einige der anderen Mitglieder trifft.

Diejenigen, die Waffen in der Hand haben, lassen sie sofort fallen und kommen auf mich zu. Ich kann ihr Verlangen spüren und wie sehr sie mich begehren. Dass sie alles tun würden, um mich zu erobern.

„Ihr wollt mich, nicht wahr?", frage ich mit meiner verführerischsten Stimme. „Ich werde euch gehören ... ihr müsst nur die Gefangenen freilassen."

„Macht es", stammelt der Anführer. „Was auch immer sie sagt."

Das war zu einfach. Er muss mich schon ein wenig begehrt haben.

„Hört nicht auf sie!", ruft jemand von hinten. Soweit reichte meine Macht wohl nicht. „Sie setzt ihre dreckige Dämonenmagie gegen euch ein!"

Ich kann mir ziemlich gut vorstellen, wer das ist. Ich verpasse Jeremy einen kräftigen Stoß meiner dreckigen Dämonenmagie, woraufhin er auf die Knie fällt und gleichzeitig die Hand nach mir ausstreckt. „Sei still, Arschloch."

Der Anführer schüttelt den Kopf und versucht, sich meiner Macht zu widersetzen und auch andere reißen sich los und stürmen mit ihren Waffen auf mich zu. Doch dann stellen sich drei Leute vor mich und schützen mich mit ihren eigenen Schwertern. Da alle maskiert sind, ist es schwer zu erkennen, wer ist, aber ich vermute, dass es meine Freunde sind. Der Größe nach zu urteilen, ist einer von ihnen eindeutig Callan. Zwei andere stürmen in den Gefängnisraum und beginnen damit, die Feen zu befreien, angefangen bei Araceli. Die Person, die sie befreit hat, gibt ihr ein Schwert und bewacht sie, während sie ihren Vater und die andere weibliche Fee befreien.

„Nehmt eure Masken ab", sage ich zu allen, die in meiner Gewalt sind.

Der kniende Mistkerl nimmt seine Maske ab und zur großen Überraschung aller ist es Jeremy. Cyrus nimmt seine ebenfalls ab, er ist einer derjenigen, die ihre Waffen fallen gelassen haben. Was bedeutet, dass er mich erstochen hätte, wenn er dazu gezwungen gewesen wäre. Das tut weh. Ich wusste, dass er nicht vertrauenswürdig war, aber ich dachte, wir wären Freunde. Ein paar weitere nehmen ihre Masken ab, aber zum Glück sehe ich Grace nicht unter ihnen.

Der Anführer reißt seine als Letzter ab, wobei seine Krone auf den Boden fällt. Nariel starrt mich mit einer Mischung aus Lust und Hass an. „Ich hätte dich töten sollen."

„Ich würde gerne sehen, wie du das versuchst," knurre ich. „Gib mir die Feder."

Er schnaubt und ich hebe mein Kinn, um noch mehr Lust auf

ihn freizusetzen. Er versucht mit aller Macht, dagegen anzukämpfen, aber schließlich kriecht er auf Händen und Knien zu mir und zieht einen durchsichtigen Plastikbehälter aus seinem Gewand, in dem sich die Feder befindet. Er bietet sie mir mit verliebten Augen an, woraufhin ich ihm einen Tritt in die Brust verpasse, um ihn zurückzustoßen.

Araceli und ihr Vater stolpern aus dem anderen Zimmer, während sie die Fee stützend zwischen ihnen halten. Sie ist in einem schlimmen Zustand und ich erschaudere, als ich sehe, dass ihr ein Ohr abgerissen wurde. „Wir müssen diese Frau zu ihrem Volk zurückbringen", sagt Araceli.

„Lasst uns gehen." Ich halte den Mitgliedern und Anwärter, die entweder unter meinem Bann stehen oder von meinen Freunden zurückgehalten werden, meinen Dolch entgegen. „Denkt nicht einmal daran, uns zu folgen."

Dann führe ich den Weg aus der Höhle hinaus und atme die frische Luft tief ein, als wir endlich draußen ankommen. Araceli und die anderen Feen sind direkt hinter mir, gefolgt von meinen Verbündeten in goldenen Gewändern. Sie alle nehmen ihre Masken ab und es erfüllt mich mit Stolz, Callan, Bastien, Marcus, Kassiel und sogar Tanwen auf meiner Seite zu sehen. Ungewöhnliche Verbündete? Auf jeden Fall. Aber es hat funktioniert.

42

OLIVIA

Wir entfernen uns ein wenig und verstecken uns im Wald, damit Marcus die Feenfrau mit Aracelis Hilfe heilen kann. Unsere Gruppe verteilt sich um sie herum und hält Ausschau nach Verfolgern.

„Haben sie dir schon beigebracht, wie man eine Unsichtbarkeitsblase erzeugt?", fragt mich Fintan.

„Nein, noch nicht."

„Ich zeige es dir."

Er bündelt das Licht um unsere Gruppe herum, so dass es von den Bäumen und dem Boden reflektiert wird und eine kleine Kuppel um uns herum entsteht. Von außen kann uns niemand sehen, aber wir können alles innerhalb unserer kleinen Schutzhülle sehen. Das ist definitiv eine fortgeschrittene Ishim-Methode, die nur ein sehr mächtiger Engel beherrschen kann. Kein Wunder, dass Fintan ein so guter Bote war.

„Ich glaube, ich verstehe es", sage ich zu ihm. „Danke, das wird sich im Feenreich bestimmt als nützlich erweisen."

„Wird sie wieder gesund?", fragt Callan, der neben der Fee kniet.

„Ja, sie erholt sich bereits", sagt Marcus. „Araceli hat es geschafft, sich auf dem Weg nach draußen das Ohr zu schnappen, also haben wir es wieder angenäht. In ein paar Stunden sollte es vollständig verheilt sein."

Araceli steht auf und wischt sich das Blut an ihrer Hose ab, als wäre es keine große Sache. „Wir müssen sie zurück zu den Feen bringen, bevor sie merken, dass sie fehlt und die Akademie angreifen."

„Ich kann sie mitnehmen", sagt Fintan.

„Sind Sie sicher?", frage ich. Die Feen scheinen ihn nicht besonders zu mögen, nach allem, was ich gehört habe.

„Ja. Das muss entweder von Araceli oder mir getan werden und du brauchst sie, um ins Feenreich zu kommen." Er schenkt Araceli ein warmes Lächeln. „Mach dir keine Sorgen um mich."

„Es tut mir leid, dass dein Besuch so verlaufen ist", sagt Araceli und umarmt ihren Vater.

„Es war es wert, Zeit mit dir zu verbringen."

Die weibliche Fee regt sich und sieht zu uns auf, dann konzentriert sie sich auf mich. „Danke. Deine Rettung wird nicht vergessen werden."

Fintan nimmt die Hand der Feenwächterin, um ihr beim Aufstehen zu helfen, dann gehen sie unsichtbar in den Wald.

Als sie gehen, wende ich mich an die anderen und halte den Behälter mit der Feder hoch. „Jetzt, wo wir das haben, können wir ins Feenreich gehen. Ich bin dafür, dass wir sofort aufbrechen, bevor sich der Orden neu organisieren und uns angreifen kann. Geht zurück in eure Zimmer und packt alle Vorräte ein, die ihr für ein paar Tage in Feenreich braucht. Essen, Wasser, Waffen, zusätzliche Kleidung, was auch immer. Wir treffen uns dann in dreißig Minuten im Glockenturm."

„Denkt daran, dass das Wetter in Feenreich jeden Tag von sehr heiß bis sehr kalt schwankt", sagt Bastien. „Zieht euch entsprechend an. Wir wollen unsere Magie nur dann einsetzen, wenn es unbedingt nötig ist."

„Warum?", fragt Callan.

„Das könnte sie auf unsere Anwesenheit aufmerksam machen", sagt Araceli.

„Ich werde hierbleiben und tun, was ich kann", sagt Tanwen. „Nach dem Drohnenangriff geht es drunter und drüber und jemand sollte den Orden von hier aus im Auge behalten. Aber ich wünsche euch viel Glück."

„Danke für deine Hilfe, Tanwen", sage ich. „Ohne dich wäre das nicht möglich gewesen."

„Denk einfach an unsere Abmachung." Sie nickt mir kurz zu, bevor sie mit einem kräftigen Schlag ihrer leuchtend weißen Flügel davonfliegt.

Der Rest von uns teilt sich auf und geht zurück in die Wohnheime. Araceli und ich haben bereits gepackt, also schnappen wir uns nur unsere Taschen, überprüfen noch einmal, ob wir alles haben und gehen dann. Wir wollen keine Sekunde länger in unserem Wohnheim bleiben, falls Nariel oder Jeremy oder sogar Cyrus hinter uns her sind.

Zurück auf dem Spielfeld sieht es so aus, als ob sie versuchen, das Meisterschaftsspiel wieder in Gang zu bringen, aber das könnte schwierig werden, wenn zwei ihrer Spieler fehlen und sich die Hälfte der Zuschauer aus Angst vor den Dämmerungsjägern versteckt.

„Was ist bei dem Spiel passiert?", frage ich Araceli, nachdem wir am Glockenturm gelandet sind.

„Als ich aus der Toilette kam, schlug Cyrus mich k.o. und entführte mich. Er hat sich entschuldigt und gesagt, er müsse das tun, um seine Ordensaufgabe zu erfüllen. Diese falsche Schlange." Ihr Blick verdüstert sich. „Als wir in der Höhle ankamen, war Jeremy bereits mit meinem Vater dort und jemand anderes brachte die Feenwächterin hinein."

Meine Hände ballen sich zu Fäusten. „Sie müssen unser Wohnheim beobachtet haben oder so etwas und sich deinen Vater auf dem Weg nach draußen geschnappt haben."

„Wahrscheinlich." Sie zittert ein wenig. „Dann haben sie die ersten beiden Anwärter dazu gebracht, uns zu foltern, um Informationen darüber zu bekommen, wie man ins Feenreich kommt. Sie haben mich und meinen Vater kaum verletzt, aber du hast gesehen, was sie mit der armen Frau angestellt haben."

Ich nehme sie herzlich in den Arm. „Es tut mir so leid, dass du das alles durchmachen musstest."

„Ich werde sie für ihre Taten bezahlen lassen", sagt Araceli, und ich habe sie noch nie so blutdurstig gesehen. Nicht, dass ich es ihr verdenken könnte. Erst haben sie ihren Freund getötet, jetzt haben sie sie und ihren Vater entführt und gefoltert. Ich würde auch Blut sehen wollen.

„Das werden wir", sage ich, als die Prinzen mit Rucksäcken und Waffen ankommen. Sie fangen an, die Möbel umzustellen, um Araceli Platz für das Portal zu machen und ich will ihnen helfen, werde aber durch ein Klopfen an der Tür abgelenkt.

Ich öffne sie und entdecke Grace da draußen. „Was machst du denn hier?"

„Du gehst ins Feenreich, stimmt's?", fragt sie. „Deshalb hast du die Feder mitgenommen. Ich komme mit dir mit."

„Auf keinen Fall", sagt Araceli. „Wir können ihr nicht trauen."

Ich schüttle den Kopf und sage zu Grace: „Tut mir leid, aber sie hat recht. Dein Onkel ist der Anführer des Ordens."

„Bastien wird wissen, dass ich die Wahrheit sage", sagt sie und sieht ihn zur Bestätigung an. „Ich will dir helfen, Jonah zu finden."

„Stimmt", sagt er.

„Warst du an der Entführung oder Folterung von Araceli, ihrem Vater oder der anderen Fee beteiligt?", frage ich.

„Nein!" Grace sieht bei dem Gedanken daran entsetzt aus. „Ich war dort, weil Nariel mich dazu gezwungen hat, aber ich hatte nichts damit zu tun, das schwöre ich."

„Auch wahr."

Ich starre sie einen langen Moment lang an. Ich weiß, dass Bastien die Wahrheit spüren kann, aber das heißt nicht, dass ich ihr vertraue.

Sie nimmt meine Hände und sieht mich mit bedauernden Augen an. „Bitte, Liv. Ich mache mir Sorgen um deinen Bruder und ich muss wissen, was mit ihm passiert ist. Ob er lebt oder tot ist. Ob er den Stab gefunden hat oder nicht. Ich muss es wissen, sonst werde ich nie Frieden finden können."

Ich schaue Bastien an, der nickt.

„In Ordnung." Sie scheint sich wirklich Sorgen um meinen Bruder zu machen und ich schätze, sie kann nicht anders, wenn ihr Onkel der Anführer des Ordens ist. „Du kannst mitkommen, aber wir werden dich genau beobachten."

„Danke", sagt sie mit einem erleichterten Seufzer.

Dann landet Kassiel auf dem Glockenturm und alle starren ihn an. Ich spüre, dass sich ein peinlicher Moment anbahnt.

„Kassiel kommt auch mit", informiere ich sie

„Können wir dir vertrauen?", fragt Bastien.

„Ja", sagt Kassiel. „Ich will den Orden genauso aufhalten wie ihr, wenn nicht sogar noch mehr. Sie dürfen den Stab niemals in die Hände bekommen."

Bastien verschränkt die Arme und nickt. „Er sagt die Wahrheit."

„Beeilen wir uns", sagt Araceli, während sie sich in die Hand schneidet. „Bleibt alle zurück."

Sie drückt ihre Handfläche an meine Halskette und murmelt die Feenworte, wobei ich in Erwartung den Atem anhalte. Wir werden tatsächlich ins Feenreich gehen, um meinen Bruder zu retten.

Das wird auch verdammt noch mal Zeit.

43

MARCUS

Im Feenreich ist alles ein bisschen ... *intensiver*. Es ist, als hätte jemand die Lautstärke der ganzen Welt auf ein Maximum gedreht. Die Pflanzen sind grüner. Der Himmel ist strahlender. Die Blumen duften süßer. Sogar die Vögel klingen irgendwie besser.

Unsere Gruppe hat es durch Aracelis Portal geschafft und jetzt stehen wir mitten im Wald und nehmen alles in uns auf. Er ist anders als der Wald, der die Seraphim Akademie umgibt. Dieser Wald sieht eher wie ein Regenwald aus und die Luft ist feucht und heiß.

„Wo genau sind wir?", fragt Bastien.

„Wir sind im Sommerhof", sagt Araceli. „Hier wohnt die Familie meines Vaters."

„Heißt das, du beherrschst die Magie des Sommerhofs?", frage ich sie.

Sie breitet ihre Hände aus. „Ich denke schon? Ich weiß es nicht genau. Wenn wir zurückkommen, sollte ich es wohl in Erfahrung bringen."

„Okay, ich habe vor zwei Jahren Feenkunde belegt, also bin

ich vielleicht ein bisschen eingerostet, aber hier läuft die Zeit anders, oder?", frage ich.

„Ja, die Jahreszeit ändert sich je nach Tageszeit", sagt Kassiel. Er benimmt sich immer noch wie unser Professor, sogar hier im Feenreich. „Im Moment ist wahrscheinlich Sommer, das heißt, es ist gerade Mittagszeit. Da wir uns im Sommerhof befinden, wird diese Jahreszeit am längsten andauern. In der Nacht wird es Winter sein."

„Ich wusste zwar, dass Feen alle vier Jahreszeiten im Laufe eines Tages erleben, aber ich wusste nicht, dass es so drastisch ist", sagt Grace mit Erstaunen in der Stimme. „Ich dachte, die Temperatur ändert sich nur ein wenig."

„Wir müssen uns beeilen", sagt Callan. „Wir müssen einen Unterschlupf finden, bevor es dunkel und zu kalt wird."

Liv holt die schwarze Feder hervor, die selbst hier im Feenreich vor Dunkelheit pulsiert. „Unsere beste Chance besteht darin, den Stab zu finden und zu hoffen, dass Jonah irgendwo in der Nähe gefangen gehalten wird. Wenn nicht, weiß vielleicht jemand dort, wo er ist."

Mir fällt auf, dass sie die Möglichkeit, dass Jonah getötet wurde, mit keinem Wort erwähnt. Es muss zu schwer für sie sein, das in Betracht zu ziehen, wo wir doch so weit gekommen sind. Obwohl es wahrscheinlich eine Erleichterung sein wird, sein Schicksal zu erfahren, wie auch immer das aussehen mag. Liv hält die schattenhafte Feder in die Luft. „Kehre zu deinem Herrn zurück."

Sie lässt die Feder los, die daraufhin wie eine Feder im Wind flattert und schwebt und sich dreht, bevor sie in der Brise zu Kassiel weht. Zuerst denke ich, dass es nicht funktioniert und wir aufgeschmissen sind, aber dann scheint sie eine Sekunde lang um ihn herum zu schweben. Er weicht stirnrunzelnd einen Schritt zurück und die Feder fliegt weiter, höher in den Himmel, mit klarer Absicht.

Grace klatscht in die Hände. „Es funktioniert!"

Liv erschafft eine Unsichtbarkeitsblase um uns alle und die Feder, und wir folgen ihr. Zuerst gehen wir zu Fuß durch den Wald, vorbei an ahnungslosen Kaninchen und Rehen, an seltsam leuchtenden Blumen, die wir gerne näher untersuchen würden und an riesigen grünen Insekten, die wir zum Glück nicht genauer betrachten. Dann steigt die Feder zu hoch und wir müssen ihr hinterherfliegen, wobei wir darauf achten müssen, uns nicht zu weit von Liv zu entfernen. Während der Tag immer heißer wird, fliegen wir über die dichten Baumkronen, die sich kilometerweit erstrecken, bis sie von einem Schloss auf einem Hügel in der Ferne unterbrochen werden.

„Was ist das?", fragt Grace.

„Keine Ahnung. Ich weiß nur ein paar wahllose Dinge über das Feenreich." Araceli wirft uns einen entschuldigenden Blick zu. „Tut mir leid."

„Du brauchst dich nicht zu entschuldigen", sagt Liv. „Es ist die Schuld deines Vaters."

„Wir sollten uns wahrscheinlich davon fernhalten", sagt Callan.

Nachdem wir die Feder aus der Luft geholt und wieder in ihr Behältnis gelegt haben, machen wir eine Pause im Wald. Die Sonne brennt auf uns herab, während wir ein paar Müsliriegel essen, aber keinem von uns macht die Hitze etwas aus. Wenn es kalt wird, müssen wir uns warm einmummeln, um uns warm zu halten, denn wir können unsere Magie nicht einsetzen. Ich hoffe nur, dass wir einen Ort finden, an dem wir uns für die Nacht verstecken können.

Wir folgen einer unbefestigten Straße, die keine Spur von Beton oder Asphalt aufweist. Es kommt mir vor, als wären wir tausend Jahre in die Vergangenheit zurückversetzt worden. Die Sonne steht tiefer am Himmel, die Luft wird kühler und die Blätter färben sich rot, gelb und orange. Es ist schwer, nicht stehen zu bleiben und die Schönheit um uns herum zu bestaunen, aber wir ziehen unsere Jacken an und gehen weiter.

Dann flüstert Araceli: „Da kommt jemand!"

Callan schnappt sich die Feder und Liv hält ihre kleine Unsichtbarkeitsblase um uns herum, während wir uns von der Straße entfernen und ins Gras gehen. Wir verstecken uns hinter den Bäumen, als ein Feen-Junge auf einem schönen weißen Pferd die Straße entlangreitet. Sein Haar hat die Farbe von Zitronen und mit seiner bodenlangen silbernen Tunika und der goldenen Jacke sieht er aus, als sei er einem Tolkien-Roman entsprungen. Seine Schuhe sehen aus, als ob sie aus Stoff wären.

Wir recken unsere Hälse, als er vorbeigeht und ich atme so leise wie möglich, ohne mich zu bewegen. Als er an uns vorbei ist, warten wir eine Weile, bis er außer Sichtweite ist. Endlich können wir wieder auf die Straße gehen.

Liv will gerade die Feder holen, doch dann tauchen weitere Leute auf der Straße auf, wahrscheinlich ein halbes Dutzend, die ähnlich gekleidet sind wie die andere Fee, die wir gesehen haben. Nachdem sie vorbeigegangen sind, sagt Callan: „Wir haben keine Zeit, uns jedes Mal zu verstecken, wenn mehr Leute auftauchen. Wir müssen weiterfliegen."

Liv nickt, aber ihr Gesicht ist blasser als sonst und sie bewegt sich etwas langsamer. „Ich schätze, das ist die einzige Möglichkeit."

„Geht es dir gut?", frage ich sie. Ich drücke ihr eine Hand auf die Stirn und spüre dank meiner Kräfte, wie schwach sie ist. Sie wird sich bald ernähren müssen. Das Sonnenlicht allein wird nicht ausreichen, um sie bei Kräften zu halten.

Sie schiebt meine Hand beiseite. „Es geht mir gut. Es kostet nur eine Menge Energie, diese Blase um uns herum aufrechtzuerhalten. Lass uns weitergehen."

„Wir müssen bald einen Ort finden, an dem wir anhalten können", sagt Kassiel, der die Stirn vor Sorge in Falten legt.

„Haltet während des Fluges die Augen offen", sagt Callan. „Sonst müssen wir draußen schlafen, und ich glaube, keiner von uns hat seine Campingausrüstung dabei."

Wir fliegen weiter, während die Sonne untergeht, die Luft kälter wird und die Blätter braun werden und zu fallen beginnen. Ein eiskalter Regen durchtränkt unsere Kleidung und jagt mir einen Schauer über die Flügel. Wir kommen an einer Stadt vorbei, beschließen aber, dass es zu riskant ist, dort anzuhalten. Ich sehe meilenweit nichts anderes, während es dunkler und kälter wird und Liv zunehmend schwächer wird.

„Da", ruft Kassiel und deutet nach unten. „Eine Art Ruine."

Ich kann in der Dunkelheit nichts erkennen, aber wir folgen ihm trotzdem alle, gerade als es zu schneien beginnt. Er führt uns zu einer Gruppe alter Steingebäude, mit fehlenden Wänden, Löchern im Dach und Ranken, die an der Seite hochwachsen. Die Ruinen sind offensichtlich verlassen, aber ein Gebäude sieht noch weitgehend intakt aus und wir landen direkt davor.

Callan versucht, eine Taschenlampe zu benutzen, aber sie funktioniert nicht. Wenn ich mich recht erinnere, hat es etwas damit zu tun, dass die Feen die Technik blockieren. Bastien benutzt ein paar Streichhölzer und Gestrüpp, um eine behelfsmäßige Fackel zu basteln. Wir gehen in das Gebäude, das aussieht, als wäre es vor langer Zeit verlassen worden. Wenigstens ist es drinnen ein bisschen wärmer.

Liv taumelt, als sie das Gebäude betritt und ich merke, dass ich ihr irgendwie helfen muss. Sie braucht ihre ganze Kraft für das, was morgen auf sie zukommen wird.

Als sich alle eingerichtet haben, ziehe ich Bastien zur Seite. „Liv braucht uns."

Seine Augenbrauen schießen nach oben. „Uns?"

Ich schlucke und verdränge meine anhaltende Eifersucht. „Ich habe mal gelesen, dass ein Sukkubus sich von zwei Männern gleichzeitig ernähren kann, um einen zusätzlichen Kick zu bekommen. Liv braucht das heute Abend."

Er nickt langsam. „Ja, da hast du wahrscheinlich recht. Glaubst du, dass sie offen für so etwas ist?"

„Auf jeden Fall."

44

OLIVIA

„Ich übernehme die erste Wache", sagt Kassiel. Wahrscheinlich ist das eine gute Idee, denn er spürt die Kälte nicht so wie die Engel und kann in der Dunkelheit viel besser sehen. So hat er diesen Ort gefunden.

Während sich alle ausbreiten und versuchen, es sich gemütlich zu machen, während sie frösteln, sammelt Araceli ein paar Stöcke und Steine und baut eine kleine Feuerstelle in der Mitte des Raumes.

„Was machst du da?", frage ich.

„Ich bin mir nicht sicher." Sie setzt sich auf ihre Fersen, streckt die Hände aus und blinzelt konzentriert. Ein paar Sekunden später fängt das kleine Zweigbündel Feuer und bringt sofort Wärme und Licht in den Raum.

Ich blinzle in die Flammen. „Wie hast du das gemacht?"

Sie grinst, während sie ihre Hände über dem Feuer wärmt. „Seit wir hier angekommen sind, ist es, als ob meine Fee-Seite erwacht wäre. Die Feen des Sommerhofs haben Feuermagie, also dachte ich, ich versuche es mal. Ich war mir allerdings nicht sicher, ob es funktionieren würde."

„Das ist unglaublich."

„Wenn ich zurückkomme, werde ich vielleicht mehr über meine Sommermagie lernen. Ich habe mein ganzes Leben lang versucht, meine Feen-Seite zu verdrängen, aber das will ich jetzt nicht mehr tun. Ich schäme mich nicht für mein Feenblut und es ist an der Zeit, es anzunehmen."

„Ich denke, das ist eine wirklich gute Idee." Ich bin so stolz auf Araceli. Sie ist in diesem Jahr so sehr gewachsen, und es ist mir eine Ehre, ihre beste Freundin zu sein.

„Schönes Feuer", sagt Callan. „Wir sollten mehr Stöcke holen, damit es die ganze Nacht brennt."

Er geht mit Grace und Araceli nach draußen und ich will ihm gerade folgen, als Marcus meine Hand ergreift und mich zurückzieht. „Komm mit mir", sagt er.

Er führt mich durch das zerstörte Gebäude, einen langen Gang hinunter, in einen weiteren intakten Steinraum. Ohne Aracelis Feuer ist es hier viel kälter, aber Bastien wartet neben einem behelfsmäßigen Bett aus Decken im Kerzenschein.

„Tut mir leid, dass es nicht romantischer ist", sagt Marcus. „Aber wir haben das Beste getan, was wir unter den gegebenen Umständen tun konnten."

„Das ist wirklich süß", sage ich und lächle ihn an.

„Du musst dich ernähren", sagt Bastien und kommt wie immer direkt zur Sache. „Von uns beiden."

Sex mit zwei Männern auf einmal? Das ist wie ein Festmahl. Ich werde danach meine dehnbaren Leggings tragen müssen. Schade, dass ich sie zu Hause gelassen habe.

Ich frage mich, woher sie die Decken haben, aber das Ganze ist so süß und sexy, dass es mir egal ist. Außerdem bin ich tatsächlich am Verhungern und schwach. Ich habe gar nicht bemerkt, wie schlecht ich mich fühle, bis sie das Thema zur Sprache brachten, aber jetzt kann ich nicht mehr aufhören, daran zu denken.

Marcus legt seine Hand auf meinen Rücken und stupst mich in die Richtung von Bastien und den Decken. Ich kann ihr Verlangen schmecken. Sie wollen das tun, zusammen. Der Gedanke, mich zu teilen, macht sie an.

Es macht mich auch an.

„Was habt ihr mit mir vor?", frage ich mit einem verschämten Lächeln.

Bastien sieht mich mit einem verwirrten Gesichtsausdruck an. „Wir dachten, du würdest es genießen, mit uns beiden zusammen zu sein. Ist das nicht der Fall?"

Ich schüttle schnell den Kopf. „Nein, ich will es sehr wohl. Sehr sogar."

„Gut." Bastien nimmt meine Hand und zieht daran, um mich zu sich auf das provisorische Bett einzuladen. Ich schlüpfe aus meinen Schuhen und lasse mich auf die Knie fallen, wobei ich überrascht bin, dass die Decken recht bequem sind.

„Wir haben ein paar Pelze gefunden", erklärt Marcus. „Sie sind überraschend plüschig und sauber, nachdem wir den Staub ausgeschüttelt haben."

Er setzt sich neben mich und presst seine Lippen auf meine. Sein Verlangen überwältigt meine Nerven und mein Körper beginnt zu glühen. In all der Zeit, in der ich mich von Männern ernährt habe, hatte ich noch nie einen Dreier, und mein Herz schlägt schneller vor lauter Vorfreude.

Die beiden ziehen mir das Shirt aus und machen sich dann schnell an meinem BH zu schaffen. Marcus beugt sich über mich und drückt meinen Rücken gegen Bastiens Brust. Bastien lässt seine Hände um meine Vorderseite gleiten und umschließt meine Brüste, während er sein Gesicht in meinem Nacken vergräbt. Ich werfe meinen Kopf zurück, während Marcus mein Haar zur Seite schiebt, damit er seine Lippen ebenfalls auf meinen Nacken drücken kann. Sie verteilen ihre Küsse auf meiner Haut, wobei beide mit jeder sanften Berührung kleine Funken durch meinen Körper jagen.

Bastien hebt meine Brust von hinten an und hält sie Marcus hin, damit er sich herunterbeugen und seine Lippen um meine Brustwarze legen kann. Er fährt mit seiner Zunge über die Spitze, bevor er heftig daran saugt und dann wieder sanfter vorgeht. Ich stöhne auf, als er mich mit seinem Verlangen in den Wahnsinn treibt.

Meine Hände finden ihren Weg nach oben und in Bastiens Haare, während Marcus seine Lippen zu meiner anderen Brustwarze bewegt und seine Hände meinen Bauch hinunter zur Kurve meiner Hüften wandern. Ich drücke mich an Bastien und hebe meine Hüften an, damit Marcus mir den Rest meiner Kleidung ausziehen kann.

Während Marcus sich auszieht, lässt Bastien seine Hand zwischen meine Beine gleiten und beginnt, mich dort zu streicheln, um mich auf seinen Freund vorzubereiten. Dann gräbt Bastien seine Finger in meine Oberschenkel und spreizt meine Beine weit. Marcus dringt in mich ein und der Hunger in seinen Augen entspricht dem meinen. Sein Schwanz dringt in mich ein und ich schreie vor Lust auf, während ich mich gegen Bastien lehne. Marcus fängt langsam an, schaukelt mich zwischen den beiden hin und her, und noch nie in meinem Leben habe ich mich so angebetet gefühlt wie in diesem Moment. Ihre beiden Körper an mich gepresst zu haben, mit ihren Mündern auf meiner Haut und ihren Händen, die über meine Kurven streichen, ist das beste Gefühl der Welt. In diesem Moment wird mir klar, wie viel mir an den beiden liegt, so viel mehr als noch vor einem Jahr.

Lilim sollen nicht lieben, aber ich fange an, mich zu fragen, ob ich es vielleicht doch tun kann. Ob ich es nicht schon tue.

Marcus' Tempo erhöht sich und alle Gedanken verflüchtigen sich aus meinem Kopf, als er mich wieder und wieder mit seinem unglaublichen Schwanz ausfüllt. Ich sauge die ganze sexuelle Energie, die er zu bieten hat, in mich auf und fühle mich sofort viel besser, aber ich will auch noch mehr. Ich drehe meinen Kopf und finde Bastiens Lippen, als er nach unten greift, um meine Klitoris zu reiben. Die Kombination der Empfindungen lässt mich einen gewaltigen Orgasmus erleben und ich ziehe mich um Marcus zusammen, der aber noch lange nicht fertig ist.

Er zieht sich zurück, packt mich an den Hüften und rollt mich auf der Decke herum. „Bastien könnte auch etwas Aufmerksamkeit gebrauchen, meinst du nicht?"

„Auf jeden Fall", stimme ich zu.

Bastien schnallt seine Hose auf und ich greife hinein, um seinen steifen Schwanz herauszuziehen. Nachdem ich ihn kurz gestreichelt habe, lecke ich ihn langsam und nehme ihn dann in meinen Mund. Er stöhnt und seine Lust steigert sich, während sich seine Finger in meinem Haar vergraben.

Marcus drückt Küsse auf meinen Rücken und meine Schultern, dann gleitet er wieder von hinten in mich hinein. Mit jedem Stoß drückt er mich auf Bastiens Schwanz, so dass ich ihn weiter in meinen Mund nehme. Ich habe zwei meiner Liebhaber in mir, die mich mit ihrer sexuellen Energie erfüllen, und es ist unglaublich.

Ich öffne meinen Mund weiter und nutze Marcus' Rhythmus, um mich auf Bastiens Schwanz auf und ab zu bewegen. Das erotische Gefühl, wie seine Eichel immer tiefer in meine Kehle gleitet, kombiniert mit der Stimulation durch Marcus, der in mich stößt, hilft mir, mich einem weiteren Orgasmus zu nähern. Ich spüre, dass auch Marcus nahe dran ist, denn er stößt schneller und heftiger von hinten in mich. Gleichzeitig reibt er meinen Kitzler und weiß genau, was er tun muss, um mich zum Höhepunkt zu bringen.

Stöhnend spanne ich mich an und komme in Fahrt, wobei meine Stimme um Bastiens Schwanz herum immer lauter wird.

Die Stöße der puren Lust lassen mich immer wieder gegen Marcus stoßen, bis auch er mit einem lauten Stöhnen in mir kommt.

Als wir beide gesättigt sind, zieht Marcus sich aus mir zurück, zieht mich auf die Decke und hält mich fest. Wir sehen uns in die Augen und ich spüre, wie sehr auch er sich um mich sorgt. Aber ich kann Bastien nicht ignorieren. Ich ziehe mich von ihm zurück und wende mich wieder meinem anderen Geliebten zu.

„Ich hoffe, du bist nicht satt", sagt er. „Ich habe noch viel mehr für dich."

„Ich kann es vertragen."

Er brummt tief in seiner Kehle. „Komm her."

Er streckt sich neben Marcus auf den Decken aus und hält seinen langen, harten Schwanz einladend in die Höhe. Ich setze mich rittlings auf ihn und lasse mich mit einem verzückten Seufzer auf ihn sinken. Das ist so viel besser als Sex mit Fremden.

Ich beginne, auf Bastien auf und ab zu wippen und finde schnell einen guten Rhythmus. Marcus bewegt sich hinter mir, seine Hände wandern über meinen Körper und streicheln mich, während Bastiens Finger sich in meine Hüften graben. Jedes Mal, wenn Bastien mich ausfüllt, schießen kleine Wellen der Lust durch mich. Er passt in mich hinein, als wäre er nur für mich geschaffen worden.

Mein dritter Orgasmus baut sich auf und lässt mich schneller und schneller werden. Auch Bastien kommt dem Höhepunkt immer näher und seine sexuelle Energie bricht in Wellen köstlicher Intensität über mich hinein.

„Ja", schreie ich. Viel mehr kann ich nicht sagen. Ich bewege mich zu schnell und die Lust ist zu groß. „Fester."

Bastien stößt fester in mich hinein, während Marcus meine Brüste umfasst und meine Nippel bearbeitet. Sie arbeiten zusammen, konzentrieren sich auf mein Vergnügen und das Ergebnis ist unglaublich.

Ich schreie auf und werfe meinen Kopf zurück, als mein Orgasmus seinen Höhepunkt erreicht. Bastien zieht mich nach vorne gegen seine Brust, fast in eine Umarmung und findet dann meine Lippen. Er bewegt seine Hüften und lässt seinen Orgasmus in mir ausklingen, während wir uns küssen. Als er fertig ist, sauge ich sein Vergnügen, seine Lust, seine Leidenschaft in mich auf. Es nährt mich, sättigt mich, stärkt mich. Ich bin bis zum Rand gefüllt, vielleicht so voll wie noch nie zuvor. Und mehr als das, ich bin auch glücklicher als je zuvor.

Mit einem Seufzer lege ich mich an Bastiens Seite und kuschle mich zwischen ihn und Marcus, der eine dünne, frisch duftende Bettdecke über uns zieht. „Die hier hatte ich in meinem Rucksack", flüstert er.

Keiner von uns hat Lust, aufzustehen und sich anzuziehen und obwohl es kalt ist, spüren wir es gar nicht. Sie legen ihre Arme und Beine um mich und wir schlafen ein, sicher und bequem in der Umarmung des anderen. Oder zumindest so sicher, wie man es in einer verlassenen Ruine mitten im Feenreich nur sein kann.

45

OLIVIA

Am Morgen setzen wir unsere Reise fort. Als wir aufbrechen, ist die Temperatur absolut perfekt, der Himmel ist strahlend blau und überall blühen leuchtende Blumen. Das Feenreich ist wunderschön, aber es hat auch etwas Ungewöhnliches an sich. Es ist wie ein Angebot, das zu schön ist, um wahr zu sein, bei dem man nur auf den Haken wartet.

Dank der Stärkung, die ich von Bastien und Marcus bekommen habe, kann ich die Unsichtbarkeitsblase beim Fliegen aufrechterhalten, was uns eine Menge Zeit im Vergleich zum Laufen spart. Nach ein paar Stunden fängt die Feder an, sich immer schneller zu bewegen und ich vermute, dass wir uns unserem Ziel nähern. Sie führt uns zu einem dunklen, imposanten Steingebäude, das von einer Mauer umgeben ist und an dessen Toren in regelmäßigen Abständen gepanzerte Wachen hocken. Unser einziges Glück ist, dass sie nicht auf einen Angriff aus der Luft vorbereitet sind, was uns die Möglichkeit gibt, uns hineinzuschleichen.

„Es ist schwer bewacht", sagt Callan. „Der Stab muss da drin sein."

Und hoffentlich auch Jonah. Es sieht definitiv wie ein Gefängnis aus, mit kleinen Fenstern und schweren Verteidigungsanlagen.

„Bleibt alle in der Nähe", sage ich ihnen, als wir uns nähern.

Wir fliegen langsam über das Tor hinweg und schweben über dem Gebäude, um einen guten Platz zum Landen zu finden. Ich entdecke eine kleine leere Gasse und fordere alle mit einer Geste auf, mir zu folgen. Die Feder zittert förmlich vor Aufregung, also wissen wir, dass wir jetzt nah dran sind.

Wir landen neben ein paar Mülltonnen und jeder nimmt sich einen Moment Zeit, um sich zu sammeln und nach einem Weg ins Innere zu suchen. Um die Ecke stehen zwei weibliche Feen auf einer kleinen Veranda vor einer geschlossenen Tür, eine mit rosafarbenem Haar, die andere mit schneeweißem. Sie scheinen sich zu streiten, und beide tragen schlichte grüne Kleider mit Schürzen, so dass ich vermute, dass sie Dienerinnen oder Köchinnen oder so etwas sind.

„Na gut. Ich mache es", sagt die mit dem weißen Haar. Sie hat es zu einem Dutzend oder mehr verschlungener Zöpfe zurückgebunden, die ihr weit über den Rücken fallen. „Aber du schuldest mir was."

Die rosahaarige Fee verdreht die Augen. „Ich schulde dir gar nichts. Und jetzt geh."

Die erste stößt die Tür mit einem Räuspern auf, dann schlüpfen sie beide hinein. Callan stürzt sich mit einem halben Sprung vorwärts und schafft es, seine Hand an die Tür zu legen, kurz bevor sie zuschlägt.

Er wartet, bis die Stimmen der Frauen verklungen sind, öffnet dann die Tür und lässt uns hinein. Wir betreten das Gebäude in einer Art Abstellraum. An der Wand stehen Bänke, es sind

Regale und Haken angebracht, an denen ein paar Mäntel hängen. Die Mäntel scheinen gut verarbeitet zu sein, sind aber nicht so schön wie einige der Kleider, die wir bei anderen Feen gesehen haben. Dies ist wahrscheinlich der Eingang für die Dienerschaft.

Mit uns allen hier drin ist es sehr eng und ich schaue mir die Gesichter meiner Freunde an. Wir sehen alle erschöpft aus von dem Schlafmangel und dem vielen Fliegen und Laufen. Ganz zu schweigen von der Zeitverschiebung. Aber wir sind jetzt so nah dran, ich kann es spüren. Bald werden wir den Stab und auch meinen Bruder finden.

Bastien hält die Feder am Ende fest und sie führt uns zuckend weiter in das Gebäude hinein. Wir gehen in einen langen, leeren Flur aus weiß getünchten Holzdielen entlang. Die meisten Türen, die von diesem Flur abgehen, sind geschlossen, aber die Feder sagt uns immer wieder, dass wir weitergehen sollen.

Bastien bleibt vor einer geschlossenen Tür stehen und blickt zu uns zurück. Callan geht vor, wieder im überfürsorglichen Beschützermodus, und dreht den Türknauf vorsichtig. Die Tür ist verschlossen.

Zum Glück habe ich damit gerechnet, dass so etwas passieren könnte, und ich habe meine zuverlässigen Dietriche eingepackt. Es dauert ein paar Minuten, weil das Schloss etwas schwieriger zu knacken ist, aber dann schwingt die Tür auf.

Auf der anderen Seite befindet sich ein Treppenhaus mit kaputten Stufen, die in der Dunkelheit verschwinden. Wäre dies ein Film, würden die Leute an dieser Stelle schreien: „Geht da nicht runter, ihr Idioten!" Also gehen wir natürlich hinunter.

Der Gang ist eng und windet sich zu einer engen Spirale und wenn uns jetzt jemand entgegenkommt, sind wir in Schwierigkeiten. Wir versuchen, so wenig Geräusche wie möglich zu machen, während wir sowohl dicht beieinanderbleiben als auch schnell voranschreiten, und ich hoffe einfach, dass niemand direkt am Fuß dieser Treppe wartet.

Die Treppe scheint ewig lang zu sein. Wir kommen an einigen Türen vorbei, aber die Feder will, dass wir weiter nach unten gehen. Wir müssen jetzt mehrere Stockwerke unter der Erde sein.

„Wir sind ganz nah dran", flüstert Bastien, der die Feder festhält, damit sie nicht wegfliegt.

Wir erreichen das untere Ende der Treppe und stehen vor einem neuen Problem. Vor uns liegt eine große Steintür, die eindeutig verriegelt ist. Zwei Wachen in Bronzerüstungen stehen daneben, bewaffnet mit Speeren.

Wie sollen wir uns da vorbeischleichen?

Wir haben keine Chance, einen Plan zu entwerfen, denn sobald meine Füße den Boden berühren, verschwindet die Unsichtbarkeitsblase. Ich versuche schnell, das Licht um uns zu biegen, um so etwas wie eine magische Wand zu schaffen, aber es ist sowieso schon zu spät.

Die beiden Wachen schrecken auf, als sie unsere Gruppe plötzlich auftauchen sehen, aber sie sind offensichtlich gut trainiert, denn sie richten ihre Speere auf uns. „Stopp!"

„Scheiße", murmelt Marcus.

So viel dazu, nicht von den Feen erwischt zu werden.

Rechts befindet sich eine offene Tür und ich frage mich, ob wir durch sie hindurchschlüpfen und entkommen können, aber dann würde jemand von einem dieser Speere erstochen werden. Die Feen sind genauso schnell wie wir, wenn nicht sogar noch schneller. Wir könnten versuchen, diese Wachen zu überwältigen, idealerweise, ohne sie wirklich zu verletzen, aber wir wissen nicht, ob es noch weitere in der Nähe gibt. Und wir können unsere Magie hier nicht einsetzen.

„Was wollt ihr?", fragt eine der Wachen.

Die anderen sehen mich erwartungsvoll an, als ob ich uns aus diesem Schlamassel herausholen sollte. So ein Mist.

Ich trete vor und hebe meine Hände zur Kapitulation. „Wir suchen den Stab der Ewigkeit ... und einen Engel namens Jonah.“

Die beiden Wachen sehen sich an und ich befürchte schon, dass sie uns gleich verhaften werden, als ich eine vertraute Stimme höre, die fragt: „Liv?“

Ich drehe mich zur offenen Tür und starre den Mann an, der dort steht.

Jonah.

46

OLIVIA

Mein Bruder ist am Leben. Er ist am *Leben*!

Ich dachte, er wäre ein Gefangener. Ich hatte Angst, er könnte tot sein. Ich habe zwei Jahre lang versucht, ihn zu finden – und jetzt steht er da, mit einem Buch unter dem Arm.

„Jonah!" Ich stürme auf ihn zu und er lässt das Buch fallen, um mich zu umarmen. Mit Tränen in den Augen drücke ich ihn fest an mich, dann ziehe ich mich zurück und sehe ihn ungläubig an. Ist er es wirklich? Ist er wirklich in Ordnung? Er hat einen neuen Bart, er trägt schicke Feenkleidung und hat ein Schwert an der Hüfte, aber ansonsten sieht er gut aus. Er ist gesund. Unverletzt. *Lebendig*.

Ich habe mir diesen Moment schon so viele Male ausgemalt. Ich habe mir vorgestellt, wie er mich vom Boden hochhebt und mich herumwirbelt, begeistert, seine kleine Schwester zu sehen. Aber stattdessen starrt er mich an. „Was machst du hier?"

Das ist definitiv nicht das Wiedersehen, das ich erwartet habe.

„Ich bin hier, um dich zu retten", sage ich. Es klingt albern, da er offensichtlich keine Rettung braucht.

„Ihr solltet nicht hier sein", sagt Jonah. Die Wachen beäugen uns misstrauisch, aber er hebt eine Hand in ihre Richtung. „Es ist in Ordnung. Ich kenne sie."

Ich trete zurück, verletzt von seinen Worten, während die anderen nach vorne stürmen.

Grace wirft ihre Arme um Jonah und gibt ihm einen Kuss. „Es ist zwei Jahre her", sagt sie. „Ich hätte einfach weitermachen können, aber ich habe es nicht getan. Ich habe nie die Hoffnung aufgegeben, dass du noch am Leben bist."

„Es tut mir leid", sagt Jonah und drückt sie an sich. „Ich werde euch alles erklären."

Marcus macht einen Schritt nach vorne und umarmt Jonah einmal kurz. „Das solltest du auch."

„Wir haben uns solche Sorgen gemacht", murrt Callan.

Bastien ergreift Jonahs Hand. „Nun, einige von uns haben angenommen, du wärst tot."

Jonah stößt ein kurzes Lachen aus. „Es ist wirklich schön, euch alle zu sehen. Aber wie kommt es, dass ihr alle zusammen hier seid?"

„Das ist eine lange Geschichte", sage ich. „Die Kurzfassung ist, dass ich angefangen habe, die Seraphim Akademie zu besuchen, um dich zu finden. Wir haben alle zusammengearbeitet, auch Araceli, meine Zimmergenossin, und Kassiel, einer unserer Professoren, und so sind wir hierhergekommen. Zu dir und zu dem Stab." Ich werfe einen Blick auf die schwer bewachte Tür. „Ist er da drin?"

„Ja", sagt Jonah, doch dann wendet er sich mit strengem Blick an Callan. „Ich dachte, ich hätte dir gesagt, du sollst Liv von der Seraphim Akademie fernhalten."

„Ich habe es versucht", sagt Callan. „Glaub mir, ich habe

alles getan, außer ihr tatsächlich etwas anzutun, aber nichts davon hat funktioniert. Sie ist sehr ... starrköpfig."

„Eher entschlossen", murmle ich.

„Es ist nicht sicher für sie an der Seraphim Akademie. Oder hier." Jonah schüttelt den Kopf. „Ihr solltet zurückgehen."

„Wir gehen nicht ohne dich", sagt Callan. Ich wollte gerade das Gleiche sagen.

„Warum bist du überhaupt hierhergekommen?", frage ich. Ich bin mit meiner Weisheit am Ende. „Wolltest du wirklich den Stab für den Orden holen?"

Seine Augenbrauen schießen in die Höhe. „Ich sehe, du weißt eine Menge. Nein, das wollte ich nicht. Ich bin hierhergekommen, um dich vor dem Stab zu schützen – und deshalb bin ich geblieben." Er seufzte. „Kommt, lasst uns hineingehen, dann zeige ich ihn euch."

Er gestikuliert den Wachen, die daraufhin zur Seite gehen, dann berührt Jonah eine unauffällige Stelle an der Wand hinter ihnen. Die Riegel entsperren sich und die schwere Steintür öffnet sich langsam. Im Inneren befindet sich ein großes steinernes Podest, über dem ein Stab schwebt, der sowohl mit Dunkelheit als auch mit Licht leuchtet. Er ist aus verdrehtem silbernem und goldenem Metall gefertigt und an seiner Spitze befindet sich eine Kugel, die abwechselnd in allen Farben des Regenbogens glänzt und von zwei Flügeln, einem schwarzen und einem weißen, umgeben ist.

Ich trete langsam vor. „Ist er das? *Der* Stab?"

Jonah stellt sich neben mich. „Ja. Ich habe ihn die ganze Zeit über bewacht."

Unsere Freunde treten hinter uns ein und ich höre Araceli nach Luft schnappen.

Der Stab strahlt Macht und Schönheit aus und es fällt schwer, ihn nicht mit Ehrfurcht anzustarren.

Drinnen befindet sich eine weitere Wache, eine wunderschöne Feen-Frau mit jagdgrünem Haar und passenden Augen. Sie trägt eine Herbsthof-Rüstung und zieht ihr Schwert, als wir uns nähern. „Jonah? Wer sind diese Leute?"

„Eveanna, das ist meine Schwester Olivia", sagt er. „Sie ist gekommen, um mich zu retten."

„Es ist mir eine Freude, dich kennenzulernen", sagt sie mit einer leichten Verbeugung. „Jonah hat schon oft von dir gesprochen."

„Eveanna ist die derzeitige Hüterin des Stabes", erklärt Jonah. „Michael und Luzifer haben ihn den Feen anvertraut und er wandert jedes Jahr an einen anderen Hof, damit sein Standort verborgen bleibt."

Sie steckt ihr Schwert in die Scheide. „Es ist mir eine große Ehre, den Stab zu beschützen."

Ich wende mich an Jonah, um Antworten zu verlangen, als es plötzlich einen lauten Knall und einen Lichtblitz auf dem Boden neben uns gibt, dann füllt sich die Luft mit weißem Rauch. Er riecht fürchterlich und brennt in den Augen und wir müssen alle sofort husten und versuchen, den nebligen Rauch wegzuwedeln.

„Was war das?", frage ich, drehe mich um und versuche, in der Dunkelheit etwas zu erkennen.

„Wir werden angegriffen!", schreit Eveanna. „Schützt den Stab!"

Ich gehe auf den Stab zu und als sich der Rauch lichtet, sehe ich ein Portal wie das, durch das wir gekommen sind. Grace hält etwas Langes in der Hand und benutzt es, um das Portal zu öffnen. Den Stab der Ewigkeit.

„Grace?", frage ich. „Was tust du da?"

Es ist eine dumme Frage. Sie stiehlt offensichtlich den Stab. Ich bin nur so schockiert von dem, was ich sehe, dass ich nicht sagen kann, was ich wirklich fragen will, nämlich: *Was zum Teufel, Grace?*

„Ich besorge meinem Vater ein Geschenk", sagt sie mit einem

verschlagenen Grinsen, das ich noch nie gesehen habe. Ihr Vater? Wer ist er?

Ich starre sie an und versuche zu begreifen, was sie da tut, als Nariel, Cyrus, Jeremy und fünf weitere Ordensmitglieder durch das Portal erscheinen.

„Grace", flüstert Jonah. „Wie konntest du nur?"

Sie starrt ihn an. „Es ist unsere Pflicht, den Stab zurückzuholen. Du hast bei dieser Aufgabe versagt. Ich werde es nicht."

Während sie das sagt, stößt sie den Stab in Jonahs Brust, woraufhin er mit einem Lichtblitz nach hinten fliegt. Wut überkommt mich und ich versuche, meine Sukkubus-Magie einzusetzen, aber nichts passiert. Sie ist immer noch in mir gefangen, zusammen mit meinen Engelskräften. Dieser Raum muss Magie irgendwie blockieren. Aber dank meiner Mutter bin ich nicht wehrlos. Ich ziehe meinen mit Dunkelheit durchdrungenen Dolch und auch meine Freunde greifen zu ihren Waffen.

„Gebt ihr Deckung", ruft Nariel und alle Ordensmitglieder heben ihre Waffen, um eine Barriere zwischen uns auf der einen Seite, und Grace und dem Portal auf der anderen Seite zu errichten.

Es herrscht Chaos, als die Prinzen – einschließlich meines Bruders – und die Ordensmitglieder aufeinandertreffen. Kassiel und Araceli kämpfen ebenfalls, zusammen mit Eveanna. Ich bewege mich durch das Chaos und versuche, zu Grace und dem Stab zu gelangen, aber sie stürzt sich mit dem Stab in das Portal, bevor ich sie erreichen kann. Verflucht!

Cyrus ist ihr dicht auf den Fersen. Ich versuche, sie zu verfolgen, aber Nariel packt mich am Arm und reißt mich energisch zurück.

„Stirb, Dämonenbrut", knurrt er, während er ein lichtdurchflutetes Schwert auf mich zielt. Ich habe keine Zeit zu fliehen.

Bevor er zustoßen kann, durchschlägt Callans riesiges Schwert von hinten Nariels Brust. Mein Ishim-Lehrer stößt ein gurgelndes Keuchen aus, bevor sein Körper erschlafft. Er fällt auf den Boden und ich starre entsetzt auf das Blut, das ihn bedeckt. Wie konnte es so weit kommen? Mein eigener Professor hat versucht, mich umzubringen. Callan rettet mir das Leben. Tote Körper auf dem Boden. Und das alles nur wegen des Stabs.

„Geht es dir gut?", fragt Callan, berührt meinen Arm und reißt mich aus meinen Gedanken.

„Ja. Danke."

Er nickt mir kurz zu, dann dreht er sich um, um einen weiteren Angriff auf mich zu verhindern. In diesem Moment sehe ich Jeremy auf das Portal zu rennen. Auf keinen Fall, Arschloch. Ich greife meine mit Dunkelheit durchtränkte Klinge und renne ihm hinterher, um ihm den Weg zum Portal zu versperren.

Er schwingt sein Kurzschwert, seine Augen sind wild und ich bin klug genug, mich zu ducken und zur Seite zu rollen. Gut, dass ich im Kampfunterricht aufgepasst habe. Jeremy dreht sich um, bereit, erneut anzugreifen, aber ich hebe meinen mit Dunkelheit versetzten Dolch und blocke ihn ab, obwohl der Schlag so stark ist, dass er Wellen von Schmerz durch mein Handgelenk schickt. Doch dann wirble ich herum und schneide ihm mit meiner mit Dunkelheit versetzten Klinge in den Arm. Den Arm, der das Schwert hält, das auf den Boden fällt. Jeremy schreit auf und stolpert zurück, als die Dunkelheit in ihn eindringt. Ich erinnere mich daran, wie schmerzhaft es war und kann nicht anders als zu lächeln.

„Wie fühlt sich das an?", frage ich. „Du bist in einem Raum ohne Magie und wurdest von einem Halbdämon besiegt."

Er grinst mich an, während er zurückweicht und sich den Arm vor die Brust hält. „Das spielt keine Rolle, denn bald bist du wieder in der Hölle ... oder du wirst tot sein."

Er springt durch das Portal und ich stürze mich auf ihn, aber es schließt sich in der Sekunde, in der er hindurch geht.

„Nein!", schreie ich, als ich durch den leeren Raum stolpere, in dem sich einst das Portal befand. Sie haben den Stab. *Sie haben den Stab!*

Überall um mich herum sind die Kämpfe beendet. Nariel liegt tot am Boden, zusammen mit drei anderen Ordensmitgliedern, deren Namen ich nicht kenne. Alle meine Freunde sind am Leben, Gott sei Dank, aber sie starren auf die Stelle, an der sich das Portal befand, und jeder Einzelne von ihnen sieht niedergeschlagen aus.

Wir haben versagt.

CALLAN

„Nehmt sie fest", befiehlt eine Stimme hinter uns, und bevor ich weiß, wie mir geschieht, strömen Dutzende von bewaffneten Feen in den Raum und legen uns in Ketten. Keiner von uns wehrt sich. Wir sind zu geschockt von dem, was gerade passiert ist.

Jonah versucht, einem Feen-Hauptmann, der nicht gerade beeindruckt aussieht, alles zu erklären, während der Rest von uns aus dem Raum gezerrt wird. Ich blicke zurück und sehe Olivia direkt hinter mir, körperlich unverletzt, aber ich habe sie noch nie so gebrochen gesehen. Der Verrat von Grace muss sie schwer getroffen haben.

Meine Magie kehrt in dem Moment zurück, in dem meine Füße die Treppe berühren und wir nicht mehr auf dieser Etage sind. Wir gehen die gewundenen Treppen immer weiter hinauf, bis auf irgendeinem Stockwerk eine Tür aufgeschlossen wird und wir in eine Gefängniszelle gesperrt werden. Sie stopfen uns alle in eine Zelle und knallen die Metalltür zu.

Jonah ist nicht bei uns. Er versucht wohl, den Feen zu erklären, was passiert ist. Ich kann auch seine Feen-Freundin nirgends sehen.

Ich starre auf die Wachen, die vor der Zelle stehen und drehe mich dann zu meinen Freunden um. Araceli legt einen Arm um Olivia und sie lehnen sich aneinander, beide erschöpft. In einer Ecke der Zelle sitzt Bastien mit einer blutenden Wunde am Arm, aber Marcus kümmert sich darum. Kassiel steht allein da und starrt ins Leere, sein Blick ist gequält.

Wir warten dort mindestens eine Stunde lang. Keiner von uns sagt besonders viel. Was gibt es schon zu sagen? Wir haben verloren, und der Orden hat gewonnen. Jetzt ist Olivia in Gefahr. Scheiße.

Wir bekommen etwas zu essen und zu trinken und wir alle stürzen uns darauf, als ob wir verhungern würden. Ich schätze, es ist schon lange her, dass wir etwas gegessen haben. Ich habe keine Ahnung. Die Zeit vergeht so seltsam im Feenreich und es ist unmöglich, in dieser feuchten, dunklen Zelle irgendetwas zu erkennen.

Ich lehne meinen Kopf gegen die Gitterstäbe und schließe die Augen, um mich ein wenig auszuruhen, damit ich fit bin, falls wir noch einmal kämpfen müssen. Olivias leise Stimme weckt mich auf und ich sehe, dass sie in der Ecke der Zelle leise mit Kassiel spricht. Bis auf die beiden scheinen alle anderen zu schlafen. Als ich sie beobachte, senkt Olivia den Kopf und Kassiel streckt die Hand aus, um ihr Gesicht zu berühren. Der Moment sieht so intim aus, dass ich wegschaue, weil ich das Gefühl habe, zu stören.

Dann dämmert es mir - schläft Olivia mit unserem Professor für Engelsgeschichte? Ist er deshalb wirklich hier? Ich bin mir nicht sicher, was ich davon halten soll.

Bevor ich es herausfinden kann, kommen die Wachen und alle in der Zelle stehen auf. „Kommt mit uns", fordert uns einer von ihnen auf.

Sie führen uns die Treppe hinauf in das Hauptgeschoss und dann einen langen Flur entlang, dessen dunkelgrüner Teppich mit roten und orangefarbenen Blättern verziert ist. Alle Wachen tragen bronzene Rüstungen, die ebenfalls mit Blättern verziert sind. Irgendwann müssen wir das Gebiet des Herbsthofs betreten haben, auch wenn es keiner von uns bemerkt hat.

Hohe Doppeltüren öffnen sich und geben den Weg in einen großen Raum frei. Ein langer rot-goldener Teppich führt uns zu einem Thron, auf dem ein Mann mit langen schwarzen Haaren und grausamen Augen sitzt. Er trägt eine große, mit Edelsteinen besetzte Krone und trommelt mit seinen langen, scharfen Fingernägeln auf die Armlehne des Throns, während er darauf wartet, dass wir zu ihm gebracht werden.

„Kniet nieder vor dem Hochkönig Oberon", befiehlt eine der Wachen.

Ich beiße die Zähne zusammen, füge mich aber und lasse mich auf die Knie sinken. Ein Sohn von Michael sollte niemals knien, aber ich habe auch von der Macht und Brutalität Oberons gehört, und da dies sein Reich ist, ist es das Beste, auf Nummer sicher zu gehen.

Jonah wird als nächster hereingeführt, mit Eveanna an seiner Seite. Er wirft uns einen besorgten Blick zu, bevor er sich vor dem König niederkniet.

„Welch interessante Exemplare wir doch in unserem Keller gefunden haben", sagt Oberon, während sein Blick durch die Reihe wandert. „Ein Kind mit abgeschwächtem Feenblut, das niemals in diese Welt hätte kommen dürfen."

Aracelis Kopf hebt sich und sie begegnet seinen Augen mit starrem Blick. In den vergangenen zwei Jahren hat sie irgendwann mehr Rückgrat entwickelt. Gut für sie.

„Ein Sohn von Uriel und ein Sohn von Raphael", fährt der König fort und grinst dann. „Die letzte Nacht dasselbe Bett geteilt haben."

Meine Augenbrauen heben sich daraufhin. Woher weiß er das? Jonahs sehr verwirrter Blick springt zu Bastien und Marcus.

Er hält bei mir inne, und ein Schauer läuft mir über den Rücken. Er hat etwas sehr Beunruhigendes an sich, doch ich fürchte mich vor nichts. Dann schweift sein Blick weiter zu Kassiel und Olivia.

„Und schließlich ein Sohn Luzifers und ein Sohn von Michael, die beide mit der Tochter von Lilith und Gabriel verkehren." Er wirft den Kopf zurück und gackert. „Wie herrlich verrucht."

Mir fällt die Kinnlade auf den Boden. Alle drehen sich zu Kassiel um, der die Stirn runzelt. Hat Oberon ihn gerade den Sohn Luzifers genannt?

Die Ereignisse der letzten vierundzwanzig Stunden fügen sich schnell zusammen. Sein Wunsch, an dieser Mission teilzunehmen. Seine ausgezeichnete Nachtsicht. Sein Widerstandsfähigkeit gegen die Kälte. Er ist kein Engel, er ist ein Gefallener, der uns alle ausgetrickst hat.

Meine Hände ballen sich zu Fäusten. Dieses Arschloch, das neben mir kniet, ist der Sohn des Mörders meines Vaters. Und er schläft mit Olivia.

Olivia, die die Tochter von Lilith ist. Der *Erzdämonin* Lilith.

Ich wusste, dass sie halb Dämon ist, aber ich hatte keine Ahnung, dass sie die Tochter des mächtigsten Sukkubus der Welt ist.

All das geht mir durch den Kopf, während Hochkönig Oberon mit den Fingern auf die Armlehne seines Throns tippt. Er beobachtet mich, als ob er meinen innerlichen Aufruhr spürt und sich daran erfreut. Ich möchte diesen ganzen verdammten Raum niederbrennen.

„Wir haben den Stab der Ewigkeit über dreißig Jahre lang bewacht, als Teil einer Abmachung, die wir mit Michael und Luzifer getroffen haben", sagt er und beendet endlich das lange

Schweigen. „Heute wurde der Stab gestohlen und Schande wurde über unser Volk gebracht. Hätte jemand von euch eine andere Abstammung, wäre er jetzt natürlich tot."

„Eure Majestät, ich kann es erklären", beginnt Jonah.

Oberon hält eine Hand hoch. „Schweig. Ich weiß bereits, was passiert ist. Deine Halbschwester und ihre Freunde kamen, um dich zu suchen, aber einer von ihnen hat sie verraten und den Stab gestohlen."

Ich habe gehört, dass Oberon weise ist und dass seine Macht aus dem Land selbst kommt, aber er scheint alles zu wissen. Viel zu viel.

„Ihr alle seid für diese Unruhe verantwortlich, und ihr alle müsst zur Erde zurückkehren und sie beheben. Das gilt auch für dich, Eveanna vom Herbsthof. Du bist von nun an aus Feenreich verbannt, bis der Stab zurückgegeben oder zerstört ist."

Die Augen der grünhaarigen Fee weiten sich, aber sie senkt den Kopf. „Ja, Eure Majestät."

„Nun geht, ich bin es leid, eure Gesichter anzuschauen", sagt er und winkt abweisend mit der Hand. „Ich hatte vergessen, wie sehr ich Engel und Dämonen und ihr Drama verabscheue."

Wir werden aus dem Thronsaal in einen anderen Raum geführt, wo eine Fee in einem bronzenen Gewand ein Portal für uns öffnet. Einer nach dem anderen gehen wir hindurch, einschließlich dem neuen Mitglied unserer Gruppe, Eveanna.

Wir kommen im Glockenturm heraus, wo es stockdunkel ist. Die Sonne ist bereits untergegangen. Ich frage mich, wie lange wir weg gewesen sind.

Ich schalte das nächste Licht an und sehe mich nach Kassiel um, aber er ist nicht da. Nun gut. Im Moment haben wir Wichtigeres zu tun.

Ich kümmere mich später um ihn.

48

OLIVIA

Wir sind alle geschockt und erschöpft, aber wir sind zurück und Jonah ist bei uns. Es ist kein vollkommener Sieg, aber es ist immerhin etwas.

Ich schlinge meine Arme wieder um ihn, jetzt, wo wir auf der Erde sind und die Gefahr vorüber ist. Er erwidert meine Umarmung, und ich schluchze an seiner Brust. Ich weine, weil ich so erleichtert bin, dass er noch am Leben ist. Ich weine um die zwei Jahre, die wir verloren haben. Ich weine, weil Grace uns verraten hat.

„Ich habe dich so vermisst", sage ich zu ihm, während ich mir die Augen abwische. „Ich habe nie aufgehört, nach dir zu suchen."

„Ich hätte wissen müssen, dass du mich finden würdest, selbst in einer anderen Welt", sagt Jonah mit dem schiefen Grinsen, das ich so lange herbeigesehnt habe. Auch seine Augen sind feucht.

„Sturheit liegt in unserer Familie." Ich lasse ihn los und trete zurück, dann atme ich tief durch, um mich zu beruhigen. „Wir haben eine Menge zu besprechen."

„Ohne Scheiß", sagt Callan. „Wo ist Kassiel?"

Er ist verschwunden. Wahrscheinlich hat er die Dunkelheit um sich gesammelt, um zu fliehen, sobald wir zurückgekehrt sind. Ich kann es ihm nicht verdenken. Die anderen werden mit der Nachricht, wer und was er ist, eine Menge Probleme haben.

„Vögelst du ihn wirklich?", fragt Araceli und sieht dann die Wahrheit in meinem Gesicht. „Mensch Mädel. Ich meine, ich verstehe schon, er ist wahnsinnig heiß, aber er ist auch unser Professor."

„Er ist auch *Luzifers Sohn*", schreit Callan praktisch.

Marcus schiebt die Couch zurück in die Mitte des Raumes, da wir sie für das Portal zur Seite geschoben haben. Dann lässt er sich darauf plumpsen und schnappt sich eines der rosa Einhorn-Stofftiere, die ich für sie dagelassen habe. „Vergiss Kassiel, ich will wissen, was zum Teufel Jonah zwei Jahre lang im Feenreich gemacht hat."

„Ja, erzähl uns alles", sagt Bastien und zieht seinen Sessel heran.

Wir sitzen alle dicht beieinander und haben Käse, Cracker und Wein gefunden, die wir unter uns aufteilen. Eveanna sitzt steif neben uns und blickt sich verwundert um.

„Lasst mich von Anfang an beginnen", sagt Jonah, während er sich etwas Wein einschenkt. „Ich wurde zusammen mit Grace und den anderen Prinzen in den Orden rekrutiert. Wir waren nur Anwärter, aber Grace hatte Insiderwissen, da ihr Onkel Nariel der Anführer war."

Das war der zentrale Begriff. Wir haben ihn im Feenreich zum Sterben zurückgelassen. Obwohl er den Orden anführte, krampft sich mein Magen zusammen bei dem Gedanken, dass er nicht mehr da ist. Er war nun schon seit Monaten mein Lehrer. Er hat mir viel über meine Kräfte beigebracht. Und dann nannte er mich Dämonenbrut und versuchte, mich zu töten. Ich muss das alles erst einmal verdauen.

Jonah fährt fort und unterbricht meine Gedanken. „Vor ein paar Jahren fand der Orden heraus, dass der Stab im Feenreich aufbewahrt wurde, aber jeder, den sie schickten, um ihn zu holen, kam ums Leben. Als meine Erzengelkraft zum Vorschein kam, wollte Grace, dass ich mich freiwillig melde, um den Stab zu besorgen." Er starrt in sein Weinglas. „Grace glaubte fest an die Lehren des Ordens. Ich hätte ihren Verrat kommen sehen müssen."

„Wir alle dachten, sie sei unsere Freundin", sagt Araceli. „Es ist nicht deine Schuld. Sie hat sogar den Lügentest von Bastien bestanden."

„Ja, mit vorsichtigen Worten", sagt Bastien und verengt die Augen. „Ich vermute, dass sie alles von Anfang an geplant hat. Sie wusste, dass Olivia versuchen würde, die Folterung der Feen zu verhindern, also hat Grace dafür gesorgt, dass sie nichts damit zu tun hat, da sie wusste, dass wir ins Feenreich gehen und die Feder benutzen würden, um den Stab zu finden. Alles was sie tun musste, war mit uns zu kommen."

Ich schließe die Augen, während ich mich an Dinge erinnere, die sie gesagt hat, sowohl dieses als auch letztes Jahr. „Sie hat uns die ganze Zeit über manipuliert."

„Ja, das ist mir jetzt klar", sagt Jonah seufzend. Er hat sie wirklich geliebt, also muss es ihn fertig machen zu wissen, dass ihre Beziehung nur eine Lüge war.

„Wer ist ihr Vater?", frage ich.

„Ihr Vater?" Jonah runzelt die Stirn. „Ein Ishim namens Malcolm. Er war eine kurze Zeit mit ihrer Mutter zusammen, aber ansonsten hat er nicht viel mit ihr zu tun. Warum?"

Ich bin neugierig. Ich muss mehr über diesen Kerl herausfinden und weshalb er am Stab interessiert sein könnte. „Sie hat nur etwas erwähnt. Tut mir leid, erzähl weiter."

Jonah nickt. „Ich wusste, dass Liv in Gefahr sein würde, wenn der Orden den Stab in die Hände bekäme. Sie würden immer wieder Leute schicken, um ihn zu holen, deshalb habe ich mich freiwillig gemeldet ... mit der Absicht, dafür zu sorgen, dass sie ihn nie bekommen."

„Wie hast du es geschafft, im Feenreich am Leben zu bleiben?", fragt Araceli. Dann bietet sie lächelnd ihre Hand an. „Ich bin übrigens Araceli. Livs Mitbewohnerin."

„Es ist schön, dich kennenzulernen", sagt er mit einem herzlichen Grinsen. „Ich habe es geschafft, die Feen für ein paar Tage zu täuschen. Länger als ich erwartet hätte." Eveanna verdreht die Augen, geht aber nicht darauf ein. „Aber schließlich erwischten sie mich und warfen mich ins Gefängnis. Ich erklärte, wer ich war und warum ich dort war und sie waren unsicher, was sie mit mir machen sollten. Da ich der Sohn von zwei Erzengeln bin, wollten sie mich nicht töten. Sie hatten auch nicht das Gefühl, dass sie mich zurückschicken könnten. Schließlich überzeugte ich den Hochkönig und er gestattete mir, im Feenreich zu bleiben, solange ich half, den Stab zu bewachen."

„Du hattest Glück, dass du den Hochkönig amüsiert hast", sagt Eveanna.

Jonah zwinkert. „Jeder findet mich amüsant. Sogar du."

Ich schaue zwischen den beiden hin und her. „Seid ihr ...“

Eveanna rümpft die Nase. „Ganz bestimmt nicht. Ich habe kein Interesse an Männern."

Ich halte meine Hände hoch. „Tut mir leid, ich musste einfach fragen."

„Nein, ich bin Grace treu gewesen. Das hat ja viel gebracht", murmelt Jonah.

„Warum hast du uns nicht benachrichtigt?", fragt Bastien.

„Ich hatte zu viel Angst, dass der Orden es herausfinden und wissen könnte, dass ich noch am Leben bin. Oder noch schlimmer, dass er mich irgendwie aufspüren könnte."

Wieder füllen sich meine Augen mit Tränen. „Du hast keine Ahnung, wie schwer es für uns alle war, nicht zu wissen, was mit dir passiert ist. Ob du lebst oder tot bist. Deine Eltern waren völlig verzweifelt."

„Es tut mir leid", sagt Jonah. „Ich wollte nie jemandem wehtun. Ich habe nur versucht, euch zu beschützen." Er blickt zu den anderen Prinzen und sein Blick wird starr. „Ich habe sogar meine besten Freunde gezwungen, mir zu versprechen, dich von hier fernzuhalten, aber das hat nicht funktioniert. Und jetzt schläfst du mit Callan?"

„Eigentlich mit uns dreien", sagt Bastien, als wäre es eine offensichtliche Tatsache.

Jonahs Kinnlade klappt herunter. „Was zum Teufel?"

„Tut mir leid." Marcus blickt beschämt zu Boden. „Es war nicht geplant, dass wir Gefühle für deine Schwester entwickeln."

„Gefühle?", schreit Jonas regelrecht. „Was soll das heißen, Gefühle?"

„Sprich für dich selbst", schnauzt Callan. „Ich habe nur mit ihr geschlafen, um sie zu beschützen."

„Du solltest sie beschützen, indem du sie von der Akademie und dem Orden fernhältst!", ruft Jonah und schüttelt den Kopf. „Jetzt, wo sie wissen, was sie ist und den Stab haben, ist Liv in größerer Gefahr als je zuvor."

„Was meinst du?", fragt Araceli.

Jonah fährt sich mit der Hand durch die Haare, aber er wirkt alles andere als ruhig. „Der Stab benötigt sowohl einen Erzengel als auch einen Erzdämon, um seine vollen Kräfte zu aktivieren, aber sie müssen zusammenarbeiten. Wenn sie zum Beispiel die Dämonen zurück in die Hölle schicken wollen, müssen sie beide zustimmen."

„Das ist gut", sagt Marcus. „Das bedeutet, dass Grace keine Chance hat, ihn zu benutzen. Es sei denn, sie hat sowohl einen Erzengel als auch einen Erzdämon in der Tasche."

„Und kein Erzdämon wird zustimmen, alle in die Hölle zurückzuschicken", sagt Callan.

Bastien reibt sich das Kinn. „Nein, aber es funktioniert auch mit jedem, der Erzengel- oder Erzdämonenblut hat."

„Ganz genau." Jonah beugt sich vor und sieht mir in die Augen. „Olivia, du hast beides."

Ich habe beides. Der Gedanke dringt langsam zu mir durch und lässt mich erschauern.

Ich habe beides.

„Verstehst du jetzt?", fragt Jonah. „Du bist die einzige lebende Person, die den Stab allein benutzen kann. Deshalb wollte ich nie, dass er das Feenreich verlässt und deshalb habe ich diese Idioten gebeten, dich möglichst fern von diesem Leben zu halten. Wenn niemand wüsste, dass du existierst, könnten sie nicht versuchen, dich zu zwingen, den Stab zu benutzen."

„Scheiße, Olivia ist in größerer Gefahr, als wir dachten", sagt Callan.

„Ja, besonders, seit du sie als Halbdämon entlarvt hast", murmelt Marcus.

„Du hast *was* getan?", fragt Jonah.

„Wir haben einiges zu erledigen", sagt Bastien. „Aber das Wichtigste ist, herauszufinden, wie wir den Stab zurückbekommen."

„Das stimmt", sagt Araceli.

Ich nicke und versuche, mich zu konzentrieren. „Wir müssen nach Grace, Cyrus, Jeremy und allen anderen suchen, die zurückgekommen sind. Sie könnten noch auf dem Campus sein, obwohl ich das bezweifle."

„Wenn sie es sind, werde ich sie finden", sagt Bastien. „Ich muss auch mit meinem Vater über all das sprechen."

„Wir haben viel zu tun." Ich stehe langsam auf. „Aber zuerst muss Jonah unseren Vater sehen."

Die Gruppe teilt sich mit einem vagen Plan auf, nach Grace und dem Stab Ausschau zu halten. Marcus, Callan und Eveanna werden den Campus nach Ordensmitgliedern absuchen, während Bastien sich mit Uriel berät und Araceli mit Tanwen spricht, um herauszufinden, was während unserer Abwesenheit passiert ist. Ich habe keine Ahnung, was Kassiel macht – wahrscheinlich berichtet er Luzifer, was passiert ist.

Ich möchte auch an der Jagd teilnehmen, aber die Familie geht vor. Ich bringe Jonah zu unserem Haus in Angel Peak, wo unser Vater die Tür öffnet und die Tasse mit dem Tee, die er in der Hand hält, fallen lässt. Als sie zerbricht, stürzt Gabriel nach vorne, um seinen Sohn in die Arme zu nehmen.

„Du bist am Leben", flüstert er in Jonahs Haar. Er sieht mit stolzen Augen zu mir auf. „Du hast ihn zurückgebracht."

Papa bittet mich mit einer Geste, näher zu kommen und ich schließe mich ihrer Umarmung an, sodass wir uns alle ganz fest in den Armen halten. Unsere kleine Familie ist endlich wieder vereint. Ich mag zwar in jeder Hinsicht versagt haben, was den Stab angeht, aber wenigstens habe ich eine Sache richtig gemacht.

49

OLIVIA

Jonah sitzt neben mir und wir starren auf die Bühne, auf der sich alle Absolventen in einer Reihe aufstellen. Callan, Marcus und Bastien stehen ganz vorne und tragen alle weiße Kappen und Talare. Letztes Jahr war ich nicht bei der Zeremonie dabei und ich bin überrascht, dass sie fast genauso abläuft wie eine menschliche Abschlussfeier. Uriel ist gerade dabei, eine Rede zu halten, aber nach etwa drei Minuten höre ich nicht mehr richtig zu. Meine Gedanken schweifen immer wieder ab zu den Ereignissen der letzten paar Wochen.

Wir waren in irdischer Zeit zwei Tage lang im Feenreich, aber zum Glück war es ein Wochenende, so dass sich niemand allzu große Sorgen um uns gemacht hat. Tanwen hat uns gedeckt, obwohl sie nicht verhindern konnte, dass der Orden hinter uns her war. Ich glaube, sie hat ein schlechtes Gewissen, denn sie hat angekündigt, dass sie in den Ferien in Angel Peak bleiben wird, um die Stadt und die Akademie vor dem Orden und den Dämmerungsjägern zu schützen. Einige der anderen Walküren bleiben ebenfalls dort. Sie haben angeboten, einige der zurückge-bleibenden Studenten wie mich zu trainieren. Tanwen scheint davon viel zu begeistert zu sein. Sie wird mir in den Hintern treten, aber ich nehme an, dass es gut für mich sein wird.

Der Orden müsste vor ein paar Tagen sein letztes Treffen und die Aufnahme neuer Mitglieder abgehalten haben, aber wir haben weder am See noch auf der Waldlichtung noch in der Höhle irgendwelche Hinweise darauf gesehen. Da Nariel tot und Grace verschwunden ist, habe ich keine Ahnung, wie es um den Orden bestellt ist – und Jeremy und Cyrus reden nicht mit uns. Cyrus ist jetzt dort oben, erhält sein Diplom und nimmt Graces in ihrem Namen entgegen. Mein einziger Trost ist, dass er und Isaiah sich in der letzten Woche getrennt haben, wie ich es vorausgesagt habe.

„Stört es dich, dass du nicht dabei bist?", frage ich Jonah. Er kann seinen Abschluss nicht mit den anderen machen, weil er ein ganzes Studienjahr verpasst hat. Er hat Uriel überredet, ihn aus einigen Kursen zu entlassen und dafür andere gleichzeitig zu belegen. Wenn er es schafft, mitzuhalten, wird er nächstes Jahr mit mir den Abschluss machen.

„Nicht wirklich", antwortet er. „Sicher, es ist scheiße, dass ich nicht mit meinen Freunden den Abschluss mache, aber ich habe im Feenreich viel gelernt, was ich hier nie gelernt hätte." Er stupst mich mit der Schulter an. „Außerdem darf ich jetzt zum ersten Mal mit dir zum Unterricht gehen."

„Ich Glückspilz", sage ich sarkastisch und stupse ihn zurück. „Wer will nicht, dass sein überfürsorglicher Bruder ihm überall hin folgt?"

Er wirft mir einen ernsten Blick zu. „Es ist nicht überfürsorglich, wenn du tatsächlich in Gefahr bist."

Ich seufze und schlinge meine Jacke fester um mich. Mein Plan war es, die Winterpause mit der Suche nach Grace und dem Stab zu verbringen, aber die Prinzen haben mich umgestimmt. Zu meiner Sicherheit wollen sie, dass ich bei meinem Vater in Angel Peak bleibe, während sie die Suche fortsetzen.

Jonah schaute mich mit seinem Hundeblick an und ich konnte nicht ablehnen, aber wir werden sehen, wie lange ich dieses Versprechen halten kann, bevor ich durchdrehe.

Eveanna wird mit ihnen auf die Jagd gehen. Sie wohnt im Moment bei meinem Vater und benutzt ihre Feenmagie, um sich anzupassen. Sie beugt sich vor und flüstert: „Wann werden sie sich beweisen?"

„Wie bitte?", frage ich und kann ihr nicht folgen.

„An der Ethereal Akademie müssen sich alle Studenten beweisen, indem sie ihre Fähigkeiten unter Beweis stellen, egal ob sie im Kampf, Zaubern, Kochen oder Nähen talentiert sind. Wenn sie die Direktorin beeindrucken, können sie ihren Abschluss machen und in den von ihnen gewählten Beruf einsteigen. Wenn nicht, müssen sie für ein weiteres Jahr an die Akademie zurückkehren."

Das klingt hart. „Bei uns ist es viel entspannter", erkläre ich ihr.

Sie schnaubt und lehnt sich mit einem missbilligenden Blick zurück. Sie ist zweifellos eine interessante Person.

Uriel beendet seine Rede und holt mich in die Gegenwart zurück. Er ruft die Namen der Absolventen der Reihe nach auf, und sie schreiten über die Bühne, um ihre Diplome entgegenzunehmen. Ich klatsche, als Callan, Marcus und Bastien die Bühne betreten. Nächstes Jahr werde ich dort oben stehen.

Nach der Zeremonie begeben wir uns auf das Spielfeld, auf dem jedes Jahr die Sportveranstaltungen stattfinden. Dort wurde unter einem riesigen Zelt ein großes Abendessen für die Absolventen und ihre Familien veranstaltet. Als wir hineingehen, erblicke ich Kassiel, der im Schatten des nahen Waldes steht. Ich habe ihn seit ein paar Tagen nicht mehr gesehen, daher sage ich Jonah, dass ich gleich wieder zurückkomme und gehe dann zu ihm hinüber.

„Ist alles in Ordnung?", frage ich ihn. Er hat alle unsere

Nachhilfestunden abgesagt, ich habe ihn nur während der letzten paar Stunden in Engelsgeschichte gesehen. Ich habe den Eindruck, dass er mir aus dem Weg geht, seit wir aus dem Feenreich zurückgekehrt sind.

Er sieht mich mit seinen grünen Augen an. „Ja. Ich wollte mich nur verabschieden.“

„Verabschieden?“ Ich blinzle zu ihm hoch, meine Kehle ist plötzlich wie zugeschnürt. „Was meinst du damit?“

„Ich werde nächstes Jahr nicht mehr hier unterrichten.“ Er blickt hinter mich und als ich mich umdrehe, sehe ich, wie die Prinzen das Zelt betreten. Callan bleibt stehen und wirft Kassiel einen hasserfüllten Blick zu, bevor er in das Zelt verschwindet. „Jetzt, da der Orden den Stab hat, hat sich meine Mission auch geändert. Meine Priorität ist es, den Stab zurückzubekommen, bevor sie ihn benutzen können.“ Er verzieht den Mund. „Außerdem hat sich herumgesprochen, dass ich Luzifers Sohn bin und einige der Erzengel sind sehr verärgert darüber, dass Uriel mir erlaubt hat, hier zu unterrichten. Er behauptet, er hätte nicht gewusst, wer mein Vater ist, aber ich glaube, er will nur seinen Arsch retten.“

„Was meinst du damit, es hat sich herumgesprochen?“

Seine Augen verengen sich. „Ich bin sicher, Callan hat es ihnen erzählt.“

„Nein ...“ Ich schüttele den Kopf. „Das ist unmöglich.“

„Er hasst Dämonen und glaubt, dass mein Vater seinen Vater getötet hat. Ist schon gut.“ Kassiel streicht mir eine Haarsträhne hinters Ohr. „Das war sowieso nur ein vorübergehender Auftrag. Ich wusste immer, dass es nie über meine Mission hinaus andauern würde. Aber das Unterrichten hat mir Spaß gemacht. Ich werde es vermissen. Und dich, Olivia. Aber wenigstens müssen wir unsere Beziehung nicht mehr verstecken.“

„Das ist eine Erleichterung, aber werde ich dich jemals wiedersehen?“ Ich trete näher an ihn heran und lege meine

Arme um ihn, um uns gleichzeitig unsichtbar zu machen, damit uns niemand sieht. „Ich brauche dich doch.“

Er schenkt mir ein trauriges Lächeln. „Ich werde versuchen, dich so oft wie möglich zu besuchen. Ich will nicht, dass du wieder hungern musst.“

„Es ist mehr als das.“ Ich kann nicht anders, als die Worte auszusprechen, die ich schon so lange zu allen sagen wollte. Nun, vielleicht nicht zu Callan. Dieses Arschloch. „Du bist mir wichtig. Sehr sogar.“

„Du bist mir auch wichtig. Mehr als du weißt. Mehr als jede andere Frau in den langen Jahren meines Lebens.“ Er senkt den Kopf, presst seine Lippen auf meine und gibt mir einen langen Kuss, der sich wie ein letzter anfühlt. „Das ist ein weiterer Grund, warum ich den Stab finden und zerstören muss.“

Er erhebt sich mit seinen schwarz-silbernen Flügeln in die Luft und mein Herz schmerzt, als er davonfliegt. Der Gedanke, ihn nächstes Jahr nicht mehr als meinen Professor zu haben, ist schrecklich, aber noch schlimmer ist die Vorstellung, ihn nicht mehr so oft zu sehen. Oder jemals wieder.

Wie konnte Callan ihn nur verraten? Mir ist klar, dass er Kassiel nur als unseren Professor kannte, aber wir haben im Feenreich zusammen auf derselben Seite gekämpft. Zählt das denn gar nicht? Das Dümmste ist, dass Kassiel und die Prinzen alle das gleiche Ziel verfolgen. Sie sollten zusammenarbeiten, um Grace und den Stab zu finden.

Ich lege meine Unsichtbarkeit ab und stürme hinein, dann entdecke ich Callan in der Schlange vor dem Buffet. Ich packe ihn am Arm und zerre ihn aus dem Zelt. „Was hast du getan?“

Er blickt mich mit seinen arroganten Augen an. „Da musst du schon etwas genauer werden.“

„Du hast allen von Kassiel erzählt“, zische ich.

Er verschränkt die Arme und sein Gesicht wird ganz ernst.

„Natürlich habe ich das. Wir können nicht zulassen, dass Luzifers Sohn an unserer Schule unterrichtet."

„Warum ist das wichtig?"

Er lässt die Arme sinken. „Sein Vater hat meinen Vater getötet."

„Das weißt du doch gar nicht mit Sicherheit."

„Niemand sonst steht auch nur im Verdacht."

Ich massiere mir den Nasenrücken. „Selbst wenn Luzifer Michael getötet hat, heißt das nicht, dass Kassiel etwas damit zu tun hatte. Willst du, dass man dich aufgrund der Taten deines Vaters verurteilt?" Daraufhin runzelt er die Stirn, aber ich bin noch nicht fertig. Ich stoße meinen Finger in seine Brust. „Ich dachte, du hättest dich geändert. Dass du besser wärst als die anderen, die Dämonen als Schurken betrachten. Dass ich dir wichtig bin."

Er ergreift meine Hand und zieht mich an sich, sein Mund ist so nah, dass ich denke, er könnte mich küssen. „Das bist du", knurrt er. „Ich hasse es, aber so ist es. Deshalb musste ich ihn loswerden. Ich kann nicht zulassen, dass du Luzifers Sohn fickst. Sei froh, dass ich das Uriel gegenüber nicht erwähnt habe."

Ich stoße ihn weg und trete einen Schritt zurück. „Wow. Jetzt verstehe ich es. Du hast das alles getan, weil du eifersüchtig bist, dass ich mit Kassiel schlafe."

Seine Augen verengen sich. „Ich bin nicht eifersüchtig. Ich werde dich mit Marcus und Bastien teilen. Aber nicht mit ihm. Niemals mit ihm."

„Zum Glück musst du mich überhaupt nicht mehr teilen. Wir sind fertig."

Ich drehe mich auf dem Absatz um und stampfe wortlos und wütend davon. Warum habe ich geglaubt, Callan könnte sich ändern? Er hasst Dämonen und kann nicht darüber hinwegsehen. Tja, zu schade, Kumpel, denn ich bin zur Hälfte Dämon, und das wird sich nie ändern.

In den letzten zwei Jahren habe ich mich mit den Engeln verbündet, aber vielleicht ist es an der Zeit, meine dämonische Seite noch mehr zu verinnerlichen. Vielleicht muss ich das, wenn ich Grace finden, den Orden aufhalten und den Stab zurückbekommen will. Wenn es irgendjemand schaffen kann, dann bin ich es.

Denn ich bin nicht nur die Tochter eines Erzengels.

Ich bin auch die Tochter einer Erzdämonin.

ÜBER DIE AUTORIN

Elizabeth Briggs ist New York Times Bestsellerautorin im Bereich paranormaler Romane und Fantasy mit kühnen Heldinnen und unerschrockenen Helden. Sie absolvierte an der UCLA ein Studium der Soziologie und arbeitete für eine internationale Anwaltskanzlei, war Mentorin für Jugendliche im Schreiben und arbeitete ehrenamtlich mit Organisationen zur Rettung von Hunden zusammen. Heute ist sie ein Vollzeit-Geek und lebt mit ihrem Mann, ihrer Tochter und einem ganzen Rudel wuscheliger Hunde in Los Angeles.

Besuchen Sie Elizabeths Website unter: www.elizabethbriggs.net

www.ingramcontent.com/pod-product-compliance
Lightning Source LLC
Chambersburg PA
CBHW021812110726
47902CB00006B/1755